異世界最強の嫁ですが、夜の戦いは俺の方が強いようです
～知略を活かして成り上がるハーレム戦記～
2
シンギョウ ガク
ill をん
モンスター文庫
JN020303

「では、あたしから！」
マリーダ・フォン・エルウィン
リシェール

「よい反応をするのじゃ。
妾に厳しいリシェールも、
アルベルトの前ではただの
可愛いおなごじゃのう。うひひひ」
「マリーダ様、アルベルト様っ！
2人でなんて聞いてませんよっ！
はぁ、はぁ、あぅぅうんっ！」

イレーナ

リュミナス・ゴシュート
リゼ・フォン・アルコー

ワリド・ゴシュート
ハキム・ワリハラ
「承知している。魔王陛下には、まだ報告を上げていないから大丈夫さ。エルウィン家と協力関係を築いてくれた山の民だからね」
「ありがとうございます。アルベルト殿にそう言って頂けると安心できる」

アルベルト・フォン・エルウィン

「妾はいくさが大好きじゃぁああ！
もっと、斬らせるのじゃ！」

異世界最強の嫁ですが、夜の戦いは俺の方が強いようです～知略を活かして成り上がるハーレム戦記～②

シンギョウ ガク

MONSTER bunko

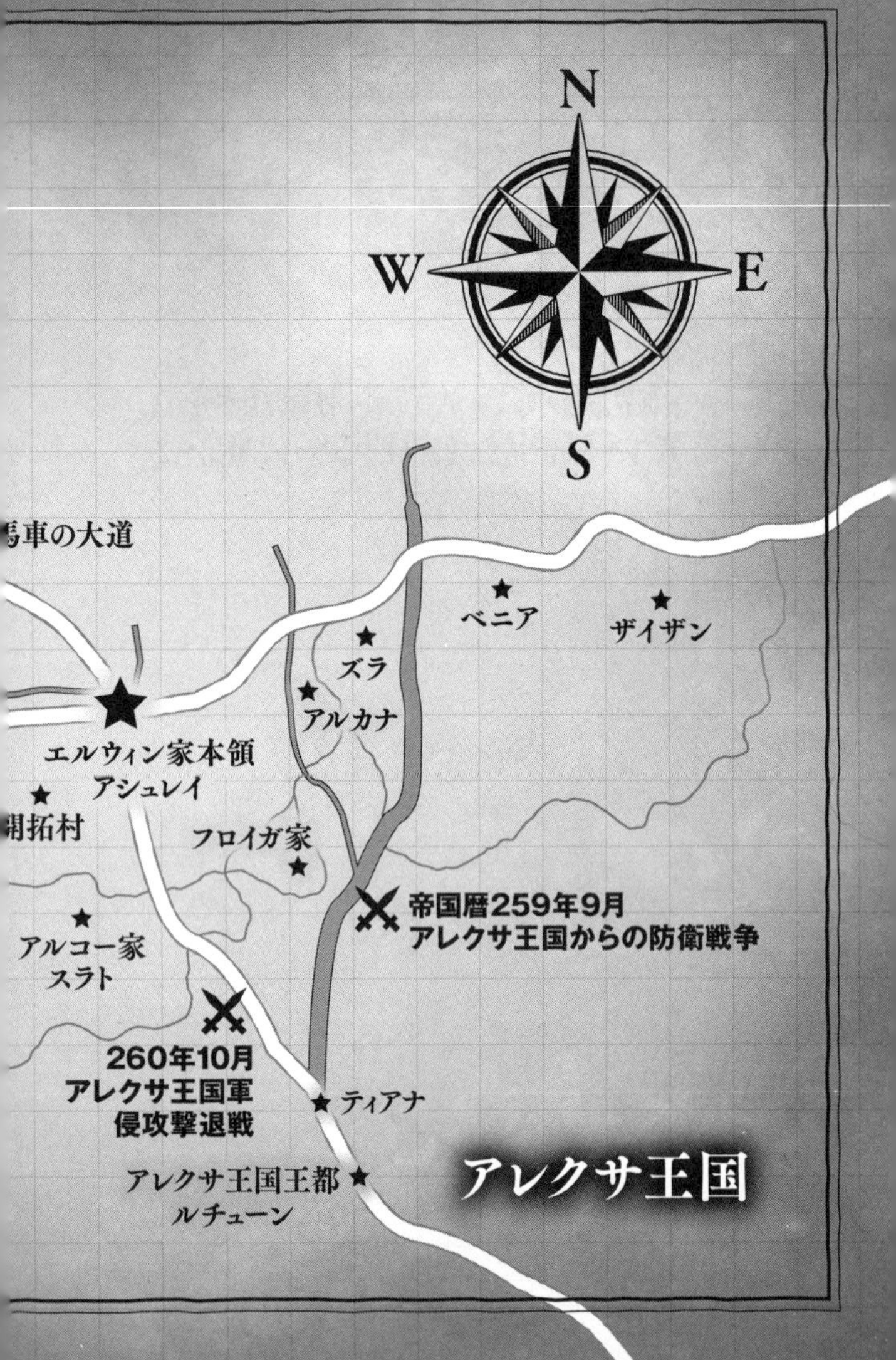
N
W
E
S
車の大道
ベニア
ザイザン
ズラ
アルカナ
エルウィン家本領
アシュレイ
拓村
フロイガ家
帝国暦259年9月
アレクサ王国からの防衛戦争
アルコー家
スラト
260年10月
アレクサ王国軍
侵攻撃退戦
ティアナ
アレクサ王国王都
ルチューン
アレクサ王国

エランシア帝国南部域と
アレクサ王国の都市位置図
エランシア帝国領
エランシア帝都
デクトリリス
ヴェーザー河
ゴシュート
ヴェーザー自由都市同盟
ワリハラ
山の民
山中の
街道
河川

Contents

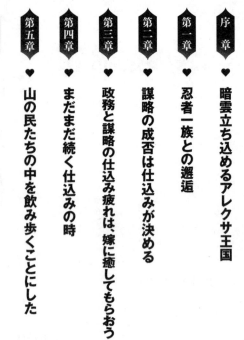

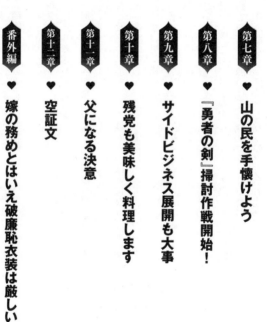

序章　暗雲立ち込めるアレクサ王国

※オルグス視点

　まさか、父上が病床に伏せるとはな……。

　面倒ごとを押し付けてきた宰相のザザンは、侵攻軍の再編成作業でティアナにいるため、自ら政務を行わねばならない。

　持ち込まれる政務の処理で、いっぱいいっぱいになり、遊ぶ暇もなかった。

　苛立ちながら自室に戻ると、部屋の中にはティアナにいるはずの宰相ザザンがいた。

　隣には見慣れない男を連れている。

「ザザン！　貴様がティアナで遊んでいるせいで、わたしは政務で疲れ果てねばならぬ身になったんだぞ！　どの面下げて、会いにきたのだ！」

「申し訳ございません！　ティアナでの再編成作業の遅れは深刻でして……」

　使えない男だ！　こんな男が宰相として国の重鎮《じゅうちん》たる地位に就いてるとはな。

「それを進めるのが、お前の仕事だろうが！　早く終わらせて、王都に戻ってこい！」

「は、はい。そのために今日は、こちらのお方をお連れしました。ユーテル神の信徒組織『勇者の剣』の代表を務めておられるブリーチ・オクスナー殿です。彼は、ユーテル神から神託《しんたく》を受けた勇者と言われており、信徒たちからは『黄金の勇者』として敬まわれております。できれば、お話を聞いて頂けると助かります！」

ザザンが、ブリーチ・オクスナーと紹介した小太りの中年男が頭を下げた。

『勇者の剣』は、たしかユーテル神を正義の神として崇めた狂信的な信徒組織だったはず。

何かの折にザザンからその名を聞かされた気がしたが、いつだったか。

んー、たしかどこかで聞いたはず。つい最近、聞いたはずだが。

あ！　そうだ！　先の侵攻作戦で貴族の動員が思ったように進まなかった時、『勇者の剣』の代表であるブリーチ・オクスナーが、『聖戦《せいせん》』と認定して、信徒を兵として動員してくれたとザザンが言っていた気がする。

その『勇者の剣』の代表が、ティアナの再編成を助けてくれるのか？

「お初にお目にかかります。ブリーチ・オクスナーと申します。オルグス殿下にお会いできたことは、ユーテル神のお導きでしょう」

顔を脂ぎらせた中年の小太り男であるブリーチが、卑しそうな笑みを浮かべ、握手を求めてくる。

握り返した手は汗で濡れており、不快感が込み上げてきた。

ティアナにいる侵攻軍の再編成のためとはいえ、こんな脂ぎった中年男を連れてくるとは、ザザンは気が利かなすぎる！

「ザザンが貴殿の話を聞けと言うので、早速ですが聞かせてもらいましょう」

早々に握手を終えると、話を聞くため席を勧めた。

「ありがとうございます！」

ブリーチは勧められた席に腰を下ろすと、テーブルの上に地図を拡げていく。

「これは？」

「はっ、これはエランシア帝国領に接する山の民たちが住む領域を示した地図となっております。赤丸の部分はわが『勇者の剣』に帰依《きえ》した部族が住んでおります」

ブリーチが地図で指し示す先には、先ごろ帝国を裏切ったアルコー家の領地と接するように赤丸が並んでいる。

「ふむ、それで？」

「これら山の民を第2次の『聖戦』に動員するためにも、殿下の力で私を助力して欲しいのですが……」

山の民を『聖戦』に動員するか……。そんな連中が信頼に足る兵となるのか？

「国内からは第2次の『聖戦』に対し、信徒を動員できぬのか？」

わたしからの指摘に、ブリーチが顔をひくつかせる。

「ま、まことに申し訳ありませんが……。先の『聖戦』に動員し、天に召された信徒の数が膨大な数となっております。なので、『勇者の剣』としても国内信徒をさらに動員することは私の立場上、厳しくなっております」

額から垂れる汗をハンカチで拭うブリーチは、とても神託を受けた勇者とは思えないほどの惨めさを感じる。

ふん、こんな紛い物の男をありがたがる間抜けな国民が多いのは、父が行った宗教関係者優遇の施策のなれの果てだな。

早いところ正さねばならぬが、使えるうちは使っておくか。

「国内での動員は厳しいので、山の民を動員するということか」

「はい。地図で示すように、われら『勇者の剣』に帰依した山の民の部族を『聖戦』に動員できれば、１５００の兵がエルウィン家やアルコー家にいつでも攻撃を仕掛けられることになります。そして、王国軍がズラ、ザイザン、ベニアに向けて移動を始めた時を見計らい、背後から信徒たちがエランシア帝国領を襲えば……」

地図上の赤丸の数が、あの忌々しいアルベルトに突き付けられた短剣ということか。

エルウィン家が、辺境伯のステファンと連携できない状況を作れたなら、正規軍だけで３領の奪還をできる可能性は高い。

王国軍を手伝った『勇者の剣』は『聖戦』を達成し、ブリーチの威信は回復するというわけか。

「悪くはない手だが――」

「もちろん、オルグス殿下のお力をお借りするにあたり、タダでとは申しません」

ブリーチが手を叩くと、入口の扉が開き、美女とともに木箱が持ち込まれた。

目の前に置かれた木箱を美女たちが開くと、金塊が敷き詰められている。

「木箱と、その女性たちはオルグス殿下がお納めください。わが組織からの誠意です」

まぁまぁ見目の良い女たちだ。それに、賄賂の額も悪くない。

「ブリーチ殿の誠意は頂いておこう。ザザン、ティアナの王国軍の装備の一部を『勇者の剣』の指揮下にある山の民へ回してやれ」

「は！　承知しました」

「それと、ティアナにおける軍の再編作業は、ブロリッシュ侯爵に任せ、お前は王都に残り、わたしの政務の補佐をせよ」

「ティアナの軍の再編作業をブロリッシュ侯爵に任せるのですか？」

「わたしに意見をするな。わたしがしている政務の代行を補佐せよ」

まったく気が利かぬ男だ。ブリーチが美女を寄越した意味を考えれば、自分が王都に戻されることくらい考え付けというのだ。

ブリーチの策によってティアナの軍の再編成の目処は付いたし、面倒な政務はザザンに押し付け、わたしは美女たちとの時間を楽しむとしよう。

「は！　承知しました。すぐにティアナのブロリッシュ侯爵に書簡を送ります」

「では、私は山の民への布教をさらに進め、動員できる兵を増やしておきますぞ」

ザザンとブリーチが連れ立って退室した。

「さて、休憩するとしよう」

手招きをすると、美女たちはニコリと笑みを浮かべ、わたしの両隣りに腰を下ろした。


ブリーチとの面会から数日後、病床に伏せる父から呼び出された。

病室に入ると、父のベッドの傍らには異母弟《いぼてい》のゴランの姿があった。

ちっ！　ゴランは、またいらぬ戯言を父に吹き込んでおるのか！　父の近侍《きんじ》たちには、あれほど近づけさせるなときつく申し渡しておいたのに！

苛立ちを表に出さないよう、努めて冷静な顔をして父に挨拶をする。

「父上、お加減はいかがですかな？」

「よくはない。それより政務は滞りなくやっておるか？」

「はっ！　ご安心くだされ、宰相ザザンの助けを借りて、滞りなく行っております」

父はわたしの言葉を聞くと、安心したような顔をした。

「次期国主としての自覚を持ち、政務に励んでくれ」

「はっ！　心得ております」

傍らに控え黙って頭を下げていたゴランが、顔を上げこちらを見た。

妾腹のくせに、生意気そうな目を向けやがって。

「兄上、風の噂で聞いた話ですが、ズラ、ザイザン、ベニアを奪還《だっかん》するために派遣した王国軍はエランシア帝国軍に大敗したらしいとか。ティアナで敗残兵を集め、軍の再編成をしているという話も聞こえてきてます。それらが事実であれば、出兵を強行した兄上の責任ですな」

こちらをあざけるように、ゴランの口の端が吊り上がる。

「ゴラン、なんの話だ？　オルグスが出兵した軍は、まだ戦闘中のはずだが？」

事実を知らない父が、ゴランの話に食いついていく。

せっかく参戦した貴族たちにかん口令を敷いて、父に伝わらないようにした努力を無駄にしやがって！　くそがっ！

「ゴラン、お前の耳に入ったそのような話は、エランシア帝国が流した偽情報に決まっておるだろうが！　王国軍はまだ戦闘中だ！　士気を削ぐようなことを言うな！　馬鹿者が！　政務代行者として命じる！　いますぐこの部屋から去れ！」

父の近侍たちにゴランを排除するよう視線を送る。

「兄上、本当に王国軍はまだ戦闘中なのですね？　それでよいのですね？」

ゴランは、王国軍に起きた事実を掴んでいるのか、近侍に両脇を抱えられても動じた様子は見せず、真偽をたしかめてくる。

「王国軍はいまだ健在！　ズラ、ザイザン、ベニアを奪還するため戦闘中だ！」

追い出すように手を振ると、近侍たちがゴランを部屋から追い出した。

声を荒らげたことで乱れた息を整えると、心配そうにこちらを見つめる父に向き直る。

「父上、ゴランのやつは敵国の流した偽情報に踊らされておりますので信用してはなりませんぞ。王国軍はわたしが指揮している限り負けたりいたしませぬ。安心して病気療養《りょうよう》に専念いたしてくだされ」

「そうか……。本当にゴランの言ったことは嘘なのだな?」

父は強い意志の宿った目をこちらに向ける。

病人とは思えないほどの鋭い眼光を向けてくるとは……。父の心配性にも困ったものだ。事実を伝えればまた面倒が増えるので、適当に話を作って誤魔化しておくか。

「奪還作戦中の一部の軍は、休養のためティアナにて再編成をさせております。エランシア帝国はそれを敗走したと喧伝《けんでん》し、ゴランは見事にその偽情報に騙されたということでしょう」

父はわたしの手を強く握り、先ほど以上に強い意志のこもった目を向けた。

「先ほど、自分が率いる限り、王国軍は負けぬと申したな。口にした以上、絶対に達成せよ。それが国主として長く統治する力となるのだ。よいな!」

老齢の病人とは思えないほどの力強さで、手を強く握ってくる父に驚きながら手を握り返す。

「承知しております。万事すべてこのオルグスにお任せください」

「頼んだぞ」

父はそれだけ言うと、手を離し、再びベッドで眠りについた。

その後、ゴランを今後一切父の寝室に入れぬよう近侍たちに徹底し、寝室を去った。

※ゴラン視点

父の寝室から退去させられたため、離宮の自室へ戻ってきた。

「オルグスは否定したが、あの顔色から察するに、エランシア帝国軍に大敗したという話は真実であろう」

部屋には、わが国で叡智の至宝と呼ばれたアルベルトと親交があったバルト伯爵の姿があった。

「アルベルト殿の書簡の内容は、真実だったということですな。王国軍はオルグス殿に牛耳られており、まともな戦局《せんきょく》報告はされておりません。それに、こちらで調べたところザーツバルム地方の貴族たちで、所在不明の者が多数いると噂になっております」

アルベルトの使いの者から書簡を受け取り、私に持ち込んだバルト伯爵も、彼の書簡の内容を訝しんでいたが、調べた結果は真実だという結論に達したようだ。

「出兵を強行したオルグスの責任を追及したいが、父が病床に臥せり、政務の代行をオルグス派に握られてしまっては手も足も出せぬな」

「今は味方を増やす時かと思います。幸いにして、ゴラン様から王へ届けてもらったアルベルト殿の手紙の効果があり、オルグス殿の後継者としての資質を問う声は強まってきております。逆にゴラン様の清貧な生活と、人当たりの良さが貴族たちを安心させ、こちら側に加わる貴族も増えております。今しばらくは雌伏《しふく》の時かと」

「分かっておる。もともと、私はオルグスに何かあった時の予備だからな。弁《わきま》えているさ」

異母兄《いぼけい》であるオルグスの王位継承は、揺らがないと見ている貴族たちは多い。

ただ、粗雑で思慮に欠ける兄を嫌う貴族たちが、自然と私のもとに集まって派閥のようなものができた。

派閥ができれば、争いが起き、兄オルグス派と自分の派閥が小競り合いを繰り返しているのだ。

父はそれを心配しており、寝室に呼ばれ、兄に尽くすよう諭されたのだが――。

自分の命は自分自身で守らねばならぬ。粗雑で短慮な兄が、私みたいな存在を生かしておくわけがないのだ。

父には悪いと思いながらも、派閥抗争を止める気はない。

「ところで、アルベルト殿からまた新たな書簡が届いておりますが、中身を読まれますか？」

バルト伯爵が周囲の目を気にしながら、懐にしまっていた書簡を差し出す。

「読もう」

敵国に出奔した者と繋がっていることが、オルグスに知られれば、それこそ首を獲られかねない。

なので、すぐに受け取って封印の蜜蝋《みつろう》を溶かし、書簡を広げた。

『勇者の剣』の関係者を近づけるなとはいったい……？　たしかアルベルトはエゲレア神殿の神官だったはず。

それなのに、なぜユーテル神の信徒組織である『勇者の剣』を私の身辺に近づけるなという警告を出してくるのだ……。

手紙の内容に戸惑いながらも、油に浸し、火打石で火を付けて書簡を燃やした。

「内容は？」

バルト伯爵も中身は知らぬ様子で、読んだ私に内容を尋ねてくる。

「『勇者の剣』を身辺に近づけるなと警告された。ユーテル神の信徒組織を名指ししてくる意味が分からぬが……」

『勇者の剣』の名前を聞いたバルト伯爵の顔色が変わる。

「『勇者の剣』の代表ブリーチが『聖戦』と称し、先の侵攻作戦に多数の信徒を送り込んだとの噂があります。それにオルグス殿に接近しているとの噂もちらほら。さらに言うと、神殿以上に腐敗した信徒組織だと言う人も多いそうで」

「なるほど、腐った信徒組織か。ならば、アルベルト殿の助言も納得だ。私は近づかない方が味方を増やせるということだろう」

「たぶん、そういった意味を含んでおられるかと思います」

「ならば、こちらの派閥にいる貴族たちの中で『勇者の剣』と関係がある者は、関係を整理するよう申し伝えよ。それと、『勇者の剣』の動向は逐一《ちくいち》調べて報告するように」

「はっ！　承知しました」

「あと、アルベルト殿とは今後ともよい関係を築きたい。向こうが喜ぶ情報も集めるように」

「ははっ！　すぐに始めます」

バルト伯爵が自室から立ち去るのを見送ると、私は椅子に腰を掛けた。

アルベルト・フォン・エルウィンか……。あと少し出会うのが早ければ、わが片腕として王位継承をめぐる争いで辣腕を振るってくれたかもしれぬな。

兄も愚かなことをしでかしてくれたものだ。有能な人材を敵国へ追い出すようなことを続ければ、わがアレクサ王国が衰亡すると理解できぬのだろうか。

ずっと嫌ってきた兄の顔を思い浮かべると、苛立ちが湧き上がりそうになったため、剣を手に取ると庭で振るうことにした。

第一章　忍者一族との邂逅

帝国暦二六〇年　栢榴石月（一月）

嫁とイチャイチャしてた正月休みも終わり、今日は仕事始めだ。そろそろ、起きる時間ではあるのだが——。

嫁のおっぱいが視界を塞ぎ動けない。

「おーしーごーとーしたくないのじゃー！　もっと、もっと皆で楽しみたいのじゃー！」

「マリーダ様、昨夜アルベルト様と約束されておりましたよね？　3度イカされたら、ちゃんと仕事すると。あたしが数えたところ、6度はイカされていたと思いますが？」

「あれはあの場のノリなのじゃ！　妾は仕事をしとうない」

マリーダがさらに俺の顔に胸を密着させてくる。

可愛い嫁の頼みならなんでも聞いてやりたいが——当主の仕事だけはサボらせるわけにはいかない。

「マリーダ姉様、オレも一緒に仕事するから、ほら起きよう」

隣にいたリゼが、俺に抱き着いているマリーダを起こしたことで視界が開けた。

ふむ、おっぱいとおっぱいとおっぱいとおっぱいの楽園だ。しばらくこの楽園にいたいとは思うが、仕事をこなさねば、この楽園を守ることはできない。

「マリーダ様、駄々をこねると、リシェールに厳しいお仕置きをされますよ」

俺は視線でリシェールに指示を送る。ニヤリと笑みを返した彼女はマリーダの角を舌で舐めあげた。

角を舐められたマリーダが、顔を蕩けさせて身体を震わす。

「あひぃいいんっ！　やめるのじゃ！　角はダメじゃと申しておるじゃろう！」

「イレーナ、マリーダ様がまだ足りないってさ」

見守っているイレーナにも、マリーダの角を舐めるよう促す。

「はい、マリーダ様、アルベルト様のご命令です」

イレーナは、リシェールと反対側の角に舌を這わせていく。

「2人がかりは卑怯なのじゃ！　ふぁぁあああっ！　らめぇえええ！」

気持ちよすぎるようで、マリーダは口の端から涎を垂らし、顔をさらに蕩けさせた。

「リゼ、マリーダ様への目覚めの接吻《せっぷん》がまだだったからしてあげないと」

3人の様子を黙って見ていたリゼにもキスを促した。

「そ、そうだね。いつもしてるし。マリーダ姉様、朝の挨拶だから」

いつもはマリーダに蹂躙《じゅうりん》されることが多いリゼも、この時ばかりは舌を絡め、積極的なキスをして責めていく。

「にふぅうん。ひゃめるのじゃー！」

マリーダの責められて困る顔は、見ているだけで滾ってきてしまうな。昨夜、あれだけ頑張ったから何とか耐えられるが、頑張ってなかったら延長戦入りだった。

3人に責められ、ビクンビクンと身体を震わせたマリーダが沈黙すると、ベッドに崩れ落ちた。

「さて、マリーダ様は満足されたようだし、起きるとしようか。リシェール、マリーダ様を頼む」

「はーい、承知しました。御着替えさせて、大広間へ連行します。リゼ様、手伝ってください」

「あ、うん。分かった」

リゼとリシェールが、部屋に用意してあった湯を使って、昨夜の行為の痕が残るマリーダの身体を綺麗にしていく。

「アルベルト様のお支度はわたくしが」

「すまない。助かる」

俺がベッドから出ると、イレーナが湯で濡らした布で身体を清めてくれた。

「そう言えば、昨夜、聞かせてもらったマルジェ商会の件ですが、本当にわたくしがすべての運営を行ってよろしいのでしょうか？」

現在のマルジェ商会の運営体制は、商会の運営を俺とイレーナが行い、諜報組織をリシェールが動かしている。その体制を変更し、商会運営をイレーナに任せることにした。

変更の理由は、俺の業務量の増大にある。政務担当官としての職務が忙しく、商会運営まで手が回らなくなっているからだ。

「ああ、頼む。イレーナの商才があれば、運営も問題はないと思う。それと、商会の利益はエルウィン家とは別口の会計処理にしてある。その資金の使途は、諜報組織の活動資金なんだ」

「やはり、帳簿上に不明な資金がありましたので、アルベルト様の諜報組織の隠れ蓑でしたか」

「そういうこと。だから、エルウィン家の会計とは別口にしてある。私的な組織だしね」

「承知しました。では、今まで通りエルウィン家の会計とはきっちりと分けて管理いたします」

「ということは、諜報員たちへの資金の融通は、今後はイレーナさんにすればいいんですか？」

「そういうことだね。ただ、ゴラン王子派への援助は、私の管轄にさせてもらう」

「通常の諜報業務範囲内であれば、イレーナさんから。諜略が絡む場合は、アルベルト様の許可をもらうって形ですね。承知しました」

リシェールは賢いため、こちらの意図をすぐに汲み取ってくれたようだ。

マルジェ商会の諜報組織は、リシェールをトップに据えて、アレクサ時代の商会員と、アレクサからの流民から選抜した者で構成したアレクサ班と、アシュレイ領やスラト領から募った領内班、帝国内を往来する旅商人を中心に募った国内班の3班に分かれて情報収集してもらっている。

領内班や国内班は情報収集が基本であるため、資金提供はイレーナの管轄になることが多いが、アレクサ班に限り、第二王子であるゴラン派の支持拡大支援作戦の絡みで出費の額が段違いになると思われる。

なので、それだけは俺の管轄にさせてもらった。

「リシェールさんと協力して、マルジェ商会もしっかりと運営してまいります」

「ああ、頼んだよ」

それから身支度を終えると、気絶から回復したマリーダとともに家臣の集まる大広間に向かうことにした。

大広間には、鬼人族の主だった家臣とともに文官たちも集まっている。仕事始めということで家臣たちにだらけた空気が流れていた。

「エルウィン家、家訓唱和！」

正月休み明けのだらけた空気を引き締めるため、俺が制定したエルウィン家の家訓唱和の号令をかけた。

号令に反応し一歩前に出たマリーダが、俺が新たな家訓として授けた言葉を唱和する。

「『思慮深く、物事を考えて行動します』なのじゃ！」

「「『思慮深く、物事を考えて行動します』」」

唱和をした家臣たちの顔がお仕事モードに切り替わってくれた。

「よろしい。本日より、今年度の仕事を始めますので、各人が各々の職務を全うするようにお願いいたします。マリーダ様からも家臣への訓示をよろしくお願いします」

大広間の椅子に腰をかけたマリーダが頷きを返した。

「去年はいくさが少なすぎたのじゃ。今年はいろいろといくさに参戦し、敵の首を狩りまくってやろうぞ！」

「「「うぉおおおおっ！」」」

いくさでもないのに、鬼人族たちはテンション爆上がりすぎ！

「とりあえず、現状はいくさの気配はありませんし、参戦要請もありませんからね」

勝手にいくさを始めかねないマリーダに一言釘を刺しておいた。

「妾はいくさがしたいのじゃ！　知略溢れるアルベルトのことじゃから、妾のためにいくさの1つや2つは用意できるはずじゃぞ！」

まぁ、用意しろと言われたら用意はできる。でも、マリーダたち鬼人族に無制限にいくさをさせたら、いくら金があったとしても足りなくなるのだ。

「今のところ気配はありません。大人しく調練に励んでください」

「よぉーし、アルベルトの許可が出たから、早速、若い連中を連れて5日間無補給強行軍の練習と、敵支配下地域での強行突破作戦の演習をするぞ。ラトール、すぐに参加者を集めてこい！」

「おう！　分かったぜ！　今回はオレが兵を率いるからな！」

「よかろう。ワシらは教官役をしてやろう」

調練の許可を口にしただけで、鬼人族たちが色めき立ち、ブレストが中心となって、すぐに調練内容を決めると大広間から駆け出していった。

相変わらずいくさに関わることは行動が早い。それにしても、5日間の無補給の強行軍や敵支配下地域での強行突破作戦とかの演習って、特殊部隊かなにかかな……。

いや、特殊部隊以上の戦闘力を持ってる連中だったわ。

「マリーダ様はダメですよ。当主のお仕事を終えてからですので」

「はぅ！　アルベルトが妾にだけ厳しいのじゃ……」

当主の椅子に座り、しょんぼりと項垂れたマリーダを横目に見つつ、文官たちへ指示を出すことにした。

「文官たちもそれぞれ与えられている職務に励んでくれ。今年度も、いろいろとするべき作業は山積みになっているから、よろしく頼む」

「「「はっ！　承知しました！」」」

文官たちもそれぞれの部署に向かって大広間を出ていった。残った俺たちもそれぞれの仕事があるため、執務室に移動をする。


大広間から戻り、執務机に座った俺の前にイレーナが書類を差し出した。

「父からアシュレイ城下街の業者一覧表が届きましたので、ご確認を」

さらなるエルウィン家の税収アップを図るため、物を売買する商人だけでなく、産業を育成するべく製造業者も調べさせていた。

やたらと鍛冶屋と武具屋が多いが……。これは、鬼人族が武具に金をかける一族であるため、鍛冶師や武器や防具を作る職人が数多く工房を開いているからか。

職人たちは鉄尺を作ってもらった時も、精度のいいものを作る技量を持っていた。

ただ、武具制作の材料を輸入品に頼っているから利益も出にくくなっている。

材料を確保できたら廉価で高品質な武具を売り出すことで税収が増えるかもしれない。それに鉄が安価に手に入れば、農民兵の戦闘力向上のため、火縄銃の試作もしたいところだ。

火縄銃に関しては、当分エルウィン家以外には出さないつもりだが、戦場で使えばそのうち模倣されることも考慮して、高性能化の改良を重ねるつもりである。

現状は先立つものがないんで、実施できない施策だけどさ。

俺は思い浮かんだアイディアを忘れないよう手帳に記した。

「続いて人口増加策の試案ができてまいりました。こちらもご確認をお願いします」

手帳に書き込み終えたのを見計らい、イレーナが新たな書類を差し出してくる。

えっと、早期結婚奨励金、出産育児支援金、乳幼児《にゆうようじ》総合支援、巡回医師の確保。

金はかかるが、エルウィン家の将来を安泰にするには人を増やすしかない。豊かな耕作地を多く抱えるエルウィン家は、人口増加策を積極的に推奨する予定だ。

さらに村長たちがちょろまかした分も今年度からきちんと納税されるし、余剰食糧は多数ある。ついでに子沢山家族の人頭税の減免も加えておこう。

嫁とイチャイチャして子供をいっぱい作れば、税が安くなるってすれば、子作り頑張っちゃう人も出るはずだ。

少なくとも俺は頑張るつもりだ。最低でもサッカーチームを作れるくらいは嫁たちと励むつもり。

人＝軍事力＝労働力って換算できるため、この世界では人が貴重なんだよね。

俺は追加する施策を書き加えて、イレーナに書類を渡す。

「追加した施策を実行した場合の税収の減少額を算出しておいてくれ」

「承知しました。続いてはスラト領の状況報告書の確認を」

イレーナから差し出された書類を受け取り、内容に目を走らせる。

スラト城の城下町は、７００名ほどでちょっと小ぶりの街か。

城下町では近隣の農村で取れた作物や毛皮、木材など物々交換もするし、貨幣での購入もしているのか。

アレクサの王都ルチューンまで続く主要街道に近い立地のため、近隣の商人たちも入市税を払って、物資の買い付けに来ていて、スラト城下の街はわりと活気がある方だな。

食料生産もスラト城の北側にあるアシュレイ領との境目辺りは、滋味《じみ》の多い豊かな耕作地が多数作れそうだ。人口増加を積極的に推し進め、開墾を促せば、まだまだ伸びる素地をもった領地ってところか。

住民感情もエルウィン家の食糧支援のおかげや、もともとエランシア帝国側の領土だったこともあり、好意的に推移しているらしいな。

エルウィン家の保護領になっているが、リゼの実家であり、俺の子が受け継ぐ可能性もあるので、しっかりと地盤作りをしてやりたい。

「引き続き、スラト領への食料支援を続けてくれ」

「アルベルト、スラトの住民を代表して感謝をする。もちろん、マリーダ姉様にもね」

マリーダの隣の席でアルコー家の決裁をしていたリゼが、俺に頭を下げた。

「リゼはきちんと仕事をしておる。気にせず受け取るがよいのじゃ！」

「アルコー家のことは、エルウィン家が魔王陛下より任されている。マリーダ様の言われた通り、気にする必要はないよ」

リゼが当主を務めるアルコー家は、もともとエランシア帝国貴族でシュゲモリー派閥に属していた家だ。でも、相続時の内紛や前皇帝の失政で、前当主がアレクサ王国に取り込まれ寝返った家。

裏切りの前例があるため、猜疑心の強い魔王陛下の信頼を得ているとは言い難い。魔王陛下からしたら、忠誠心の高いエルウィン家に領地ごと支配させたい意向があると思う。

ただ、スラト領民のリゼ人気を見る限り、アルコー家の者を慕っているため、アルコー家を潰して統治に乗り出すと住民たちが蜂起する可能性が高い。だから、俺としてはリゼとの子を緩衝材《かんしょうざい》にしてエルウィン家との一体化を目指しているのだ。

なので、魔王陛下にアルコー家を潰させないためにも、どこかでリゼに戦功稼ぎをさせないと家を保つのは厳しい状況に追い込まれるはずだ。

アルコー家の置かれている状況を手帳に書き込むと、今度はリシェールが報告書を出してきた。

「アレクサ班からは、ゴラン王子へ例の書簡が渡ったとの返信がありました。引き続き、支援を行います。あと、領内班からは最近スラト領に『山の民』がかなり出入りするようになってきたとの報告が上がってきてます。アレクサ班から連絡があった『勇者の剣』の関係者の姿もちらほら確認できております。対応した方がよろしいですかね？」

「領内の『勇者の剣』は、いつでも潰せるから泳がせておいても問題はない。それよりも国内班を『山の民』の領域に展開させて情報収集を強化しておいてくれ」

「アルベルト様が言ってた背後の脅威ってやつですか？　『山の民』が大挙してエランシア帝国を攻めるって話」

「ああ、アレクサ班から集めた情報から推測すると、そのように動いてる気配がするんだ」

「でも、『山の民』は中立宣言をしてるはず。今まで一度たりともどこかの国に肩入れをしたなんて話をオレは聞いたことないけど」

リシェールの報告を聞いていたリゼが、自分の領地が境を接している『山の民』に関しての一般的な認識を伝えてきた。

調べさせたところ『山の民』は、もとから山に住み着いていた住人と、エランシア帝国や他の国から逃げ出した者たちが険しい山々を棲家にして、狩猟や採集をしている集団だ。

主に狩猟を生業とする人たちだが、一部は農地を持ち、毛皮や肉、野草を売りにいろいろな街へ行商もしている。

いろいろな街へ行商している山の民たちは、貴重な獣の毛皮や、薬効の高い野草を売りにきてくれるだけでなく、金次第で周辺の情報をもたらす者たちとして、領主たちにも重宝されている存在だ。

山野を駆け回る猟で鍛えた身体と気配を消す能力、それに目くらましの幻術に優れた彼らは、この世界における『忍者』のような者たちだった。

『山の民』の存在を嫌った領主から幾度も討伐軍を送られたが、彼らの本拠である山岳地帯で戦って勝った領主はいまだかつていない。

どんなに強力な軍勢を進めても、険しい山岳地帯という地の利を生かし、神出鬼没な攻撃を繰り返す山の民に撃退されてしまうのだ。

なので、彼らの協力を得られても、自主独立の気風が高い彼らを支配しようとすれば、大きな代償を払わなければならない存在だった。

だが、その状況も『宗教』という要素が加わり変わりつつある。そのため、油断はできない存在になった。

「リゼの言う通り、彼らは中立だったけど、今はちょっと風向きが変わりつつある。でも、対策は進めてるから安心しててくれ」

「オレのスラト領は、『山の民』の領域と接してるけど、アルベルトがそう言うなら安心してよさそうだ」

「そうじゃぞ。妾もおるしな。ちょっかいを出されたら、妾が『山の民』を皆殺しにしてやるのじゃ。安心せい」

エルウィン家ならやれなくもないけど、損害もデカくなるので、できればそれは最終手段にしてもらいたい。

「イレーナ、とりあえずスラト領への巡視《じゅんし》を予定に入れておいて」

「はい、すでにスケジュールの調整をしておりますので、いつでも行けるかと」

さすが有能金髪美人秘書は仕事が早い。調整してあるなら、早めに巡視を行った方がいいな。

俺は一緒に行きたそうにウズウズしているマリーダと目が合った。

「マリーダ様も一緒にきますか？　巡視ですけど」

「いく、いく、いくぅ！　行くのじゃ！　リシェールすぐに鎧の支度をいたせ！　妾は大剣を取ってくるのじゃ！　ひゃっほーー！　巡視で怪しい輩をバッサバッサ斬れるのじゃ！」

椅子から立ち上がったマリーダが、愛用の大剣を取りに寝室へ向かう。

「ちなみに仕事は減りませんからね。巡視中でも決裁は続けてもらいますよ」

寝室へ向かうマリーダの足が、ピタリと止まった。

「巡視に行くのじゃぞ。妾はお仕事するのに、さらにお仕事せよと言うのか？」

俺は最上級の笑みを浮かべて返答する。

「はい、そうなりますね」

「くぅううう！　妾の旦那様は鬼なのじゃ！　妾が過労死してからじゃ遅いのじゃぞ！」

「では、夜のサービスをマシマシにしときますので、それで手を打ちませんか？」

「イレーナも同行を所望する！」

「よろしいですよ。イレーナも同行させましょう」

マリーダがガッツポーズをするのが見えた。きっと、夜の楽しみがお仕事の辛さを上回ったのだな。

「あたしもマリーダ様のお世話係なので、もちろん同行となります」

「なぜじゃああ！　外でせっかく羽を伸ばそうと思っておるのに！　リシェールがおっては伸ばせぬのじゃあああぁ！」

リシェールの同行を知ったマリーダが、その場に崩れ落ちた。

巡視に出て、イレーナとリゼにセクハラ三昧する気だったのだろう。

「では早速準備して、スラト領へ巡視に行きましょう。街道が整備されているとはいえ、スラト城までは飛ばしても2日はかかるからね」

急いで身支度を整えると、俺たちはスラト領へ馬車を走らせることにした。


馬車は街道を南下し、スラト領に入ると、目的地であるスラト城が見えてきた。

大きめの邸宅を石壁で囲ったやや小ぶりな平城が、リゼの実家であるスラト城だ。

いくさ人である鬼人族が築いた堅牢なアシュレイ城に比べると、防御の面は心もとない作りをしている。

城下街もそこまで大きなものではなく、こぢんまりとまとまった街であった。

「ここがリゼたんのお家かー。リゼたんに似てこぢんまりとまとまっておるのぅ。ただ、妾は嫌いではないのじゃ」

スラト城に着き、馬車から降りたマリーダの第一声にリゼが笑う。

「マリーダ姉様に気に入ってもらえてよかった。うちの領民たちもマリーダ姉様のことは気に入ると思うよ。なにせ、エランシア帝国最強の戦士様だし。オレももっと強くならないとな」

騎士服を着て剣を構えるリゼは、どう見ても若い少年領主にしか見えない。

リゼが女性であることは、俺たち以外にアルコー家でも一部の者しか知らない。

「リゼ様がやっと戻られたぞ！　リゼ様！　お元気にされておりましたか！」

「リゼ様！　うちの子に名前を付けてくれませんか！」

「きゃーリゼ様！　かっこいいー！」

リゼの姿を見つけた領民たちが、一目彼女を見ようと邸宅の周辺に集まってきた。

リゼは、先のいくさでうちの捕虜になっても身代金要求を跳ねのけ、毅然《きぜん》とした態度を取り、マリーダに気に入られ、アルコー家を取り潰しから守った若き当主様という評価をされている。

おかげで、もともと高かったリゼの領民たちからの人気は、さらに高まっているらしい。

「ごめん、今日はエルウィン家のマリーダ様のお相手をしないといけないから！　また今度戻ってきた時にしてくれよ」

リゼが領民たちに手を振ると、さらに黄色い歓声が上がる。

イケメンパワー恐るべし。男女ともに好まれる中性的な容姿が、リゼの魅力の1つだ。でも、ベッドの中じゃ、しっかりと女の子してるんだよね。

それからはスラト城に滞在しつつ、数日かけて領内を巡視して回り、領民たちの困りごとや要望を聞き取り、途中で出くわした熊をマリーダが素手で叩き伏せたりする突発イベントもあったが、おおむね予定通りに終わることができた。

巡視を終え、スラト城に戻った俺たちは夕食を終えると、アシュレイ城への帰還を明日に控えて、英気を養っていた。

「はぁー、帰りとうないのぅ。まだ、熊を1頭殴り殺しただけなのじゃ！　血が足りぬのじゃ！　いくさをしたいのじゃー！」

ベッドの上でリシェールに膝枕をさせ、イレーナとリゼにマッサージをさせているマリーダが駄々をこねている。

「最初に私は巡視だけだと申し上げましたよ。ブレスト殿にも申しましたが、いくさは当分ありませんって」

「なら、いくさの原因を作るまでなのじゃ！」

ベッドから飛び上がったマリーダが、傍らにあった大剣を手に取ると、板張りの天井に突き上げた。

バラバラに砕け散った板張りの天井から人影が転がり落ちる。

「曲者だ！　リシェール、リゼ、イレーナこっちへ」

「は、はい」

「うん」

「警護を呼びますね」

俺も即座に近くにあった剣を手に取ると、鞘から抜いて構える。

「まさか、天井ごと落とされるとはな。さすが、エランシア帝国最強の戦士の看板に偽りはなしか」

天井崩落から発生したほこりが晴れると、黒い装束で全身を包み、顔も黒い布で覆った者がいた。

アレはどう見ても忍者スタイルだよな……。ってことはもしかして。

「妾の寝室を覗くとはけしからんやつじゃの。その身体繋がって帰れると思うな」

大剣を握り直したマリーダが狂暴な笑みを浮かべ、曲者に狙いを定める。

「エランシア帝国最強の戦士と、アレクサの叡智の至宝の夫婦に興味がありましてな。夫婦の営みを覗くのは悪いと思いつつも止められなかったのだよ」

声からすると、男っぽいな。身体つきも大柄だし。それにあの装束を着ているとなると、『山の民』の関係者っぽいな。

曲者はこちらの視線にも気付いたようだ。

「アレクサの叡智の至宝殿は、こっちの素性を探っておられるな。まだ、悟らせるわけにはいかぬので、今宵はここらで引き上げさせてもらう」

「妾は逃がさぬと申したはずじゃ！」

「マリーダ様、斬り捨ててはなりません！　生け捕りでよろしく！」

俺の言葉で剣先が鈍ったマリーダの斬撃を、男はヒラリとかわし、懐から黒い玉を取り出すと、地面に向けて投げつけた。

次の瞬間、眩い光が室内に広がり、男の姿が見えなくなる。

「くっ！　卑怯なやつめ！　妾に目潰しなど通じぬ！　アルベルトが生け捕りを望んでおることを感謝せよっ！」

空気を切り裂くものすごい音がしたかと思うと、窓が割れる音がした。

「残念でしたな。あと少し右側でしたぞ」

眩しい光で眩《くら》んでいた目が回復してくると、窓際に立つ男の顔を覆っていた布が消えていた。

狼？　いや人？　獣人族か？

「では、今度こそ失礼いたす」

足元に先ほどの黒い玉が転がってくるのが見え、目を瞑った。

「くっ！　妾らを舐めておるのじゃ！　今度は光らぬ玉を投げおった！　むきぃい！」

マリーダの言葉で目を開けると、足もとには黒い玉が転がっている。

不発？　というか追撃させないための陽動として投げたのか！

不発かと黒い玉を見つめていたら、シュボという音がして、一気に白煙が室内に広がった。

「マリーダ様、煙で視界が利きません。残念ですが、追撃は控えましょう」

「煙で姿を隠すとは小癪《こしゃく》なやつめ！」

俺は悔しがるマリーダの手を取ると、煙の充満する部屋から出た。

「侵入者の捜索をすぐにして！　屋敷内だけでなく、街にも捜索隊を出す」

煙が晴れるのを待っていると、リゼが集まってきたアルコー家の家臣に侵入者の捜索指示を出していく。

「侵入者は何者だったんでしょうね？」

街への捜索隊が屋敷から出ていくのを見送っていると、リシェールが侵入者の素性に関して聞いてきた。

「何人か心当たりはあるけど、まだ絞り切れないね。捜索隊の成果に期待しよう。アルコー領内の情報収集も強化しておいて」

「承知しました。増員を指示しておきます」

リシェールは、密偵たちに新たな指示を出すため屋敷の中に戻った。

「寝室を覗いたやつを見つけ出すまで妾は帰らぬのじゃ！」

マリーダはかなり御立腹だが、さっきの侵入者が俺の予想している人物であったら、謀略を成功させるため、斬らせるわけにはいかないんだよなぁ。

侵入者がハッキリするまで、スラトに滞在した方がよさそうだ。

「マリーダ様の言う通り、侵入者の素性が判明するまで滞在した方がよさそうですね」

「ふむ、あの侵入者を絶対に見つけ出してやるのじゃ！」

マリーダさん、そうやってすぐに拳を鳴らさない。おしとやかに頼みますよ。自分の領地ではないんで。

「リゼ、すまないが別の部屋を用意してくれ」

「え？　ああ、この部屋の様子じゃ警護は無理か。分かった、用意するよ」

天井が崩れ、窓が割れた寝室を見たリゼは頷きを返した。

その後、屋敷内や街での犯人捜しをしたが、捜索隊は侵入者を見つけることはできなかった。

そのため、スラト城で政務を行いながら侵入者の情報収集に当たることにした。


寝室への侵入事件から3日が経った。

珍しく早々に当主の仕事を終えたマリーダは、中庭でアルコー家の新米騎士たちに剣の稽古と称したしごきを行っている。

俺はスラト城の執務室でアシュレイ城から送られてきた書類と格闘中だ。

黙々と各自の仕事をしている俺たちのもとに、リシェールが駆け込んでくる。

「アルベルト様、例のスラト城の侵入者の身柄が割れました。『山の民』に属するゴシュート族の族長ワリドと言われる男だそうです。彼は人狼族という獣人でアルベルト様がお書きになった人相書きにそっくりだと、『山の民』に潜入させている国内班の者から連絡がありました！」

やっぱり覗いてたのは『山の民』だったか。ゴシュート族のワリド。たしか——。

「ワリドだって⁉　このスラト領に一番近い『山の民』の部族じゃないか！　うちとはいい関係を築いてたはずなんだけどなぁ。なんで、マリーダ姉様のことを狙ったんだろう？」

侵入した者がゴシュート族のワリドだと判明したことと、アレクサ班や領内班から報告された情報を組み合わせていくと、彼の目的が見えた。

「マリーダ様の命を狙ったというよりも、どんな人物か非常に興味があったんだろう。あの時、殺気は感じなかったしね。自らの窮地を脱するための情報集めとして、スラト城に来ていた私たちを直接観察したかったんだろうさ」

「自らの窮地？　ゴシュート族が困ってるってこと？　そんな話、オレのところに来てないけど」

本当ならいい関係を築いているアルコー家に頼りたかったんだろうが、先年のいくさでアレクサ王国から離れ、マリーダの保護下に置かれたため、こちらのことを探ろうとしてたはずだ。

ワリドが困っている問題に関して、こちらがどういった態度を見せるのか次第では『山の民』を揺るがす大問題に発展すると思ってるんだろうしな。

「彼が困ってる問題は、きっと『勇者の剣』に関することだと思うが――」

俺がそう言ってリシェールに視線を向けると、彼女が驚いた表情で固まった。

「なんで知ってるんですか？　まだその件の報告は上げてませんよ？」

「現時点で得られている情報を整理し、推測から導き出した答えなだけさ。『山の民』の中で拡がっている『勇者の剣』。アレクサにいたリシェールなら、アレがどんな組織か知ってるだろ？　アレクサで起きたことが、『山の民』の間に起きないわけがない」

驚きの表情で固まっていたリシェールの顔が、『ああ、なるほど』と言いたげな表情に変化した。

「『勇者の剣』の連中は、アレクサ王国でも無茶な方法で信徒を増やしてましたからね。反対をする者には『異端者』として扱い、様々な妨害工作をしてくる組織ですし」

「そういうこと。それがワリドのいる『山の民』でも起きた。どうだい、私の推測は間違ってないだろ？」

「はい、合っております。国内班が拾ってきた話だと、集落にきた『勇者の剣』の関係者が強引な勧誘をしたことに業を煮やしたワリドが半殺しにして叩き帰したらしいです。以前報告したと思いますが、『山の民』の中で急速に『勇者の剣』への信仰が広がっており、先ほどの事件でゴシュート族は『勇者の剣』に牛耳られた『山の民』から爪はじきにされ、困窮しているとの話も拾えたそうです。アルベルト様の推測通り、ワリドはアルコー家を従えたエルウィン家が頼りになるのか探りにきたのでしょう」

予想してた通り『勇者の剣』の連中の勢力拡大は、一枚岩だった『山の民』を弱体化させ、うちに取り込むチャンスを与えてくれたようだ。

ワリドをこちら側に取り込み、彼を中心とした形で『山の民』をまとめ上げ、親エランシア帝国の勢力に塗り替えさせてもらうとするか。

「だったら、そろそろ向こうから招待がくると思うが——」

「リゼ様、アルベルト殿、ゴシュート族の族長ワリドからの使者が訪ねてまいりました！　いかがいたしましょう」

アルコー家の家臣が、血相を変えて執務室に飛び込んできた。

「本当にきた⁉　アルベルトの予測通りだ！」

「ですね。さすがアルベルト様です」

「こっちが情報を掴んだことを、向こうも知ってると言わんばかりの使者の到着ですね」

きっとゴシュート族は、『山の民』でも特に情報収集を大事にする部族だと思われる。

俺がアレクサで叡智の至宝と呼ばれてたことも知ってたし、相当各地の事情に通じているはずだ。

「ここに通してくれ。あとは向こうが集落まで先導してくれるさ」

執務室に通されたワリドの使者は、予想した通り、俺たちを集落へ招待した。

そのため、政務の代行をイレーナに任せ、俺はマリーダとリゼとリシェールを伴い『山の民』の領域へ足を踏み入れた。


ワリドの集落は、リゼの領地から馬車で2日ほど西に向かった高山の中腹に作られていた。

季節は冬のため、集落の周囲は雪に閉ざされている。

転生前の俺だったら絶対に無理な山登りだったな。転生して身体を鍛えておいてよかった。

でも、こんな場所で生活するって、ものすごく大変だと思うぞ。

前を進むマリーダは、急勾配《きゅうこうばい》の道を山登りで動けなくなったリシェールをおんぶしている。

「マリーダ様、あたしのお尻を揉んで楽しんでますよね？」

「そ、そんなことはないのじゃ！　揉みがいのあるお尻だとか、背中に当たるおっぱいが気持ちよいとか思っておらぬのじゃぞ！」

「マリーダ様は、アルベルト様にあれだけ可愛がってもらっているのに欲求不満なんですか？」

「そうではない。妾の手が勝手にやっておるのじゃ！」

手が勝手にお尻を揉んだりはしないと思うが……。絶対にあれはわざとやってるよな。

「んんっ！　マリーダ様、ここは領外ですので、おふざけはほどほどに」

咳ばらいをしてマリーダに忠告すると、俺たちを先導している使者の男が止まった。

「ようこそ、わが集落へ。マリーダ・フォン・エルウィン殿、リゼ・フォン・アルコー殿、そしてアルベルト・フォン・エルウィン殿。わしがこのゴシュート族の長、ワリド・ゴシュートだ」

聞き覚えのある声の方へ視線を向けると、灰色の髪に狼の耳と尻尾を持つ、金色の瞳の大男がいた。

あの時、寝室へ侵入してきた男だな。こいつがワリドか。

「あの時は逃がしてやったが、今日は逃がさぬぞ！　と言いたいところだが、山の民には綺麗なおなごがおると、アルベルトから聞いてのぅ。この前の詫び代として、女官に採用する子を品定めにきたのじゃ」

リシェールをおんぶしたままのマリーダが、キョロキョロと集落の女の子を見つめて品定めをする。

マリーダよ。本音がダダ漏れしてるから、少しはしまって！　話がややこしくなるからさ。

女領主だから身の回りの世話をさせるという理由で、女漁りしてても領民からは好色な領主とは言われないで済んでいる。

けど、実態は『夜のお世話』までさせられるので、マリーダが男だったら叛乱が起きていてもおかしくない。

「んんっ！　マリーダ様、今回はゴシュート族の困りごとを解決するためにきたのですよ」

「マリーダ様、身の回りの世話をするのはあたしがいますので、女官を増やすのはしばらくお控えくださいい」

「じゃがのぅー。妾の身辺が寂しくてのぅー。ほら、まだ夜は冷え込むであろう？　妾の身体を温めてくれる可愛い子がおるのとおらぬのでは、やる気にも違いがのう……」

　マリーダの発言を聞いたワリドの視線が、こちらを値踏みするようなものに変化をする。

　集落に招待したものの、彼はこちら側にくるべきか、まだ迷っている状況なんだろう。

「『鮮血鬼』マリーダ殿は剛毅な方だな。わしらゴシュート族が暗殺を狙っておるとしたらどうするのだ？」

　ワリドが手を挙げると、集落から黒装束の男たちが姿を現す。

　これは、こっち側の問題解決への本気度を試してるんだろうな。懐に手を入れ武器を持っているように見せてるが、俺たちを殺すメリットが向こうにはない。これに怒って俺たちが帰るようなら、彼は一族ごと死ぬつもりなのだろう。それくらい状況は切迫していると思われる。

「ワリド、妾を試すのはやめよ。殺気もないのに、暗殺などするやつがおるわけないのじゃ！　せっかく寒い中をここまできたのじゃ！　酒くらい出すのが礼儀じゃろう。集会所はどこじゃ！　案内せい。ここじゃ、寒くて凍えてしまう。リゼたんもそう思うじゃろ」

「まぁ、寒いことは寒いね。でも、オレは厚着してきたし大丈夫」

「できれば、私も暖かい場所で会談するのがよいですね。ここは南国生まれの私には寒すぎる」

ワリドは黒装束の部下たちに戻るよう指示を出す。とりあえず、俺たちがゴシュート族の話を聞く意欲が高いと判断してくれたようだ。

「集会所はこちらだ。酒も出すが、美味くはないぞ」

ワリドは自らが先導する形で、俺たちを集落の集会所に案内してくれた。

到着した集会所は、大人が十数人ほど入れる木造の建物で、部屋の中央にある暖炉が室内を暖かくしていた。

「本当に酒だけとはのぅ。リシェール、酌を頼むのじゃ」

「はい、すぐにいたします」

暖炉の前の一番暖かいところに陣取ったマリーダは、リゼに膝枕をさせ、運び込まれた酒瓶をリシェールに渡し、1人で酒盛りを始めた。

「癖は強いが、これはこれで悪くない酒じゃぞ。おぉ、癖になりそうな味じゃ」

「山でしか取れぬ果実を発酵《はっこう》させた酒だからな。街じゃ飲めぬ物だ」

集会所にいるのは、俺たち以外ワリド1人だ。

ワリドの率いるゴシュート族は、エランシア帝国建国以前からこの地に住む獣人の一族で、山野を駆け巡り、狩猟の腕に優れた山の民だ。一方で、行商をする彼らは情報の重要性も熟知している。

山野の狩猟で鍛えた俊敏さと隠密性、それにスラト城で見せたワリドの技、それらはこの世界の忍者と言ってもよく、能力の高い密偵になれる素質が十分にある。

情報収集を最優先にしている俺からしたら、喉から手が出るほど欲しい人材だった。

能力を把握するべく、ワリドに対し力を行使してみた。

名前：ワリド・ゴシュート
年齢：43　性別：男　種族：人狼族
武勇：68　統率：72　知力：77　内政：31　魅力：58
地位：山の民ゴシュート族長

武勇も統率も知力もあるし、諜報組織の実戦部隊を任せられるな。ワリドが家臣になれば、リシェールは膨大な情報を整理するのに専念できそうだ。

ゴシュート族が丸ごとエルウィン家に仕えることになれば、諜報組織は一気に拡充できるし、人員の兼合いで班編成できなかった国外班も編成できるようになるはず。

ワリドの信頼を得るためにも、問題は早く解決した方がよさそうだ。

「ワリド殿、今回の招待はわがエルウィン家との秘密交渉だと思っておりますが、間違いありませんでしょうか？」

　黙々と酒を飲んで話を切り出そうとしないワリドへ、俺から言葉をかけた。

「分からん。アルコー家のリゼ殿であれば、わしが上手く操って今の状況を少しでも改善させる手段はあったが……。相手がお主たちエルウィン家となると、頼ってよいか迷っておる。叡智の至宝と呼ばれた策士殿がおられるからな」

「私に頼ると、山の民の不文律《ふぶんりつ》を破ることになるのを懸念されているのですね」

「ああ、そうだ。わしらはどの勢力にも加担しないのが不文律だ。ずっと山の民の不文律を守ってきた。だからこそ、中立という立場でいられた。でも、それも崩れかけている」

　酒杯を片手に持つワリドの顔には、苦悩の色が色濃く浮き出ている。俺を頼れば、山の民として生きることはほぼ不可能になると思っているのだろう。

　だが、それは俺の考えてるゴシュート族の未来ではない。ワリドには家臣となってもらうつもりだが、そのまま山の民を裏からまとめ上げてもらいたいとも思っている。

「では、この苦境を利用して、ワリド殿が山の民をまとめ上げればいい。そのためにわれらエルウィン家は援助する用意があります」

　ワリドは手にしていた酒杯を取り落とした。

「わしが山の民をまとめ上げるだと⁉　アルベルト殿ならば、今のわしらの状況を知っておるはずだろう！　そんな夢物語みたいな話を信じろと申すのか？」

「ゴシュート族は情報に長けておると言っておったが、アルベルトの知略を低く見積もりすぎじゃのう。もう、すでにアルベルトの頭の中ではすべてが組み上がっていて、あとはその通りに実行するだけになっておるのじゃ」

リシェールの酌を受けて、果実の酒に舌鼓をうっていたマリーダの言葉に、ワリドが色めき立つ。

「マリーダ殿の話はまことか？　本当にすでにそのような策の用意が⁉」

ワリドの反応を見ていると、こちらの予想している以上に追い詰められた状況なのが察せられた。

異端者として山の民の仲間から迫害され、一族が生存の瀬戸際まで追い詰められた状況を改善するだけでなく、山の民を統べる地位を得れば、彼からの絶大な信頼を得られると思われる。

俺はワリドの目を真っすぐに見据えて頷き、口を開いた。

「策はすでに私の頭の中にありますよ。ワリド殿たちゴシュート族の協力が得られるなら成功率はかなり高いですね」

「われらの力？」

「ええ、ゴシュート族の力です。ですが、これより先を話すにはエルウィン家を信じてもらうことが条件となりますが」

「わしらが生き残るため、エルウィン家を頼れと言うのか。それでは山の民の中立性が……消えてしまう」

　話が堂々巡りになりそうだったので、ワリドにそっと耳打ちをする。

『どこの勢力も表と裏の顔が存在しますよ。もちろん、山の民にもそれが存在してもいいはずです』

　俺が耳打ちすると、ワリドはハッとした顔をする。

　頭は悪くない男であるため、こちらの言った意味をすぐに理解したようだ。

「表と裏……つまり、わしが山の民の裏側を仕切ることにすれば、表向き中立性を保ったままでいられる策があると言うのか」

　問いに頷き返したことで、興味を持ったワリドは大きく身体を乗り出してくる。

　どうやら狙った獲物が釣れたようだ。

「私の話をお聞きになりますか？」

「ああ、よかろう。ぜひ聞かせてもらいたい」

「策を話す前に、確認したいことがありますが、お聞きしてもよいですか？」

「こうなれば包み隠さずにアルベルト殿に話す。なんでも聞いてくれ」

「では、今ゴシュート族に起こっている問題を確認させてもらいます。最近、山の民の間で流行している『勇者の剣』といざこざがあり、『勇者の剣』がゴシュート族を異端者扱いして、山の民から爪はじきにしているというのは間違いないですか？」

俺は諜報組織から仕入れていたゴシュート族の問題をワリドに確認する。

「ああ、そうだ。集落の者といざこざを起こした『勇者の剣』の関係者をわしが叩き出したら、代表であるブリーチ・オクスナーの言葉だとして、『異端者』に認定された。わしらは外の情報には敏感だったが、身内の情報には疎かった。『勇者の剣』が、山の民にこれほどまで浸透していたとは思いもよらなかったのだ」

諜報組織が掴んできた話に間違いはないか。となると、『勇者の剣』はいつもの手段で異端者を孤立させているんだろう。

「現時点で『勇者の剣』に指示された他の山の民たちによって、あっという間に異端者ゴシュート族との交流を禁止され、支援もされず、山野での狩猟や採取も制限され、この僻地で孤立状態になっている。これも間違いないですか?」

「恥ずかしながら、アルベルト殿の言う通りだ。この状態があと一週間続けば、われらは食うために誇りと集落を捨てるか、食糧を得るため決死の覚悟で他の集落を襲わねばならん。酒しか出さないいんじゃなくて、酒しか出せない状況なのだ」

「そのようなこと、妾でも分かっておるのじゃ。外で見た集落の住民があまりに痩せすぎておる。十分に冬越しできる食糧を得られなかったのじゃろう。すぐに人を派遣して、リゼたんのアルコー家に食い物を取りにくるがよい。妾は痩せた子も好みじゃが、病的に痩せておるのはダメじゃからのぅ。ほどほどに痩せ型のおなごがよいのじゃ」

女の子を見ていたマリーダも、さすがにワリドたちゴシュート族が追い詰められていたことに気付いていたようだ。

「エルウィン家当主の許可が下りたので、遠慮なく取りにこられるがよろしい。アルコー家には、エルウィン家から十分に食糧支援がされているので、ゴシュート族の分が増えても問題ないはず」

俺はアルコー家の当主であるリゼに確認の視線を送った。

「オレのところは問題ない。スラト城に戻ったらすぐに用意させる」

「本当によいのか？」

「今回の策を実行するにはワリド殿の協力が不可欠なのでね。その協力費の前金みたいなものですよ。だから遠慮なくどうぞ」

「背に腹は代えられぬ。前金として受け取らせてもらうぞ」

山の民は長く独立勢力として国家に依存せず生きてきたため、誇り高い者たちも多い。

なので、施しなんて言葉は使えない。仕事の前金として食料を支払うという提案にさせてもらった。

おかげで山の民の古参部族として、表向きの中立的立場を貫きたいワリドも、すんなりと折れて食料支援を受け入れてくれた。ワリドたちには実働部隊として謀略の手伝いをしてもらうつもりなので、すきっ腹で動けないという事態は避けられたようだ。

「それで、アルベルト殿の策はどのような？」

俺はワリドを手招きすると、すでに組み上げている策の全容を耳打ちする。

策を聞き終えたワリドの顔は紅潮し、聞く前とは違って尊敬の念がこもる瞳をこちらに向けた。

「さすがアレクサ王国で叡智の至宝と呼ばれたアルベルト殿だ。この策ならきっと問題を解決してくれるだけでなく、ゴシュート族は窮地を脱し、わしが山の民を束ねることもできるだろう！」

「策が不発で問題が解決できなかった場合でも、ゴシュート族にはエルウィン家の領内に住むべき場所を提供することを約束しますよ」

俺が差し出した手を、ワリドはためらいもなく握り返した。

「アルベルト殿の完璧な策と、わしらゴシュート族が実務を担うのだ。失敗などありえぬ話」

策を聞いたワリドもこの謀略の成功を確信してくれているようだ。これなら、失敗することはないと思われる。

「話し合いは終わったようじゃな。ワリド、アルベルトの策が成功し、お主が山の民の代表者になったあかつきには、とびきりの美女を女官として差し出すのじゃぞ。あと、この酒は毎年アシュレイ城に届けよ」

「承知した。アルベルト殿の策が成功し、わしが山の民の代表者になったあかつきには、わが一族の血を引く美女と酒をエルウィン家に献上することを誓おう」

「とびきりの美女と美味い酒を期待しておるのじゃ」

一族の血を引く美女を献上か。つまり、山の民の代表となってもワリドのゴシュート族はエルウィン家とともに歩むという意思表示をしてくれたようだ。

「私たちと手を結べば悪いようにはしない。知的労働ができる有能な人材は大好きなんだ」

「うむ、ならばわしらの力をアルベルト殿たちに見せて、さらに高く評価してもらうとしよう」

ゴシュート族のワリドの協力を得た俺は、山の民の中で暗躍する『勇者の剣』壊滅作戦を開始することにした。

第二章　謀略の成否は仕込みが決める

帝国暦二六〇年　紫水晶月（二月）

ゴシュート族への食糧支援は滞りなく行われ、山の民の中で孤立し、苦境に立たされていたワリドたちは一息を付けた。

その食料支援も公式な書類ではスラト領の巡視で領民から嘆願《たんがん》されたため、追加支援として送った物と処理されている。

実態はゴシュート族の支援だけどね。

おかげで俺専属の諜報組織の隠れ蓑であるマルジェ商会は大改編された。

なぜ大改編されたかと言うと、エルウィン家の指揮下に入ったゴシュート族から、諜報の技に優れた者をマルジェ商会の商会員として雇い入れ、どこにでも派遣される国外班として編成したからだ。その数、50名。

彼らが加入したことで、情報の精度と確度がさらに上がり、今は『勇者の剣』壊滅作戦に沿って各地で情報収集に励んでもらっている。

集まってくる情報は、『勇者の剣』がどれくらいヤバい組織なのかを伝えているが、俺はアレクサ王国のエゲレア神の元神官なので連中のヤバさを知っている。

まず、教義からしてヤバい。『勇者の剣』の代表が天空の神ユーテルから神託を受けた勇者だと自称し、『聖戦』に参加して邪神を信奉する国の領民をぶっ殺したり、多額の献金をすれば、来世ではいい人生に生まれ変わると吹聴してるからだ。

死んでからのご利益を声高に訴えられても、聞かされた方は『あんた、それじゃあ、俺はもう死んでますが？　死んだら、そりゃあ俺じゃない』ってなりそうなんだが……。

実際のところ、戦乱によって食うや食わずの地獄のような生活をしてる連中からしてみれば、いっそ死んだ方が楽だと考える層もわりといるのが、この世界。

そんな人たちに、『聖戦』で死ねばいい人生に転生できるって『勇者の剣』の教えは大流行中。

特に俺が生まれたアレクサ王国は、エランシア帝国との戦いが長引き、重税につぐ重税で、農民蜂起も何度も起きてるお国柄ってこともある。

そんな貧富の差が大きいアレクサ王国で、『勇者の剣』がユーテル神の信徒組織として結成され、農民を中心に広がり、たった10年で国内有数の信徒組織にまで膨らんだ。

教義もヤバいが、『勇者の剣』代表となっている神託の勇者君も教義以上にヤバい。

妻帯してるだけでなく、年若い綺麗な女性信徒を自分の側女《そばめ》にしてたり、信徒からの献金を飲酒豪遊に使ったり、王都の不動産を買い漁って自らの資産にしたり、果ては『勇者の剣』の幹部に親族をずらりと並べる俗物ぶりを発揮してくれている。

まぁ、俺も信徒を食い物にする詐欺師をしてくれてるだけなら、アレクサ王国を腐らせるため放置しておくつもりなんだけど、勇者君は『聖戦』を叫び続ける実に面倒な存在。

先頃、馬鹿王子オルグスが企図したエランシア帝国侵攻作戦でも、宗教関係者に甘いとされるアレクサ王を焚き付け『聖戦』として認めさせ、信徒を兵士として動員し侵攻の支援をしたり、信徒たちから多額の献金を集めていたという情報も掴んでいる。

焚きつけたのはいいけど、『聖戦』を称した遠征の結果が、未曽有の大惨敗。

アレクサ国内では、オルグスが事実を隠蔽したことで、表向き遠征は継続中だ。

そのせいで真実を言えずにいる代表の勇者君は、必死に『聖戦』に動員した者の所在を誤魔化してるが、あやふやな答弁のせいで信徒たちの信頼を失っている状況。

信徒たちの風向きが変わって焦った勇者君がオルグスに取り入り、今度は山の民を使ってエランシア帝国ぶっ潰すぞ計画を練っている。

って言うか。あいつら放置すると、『聖戦』を称して金集めをするために、何度でも信徒を焚きつけてエランシア帝国を襲ってくる。

そんなあほな連中に、俺の平穏な生活を乱されるのも困るし、ワリドも迷惑しているみたいだから徹底的に潰させてもらう。

そんなことを考えていたら、馬車が目的地に着いたようだ。

山の民の領域から帰還した俺たちがきている場所は、マリーダの義兄ステファンの本領であるファブレス領だ。

　城の前に到着した馬車から降りると、領主であるステファンとその夫人であり、マリーダの姉であるライアが出迎えてくれた。

「よくきてくれたな、アルベルト。この前のアレクサ王国とのいくさでは世話になった。今日は酒宴の用意もしてあるからゆっくりとしていけ」

「はい、お言葉に甘えさせていただきます」

　広い額を持つ九尾族のステファンは、万事そつなくこなす万能型の人物で、魔王陛下の腹心と言われる出世頭の辺境伯だった。

「それにしても、またアルベルトは面白そうなことをしておるな。わしの耳にもいろいろと届いておるぞ。よい目と耳を手に入れたとも聞いておる」

「さすがステファン殿、お耳が早い。私もステファン殿を見習わせてもらっているだけです。それに例の3領はかなり落ち着いたとか」

「まぁ、前任者が酷かったからな。それにアルベルトがしっかりとした下準備をしてくれたおかげでもある」

　ステファンは、この前のいくさでアレクサ王国に対する大勝利の褒賞としてズラ、ザイザン、ベニアの3領を加増されたと聞いている。

　3領は悪政が続いてた領地であるため、俺としてはお荷物領地だと思っていたが、すでにしっかりと内政に手を入れているようで、復興の兆しを見せているらしい。

さすが魔王陛下の腹心と言われる男だ。

俺がステファンの手腕に感心している横で、マリーダが姉のライアの大きな胸に顔を埋めているのが見えた。

ライアは、マリーダと同じく銀髪赤眼で短めの角を持つ、おっとりした雰囲気の鬼人族の美女だった。

「姉上〜久しぶりなのじゃ！」

「もう、マリーダはいつまで経っても甘えん坊なんだから。旦那様もできたのだから、これからはもう少ししっかりしないとね」

「分かっておるのじゃー！　でも、アルベルトなら、妾が姉上に甘えるのを許してくれるのじゃ！」

うむ、姉に甘えてるのは分かるが、ライアの胸に触れてる手つきは、どう見てもエロ爺《じじい》の手つきなんだよなぁ。しっかりと揉んでるじゃん。

ライアもそれを当然のように受け入れてるのを見てると、マリーダの女好きは案外、あの姉の影響があるんじゃないだろうかと思える。

俺はライアの能力を把握するため、力を発動させる。

名前：ライア・フォン・ベイルリア
年齢：26　性別：女　種族：鬼人族
武勇：61　統率：21　知力：22　内政：6　魅力：72
スリーサイズ：B100（Iカップ）W60H90
地位：辺境伯夫人

鬼人族の女性の平均的な武勇が50台なので、意外と数値が高い。

人族の強い騎士よりか上の腕前を持ってる感じか。

おっとりしてそうに見えるが、さすがは最強生物マリーダの姉ということだな。

見た目とは違うライアの能力に感心していると、ステファンが咳ばらいをしてくる。

「んんっ！　ライア、マリーダとも久しぶりに会ったのだから、姉妹水入らずの時間をすごすがよい。わしはアルベルトと話をしたいのでな。よいだろ？　アルベルト」

「ええ、まぁ、マリーダ様さえよければ、私に異存はありませんよ」

「やったぁーー！　姉上、一緒にお風呂に入るのじゃ！　今日は妾が身体を洗ってあげるのじゃぞ！」

「あらあら、お風呂に入るの？　まぁ、久しぶりだしマリーダに洗ってもらうのもいいわね。では、旦那様、アルベルト様、お先に失礼します」

「姉上ー！　風呂じゃ！　風呂なのじゃ！」

姉のライアにべったりとくっついてイチャイチャしたまま、マリーダたちは城の奥へ消えていった。

「わしらはこっちだ」

マリーダたちを見送ったステファンに先導され、俺は用意された酒宴の席に向かうことにした。


案内された部屋は応接間ではなく、ステファンの私室であった。

俺はステファンに促された席に腰を下ろす。

「ここなら話が外に漏れることはない。なので、アルベルトが考えている策を披露しても問題はないぞ。わしも関わる以上、全容を聞いておいた方がこちらも効果的に動ける」

謀略を熟知したステファンであるため、俺の策を利用しつつ、自分の利にもなるよう動くつもりらしい。

「承知しました。今回の策はステファン殿にご協力を頂けないと成り立ちませんしね。策を披露することに問題はありません」

「さすが、アルベルトだ。話が早いな」

下手にこちらの策を隠して、ステファンが独自で仕掛けている謀略と競合すると面倒だしね。

「まず、今回の策は、アレクサ王国で強い影響力を持つ『勇者の剣』を徹底的に潰すのが最終目的になっております」

「『勇者の剣』……ああ、あの狂信者どもか。『聖戦』を叫び、信徒をわが国とのいくさに動員してくる面倒な連中だったな」

「ええ、そうです。私の策は、その『勇者の剣』を宗教的に抹殺し、アレクサ国内で非合法化し、組織を解体させるつもりです」

二度と『勇者の剣』として組織化されないよう、代表の勇者には死んでもらうし、組織は徹底的に潰させてもらう。

「その策をどうやって達成するつもりだ？」

「私の伝手にゴラン第二王子と繋がっているアレクサ貴族がいます。そっちから働きかけてもらいます」

「なんと⁉　ゴラン王子と繋がりを持っておるのか⁉　最近、アレクサ国内で存在感を増してきていると聞いておる。王族の働きかけか……なるほど」

「あと私は元エゲレアの神官。なので、アレクサの宗教関係者の伝手は多いのですよ」

「そっちからも働きかけるというわけか。二方面から働きかけられたら、アルベルトの策が成功する確率は高いな」

策を聞いたステファンも成功の可能性を見出したようで、笑みを浮かべる。

「ちょうど先のいくさで『聖戦』を声高に叫んだ『勇者の剣』は、信徒の信頼を失いつつありますからね。時期もちょうどいい」

「なるほど、たしかに」

「こんな時期に、なぜか組織の幹部の醜聞《しゅうぶん》、乱れた女性関係、献金された金の使い道、幹部の犯罪行為、『聖戦』と称したいくさの真実が、クチコミで広がったりもするんですよ」

まぁ、その噂はマルジェ商会のアレクサ班が流しまくるわけなんだが。

「信徒の信頼が低下している中、代表や幹部の醜聞が拡がり、宗教関係者からの告発や破門、王族からの排除の働きかけまで行われたら、『勇者の剣』といえども耐えられぬな」

さすがステファンだな。全部言わずとも、断片情報と推測だけで俺の策を見抜いてきた。

やっぱり敵に回さず、頼れる親戚として関係は密にしておいた方がいい人物だ。

「となると、わしの仕事は、わが領内にあるエランシア帝国最大の天空の神ユーテルの神殿の管理者をしてる高位神官殿への顔つなぎってところだな」

「話が早くて助かります」

うちの魔王陛下も、自分の信仰姿勢に対し意見しない限り、部下の信教の自由は保証している。

つまり、エランシア帝国の国教は戦闘神アレキシアスであるが、領民は別にどの神様を信奉しても迫害されることはなく、6大神の神殿はエランシア帝国内各地に建立されている。

エランシア帝国内の各神殿は、信徒の寄進により運営されるが、領土を持つことは許されず、神官は神への祈りと信徒の冠婚葬祭でのみ祝福を授けることだけが主な仕事となっていた。

宗教界での祭事のみにとどまっていれば、宗教活動の自由は保障されている。

ただ、宗教者が政治や統治に介入したら、その神官の首は飛ぶと帝国法には定められているのだ。

信教の自由を定めた帝国法に則り、九尾族の義兄ステファンは、天空の神ユーテルを大いに信仰し、アレクサ王国にあるユーテルの総本山とされる大神殿から、高位の神官を招いていた。

「よかろう。明日にでも神殿長と面会できるように手配しておく。わしも同席させてもらってよいか？」

「はい、よろしくお願いします」

ユーテル神の高位神官への面会に、ステファンの協力を取り付けられたため、それからはお互いの領内の問題やエランシア帝国の現状を語り合いながらの酒宴となった。


翌日、俺とステファンは、馬車でユーテル神の神殿に向かっている。

視界の先には、石造りの大きな神殿が見えた。

この世界で信仰されている神様は6人ほどいる。順番に紹介させてもらうと。

・天空の神ユーテル……言わずと知れた創造神。光の守護者でこの世界で最もメジャーな神様。
・叡智の神エゲレア……知恵の神様。世界のあらゆる事象を把握してる。学者、医者、官僚などの知識階層に支持されてる神様。
・技芸の神アスクレー……技術の神様。世界のあらゆる武具、道具を作り出した神。鍛治屋、大工、石工、衣服屋などの職人たちに支持されている神様。
・農耕の神ザードゥル……農耕の神様。この神の機嫌を損ねると日照りや干ばつを起こされる神。農民たちが多く支持している神様。
・水の神ネフトゥー……水の神様。怒らせると氾濫や台風を起こすと思われている神。漁師、海運関係者に支持されている神様。
・戦闘の神アレキシアス……戦闘の神。荒ぶる戦乱を生み出した神と言われ、主神ユーテルから神界を追放され、邪神扱いされている。

この世界は多神教であるし、わりと信仰に関しては個人の自由で、大半の国家でユルユルな感じなんだけど、ただ1つだけ信仰したらダメなやつがある。

そのダメな神を、うちの皇帝が大々的に信仰してるって各国に宣言してるわけですよ。

他の神様から邪神扱いされている戦闘の神アレキシアスってやつですけどね。

マリーダの主君であるエランシア帝国の皇帝が、『魔王』って言われるのも、亜人種のためにエランシア帝国を建国した初代皇帝から、荒ぶる戦闘神アレキシアスを信奉してて、周囲に侵略戦争を仕掛けまくって領土拡大をしたからだと言われてる。

おかげでエランシア帝国が、今も周辺の人族国家から攻められるのは、『お前のとこの皇帝がやべえ神様を信奉してるし、いつも領土拡大してきてあぶねえから潰させてもらうわ』的なノリで戦争になっているのだ。

もちろん、エルウィン家は脳筋一族のため、戦闘の神アレキシアスを大々的に信奉している。

城下街に戦闘の神アレキシアスの神殿が建立されてて、鬼人族の神官が日々肉体を鍛えているんだ。

神官なのに身体を鍛えてるんだぜ……。

とまぁ、神様の話をしてたら、馬車が神殿に到着したようだ。

ステファンとともに馬車を降りると、面会を申し込んであるユーテル神の高位神官に会うため、神殿の奥にある神殿長室へ向かった。

「ステファン様、急な面会の申し込みでしたが、何かお困りごとでもありましたか？」

ステファンから神殿の運営に対し、多額の献金を受けているサンデル神殿長は丁重な言葉遣いであった。

俺の名前で面会してたら、門前払いだったはずだ。

彼の能力を把握するため、自分の持つ力を行使した。

名前：サンデル
年齢：62　性別：男　種族：人族
武勇：12　統率：21　知力：75　内政：49　魅力：61
地位：ユーテル神殿エランシア帝国駐在主任神官

エランシア帝国におけるユーテル神殿の関係者のトップ。

それが目の前にいるサンデル神殿長だった。

「実は非常に困ったことになっていてな。もしかしたら、宗教関係の重大事案に発展するかもしれんのだ」

「重大事案ですと⁉」

「ああ、わしの義妹の旦那でアルベルト・フォン・エルウィンがその重大事案に関して連絡をしてくれた。そっちから聞いてもらえると助かる」

ステファンが、上手くアシストしてくれたおかげで、サンデル神殿長がこちらの存在に気付いてくれた。

「アルベルト・フォン・エルウィン殿？」

サンデル神殿長は、俺の顔を見て怪訝《けげん》そうな顔をする。しばらくすると、顔と名前が一致したようで驚いた表情に変化した。

「叡智の至宝と言われたアルベルト殿ではないか⁉　いつの間にエランシア帝国の貴族になられたのだ⁉　たしか連れ去られて行方不明になられたと聞いたが」

相手も俺が叡智の神殿の元神官だったことは知っているらしい。

俺も信ずる神は違うとはいえ、彼の国での立身出世を目指した時もあったので、アレクサ王国の宗教関係者の顔くらいは覚えていた。

「なんとか生きておりますよ。今はステファン様の義理の妹マリーダ・フォン・エルウィン様の配偶者をしております」

「そうでしたか……生きておられたか」

「私の話はそれくらいにして、重大事案の説明をさせてもらってもよろしいですか？」

「あ、ああ、そうでしたな。それで重大事案とはいったい？」

「エランシア帝国内の大きな神殿を任される貴方のことですので、すでにお心当たりがあると思いますが……。そう、ほら最近有名な『勇者の剣』と申せばお分かり頂けるでしょうか？」

『勇者の剣』の名を出した途端、サンデル神殿長の顔色がサッと変わる。

明らかに動揺した表情を浮かべたのは、その話をされるとマズいと思っているんだろう。

「私は関係ありませんよ。エランシア帝国内のユーテル神殿は、すでに『勇者の剣』に対し、絶縁状と破門宣告を行っています」

反論するサンデル神殿長は、青い顔でダラダラと額から大粒の汗をかき始めた。

「サンデル神殿長の話はわしも聞いておる。それに魔王陛下も『聖戦』を称し、信徒を焚き付けエランシア帝国に対して戦闘行為を助長する『勇者の剣』に厳しい措置を講じる準備を進めておるからな。早晩、エランシア帝国内では『勇者の剣』は非合法組織として取り締まりの対象になるはずだ」

昨日の酒宴の最中ステファンから、魔王陛下が国内の『勇者の剣』を潰そうと動いていることを聞かされた。

きっと、魔王陛下も山の民への布教の勢いを見て、『勇者の剣』を捨てておくことは危険だと察した動きだと思われる。

「ですから！　私たちと『勇者の剣』は関係ありません！」

俺は懐から取り出した1枚の書類をテーブルの上に置いた。

「これはエランシア帝国内のユーテル神殿から、『勇者の剣』へ流れた資金をまとめた書類なんですけどね。見てもらえますか？」

書類に目を落としたサンデル神殿長の顔色がさらに青く染まっていく。

表向き絶縁状を叩き付け、破門宣告したはずの神殿が明らかに活動資金を援助しているのがバレる書類である。

　そのため、非合法組織とされた時、サンデル神殿長も連座で首を刎ねられる可能性を秘めている。

「こ、これをどこで？」

「とある人から託された物でして」

　ワリドが国内の『勇者の剣』の関係者からくすねてきた書類だが、正直に言う必要もないので誤魔化しておいた。

「ち、違うのです！　これは、アレクサの総本山の連中が勝手にやったこと　。私は加担してない！」

「本当にですか？　同じユーテル神に仕える者として、貴方が信徒組織である『勇者の剣』を支援しているのではありませんか？」

　俺の言葉を聞いたサンデル神殿長の顔が、一気に赤く変化した。

「あんなやつらの言っておる話はユーテル神のお言葉ではない！　同じにしないで欲しい！　ユーテル神は日々堅実に生き善行を重ねよと申されているのだ！　『勇者の剣』のクソみたいな教義を垂れ流されて、私たちがどれだけ苦労したことか！」

　サンデル神殿長はユーテル神の教義について、総本山でもトップクラスの見識を持っていると記憶しており、彼自身は『勇者の剣』の教義にかなりの険悪感を抱いていると調べ上げていた。

「そうなのですか？　私はエゲレアの神官でしたので、ユーテルの教義に疎くて、『邪神に魂を売った連中を皆殺しして、死んだらいい人生に転生しようぜ！』って教義かと思ってましたよ」

「違います！　あれはアレクサ国王の信仰心が篤いことを利用してのし上がった、神託の勇者を自称する馬鹿が勝手に広めている教義だ！　それに、ユーテル神はそのような神託を下したことは一度もない！　まったくの偽りの教義なのだ！」

「この様子だと、どうやら、この件にはサンデル神殿長は関与されてないようですね。ステファン殿」

「ああ、そうみたいだな。わしとしても関与してなくて助かった」

俺たちの言葉を聞いて、サンデル神殿長はホッと安堵した様子を見せる。

「信じて頂きありがとうございます」

「資金援助の件は無関係って分かりましたが、実は別件もありまして。うちの近くの山の民が、『勇者の剣』の迫害を受けているのですよ。異端者だって扱いを受けて。しかも、そこにいないはずのエランシア帝国のユーテル神殿の関係者がいましてね。これって、魔王陛下の耳に入るとマズいですよね――」

安堵していたサンデル神殿長が、焦ったように俺の口を手で塞いだ。

サンデル神殿長には、『勇者の剣』の山の民への布教に参加した神殿関係者に心当たりがあるようだ。そのことがバレたら、自分たちの身が危ないと思っているらしい。

こうなればこっちのペースである。相手が後ろ暗いと思っているなら、それを徹底的に利用してやればいい。

「アルベルト殿！　声が大きいですぞ。なにとぞその件はご内密に頼みます。内々に処罰しますので、なにとぞご内密にして頂きたく」

塞がれていた手を外すと、俺はサンデル神殿長に向け、対処に困っているような表情を浮かべた。

「ですが、実際の被害が出て、うちの領内に亡命してきてるんです。だから黙っているわけには」

「ふむ、アルベルトの言うことも分かる。『勇者の剣』はユーテル神の信徒組織を名乗っておるし、監督する権限はユーテル神殿が持つべきではないのかね？」

「ステファン様、『勇者の剣』の連中は私らの監督権など認めませんよ」

「でしたら、サンデル神殿長には、やはり首を出す覚悟をしてもらわねば。うちとしては魔王陛下に訴え出るしか手段はありません」

実際、『勇者の剣』の教えは、エランシア帝国南部でも広がってきている。

放っておけば、アルコー家やうちにまで広がり、農民反乱の火種になりかねない存在だ。

害虫駆除は先手必勝。後手に回れば、手遅れになる。

「そ、そんな……私は無関係なのに！」

再び『勇者の剣』の連座で、首を斬られかねない状況だと察したサンデル神殿長が震え始めた。

『勇者の剣』によって、窮地に立たされたサンデル神殿長に俺から助け舟を出してやる。

「では、助かるためには、必死になって『勇者の剣』を糾弾《きゅうだん》し、ユーテル神殿から完全に破門するしかありませんね」

「ですが、エランシア帝国内の私では、絶縁状と破門宣告を出すのがやっとだった。それでも、一部の者は『勇者の剣』と繋がったままなのだ……」

サンデル神殿長は必死に声を絞り出した。俺は、そんなサンデル神殿長の肩に手を置く。

「なにもエランシア帝国内で働きかけてくれとは言っておりませんよ。『勇者の剣』の勢力が強い、アレクサ王国のユーテル総本山に働きかけて欲しいのですよ。貴方は総本山から派遣されてますすよね？」

「総本山にですか⁉」

サンデル神殿長がアレクサ王国のユーテル総本山と太いパイプを持っているのは知っていた。元同じ業界の人なんでね。なので、今回の訪問は彼を狙い撃ちしたものなのだ。

使える物は神様でも使わないと。どんな世界でも、本家本元の神様の声だって言えば、絶大な効果を発揮するのだよ。

「たしかにユーテル総本山に働きかけをすれば、『勇者の剣』を破門できるかもしれぬが……」

「貴方が働きかければ動く神殿関係者も多いはずです。それにこちらもお使いください」

新たに懐から出した書類を見せる。そこには、ゴラン派に名前を連ねる貴族の名前が書かれていた。

「これは、アレクサ貴族の名が記されているようですが……」

「ゴラン第二王子側に付いている貴族たちの一覧です。これらの貴族たちは『勇者の剣』の排除に力を貸してくれるはずです」

「それは、ゴラン第二王子が『勇者の剣』を潰したがっていると取ってよろしいのか？」

「ええ、そのように考えてもらってよろしいかと」

「うぬぬ……」

書類を手に取ったサンデル神殿長が、真剣な顔で中身を精査していた。

「別に無理ならいいんですよ。無理ならね。ですけど、うちも被害がこれ以上続くなら被害報告を魔王陛下に上げないといけない。その際『勇者の剣』の名前とともにユーテル神殿の関係者の名前も出てしまいますがよろしいですか？」

そんな報告書が、国内の『勇者の剣』を潰そうとしている魔王陛下に上がれば、このユーテル神殿は上へ下への大騒ぎになるだろう。

なにせ、魔王陛下は歴代皇帝の中で、宗教の政治や統治への介入に一番厳しいと言われてる人だしな。

　サンデル神殿長は意を決したように、顔を上げてこちらを見た。その顔には悲壮感が漂っている。

「分かりました！　私がアレクサ王国のユーテル総本山に赴きましょう。徹底的に『勇者の剣』の擁護をする腐った連中を追い出してやる！」

　まぁ、黙って首を斬られるより、アレクサ王国のユーテル総本山を動かして『勇者の剣』を糾弾する側に加わった方が安全だと思う。命大事でいこう。命大事でね。

「お力添え頂けるとはありがたい」

「わしもサンデル神殿長殿に助力するつもりだ。必要な物があればなんでも用意する」

「では、すぐにアレクサ王国へ赴きますので、馬車を1台お貸しください。それと、しばらく神殿は副神殿長に任せることをお許しください」

「承知した。馬車はすぐに用意させる」

　先ほどまで蒼い顔をしていたサンデル神殿長が、腹を決めた途端に眼にやる気を漲らせている。相当、『勇者の剣』のことを苦々しく思っていたのだろう。

　これなら、アレクサ王国のユーテル総本山のトップである大神官を説得してくれそうだ。

「これよりアレクサ王国のユーテル総本山に出向き、大神官様に直談判し『勇者の剣』の信徒組織からの除名と、代表の破門。彼らの教義は捏造した偽物だという公式発表を出させせます！」

「頼みます」

俺はサンデル神殿長の手を強く握った。

現状、『勇者の剣』はユーテル神の信徒組織であり、代表はユーテル神の神託を受けた勇者だと称している。

その偉い勇者様から邪神に魂を売った者を殺せば、死んでからいい暮らしができると言われ、どうせ生きてても戦乱の苦しい世ならと信仰に励み熱狂する。彼らには囁かれた死後の理想郷への希望が恐ろしいほどの力となるのだ。

だが、一気に鎮火するのも宗教的熱狂であった。

鎮火への切り札は、神殿からの実質的な追放処分による勇者様の権威の剥奪。

ユーテル総本山から、除名と破門、そしてお前らの教義は嘘っぱちってお知らせがくれば、『勇者の剣』の権威もガタ落ちだろう。

『勇者の剣』の教義に共鳴している者たちも、多くは人族国家のユーテル神の信徒であり、組織が除名され、代表が破門されれば、『勇者の剣』から離れる者も増えるはずだ。

それに、追放処分と時を同じくして『勇者の剣』の様々な醜聞が溢れ出す予定だ。

神性を謳うカリスマ的な勇者君や幹部が、一般人よりも乱れた生活を行っていると知れば、興ざめする者がさらに加速すると思われる。

そういった離脱者が増えれば増えるほど、代表の勇者は焦り、自らの権威を維持するため内部の引き締めに走り、より厳しく教義を運用し、さらに離脱者を増やしていくことになる。

組織に愛想をつかした信徒が離脱すれば、影響力はドンドン低下していく。

そうなれば、騒ぎ立てる一部の信徒を孤立させ、派閥抗争をさせれば自動的に内部崩壊に至るはずだ。

サンデル神殿長にユーテル総本山からの『勇者の剣』の追放を託し、俺たちは神殿を後にした。

※オルグス視点

「オルグス様、新たにこちらの者たちが、殿下の身辺のお世話をすることとなりました。ご自由にお使いくださいませ」

ザザンが連れてきたブリーチ・オクスナーの招きで、王都の貴族街にある『勇者の剣』の関連施設にわたしはいた。

ソファーに座るわたしの目の前には、肌が透けて見えそうなほど薄い布に身を包んだ美女たちが、10人ほど並んでいる。

今いる邸宅は数年前、『勇者の剣』を異端組織だとして追及したノバルサ侯爵家のものだったところで、彼が宗教関係者に甘い父の逆鱗に触れ、家が断絶したあと、ブリーチが買い取ったものらしい。

　面倒くさい政務はティアナから帰還した宰相ザザンに任せ、年初から二か月ずっと邸宅に入り浸り、外界との接触を断って、美女たちと美食を囲む華美なパーティー三昧をしている。

「それと、これは殿下に献上いたします。今後とも『勇者の剣』をよしなに」

　ブリーチ・オクスナーは、木箱に入った金塊をソファーに座るわたしの目の前に置いた。

「ザザンに任せているわたしの例の金庫へ運び込んでおけ」

「はっ！　承知しました。いつものように運び込んでおきます」

　この二か月で『勇者の剣』から献上された金塊は、かなりの額に上っている。

　病床の父が死に、わたしが王になれば、この詐欺師は処分するつもりなので、搾り取れるうちは搾り取っておくつもりだ。

「それと、第2次『聖戦』の準備は着々と進んでおります。これもオルグス殿下のお声がけのおかげですよ」

　ティアナで王国軍の再編成を任じたブロリッシュ侯爵から、ブリーチの『勇者の剣』へ武器防具を横流しするように指示を出しており、山の民の武装度はかなり上がっていると報告を受けていた。

「正規兵用の装備を回しているんだ。そちらも当初の目的通り山の民をまとめ上げ、エランシア帝国に背後から攻撃を仕掛けられるよう準備を急げ！」

「はっ！　目下、全力で進めておりますのでご安心ください。あの邪神を信奉する国を一刻も早く滅ぼしましょう！」

「ああ、そうだな」

山の民をブリーチによって蜂起させ、山岳戦で使い潰し、疲弊したエランシア帝国軍の隙を突き、ブロリッシュ侯爵の王国軍で3領へ侵攻すれば、必ずやわたしの勝ちだ。

そうなれば、いくさに勝利したわたしの地位は上がり、うざいゴランの息の根が止められる。

美女に注がれた美酒を口から流し込むと、明るい兆しの見えた未来に頬が緩んだ。

「オルグス殿下！　オルグス殿下はおられるかっ！」

明るい兆しの見えた余韻に浸っていると、誰かが騒いで邸宅に入ってくる声が聞こえた。

あの声はザザンか……。重大事以外はこの邸宅にくるなと申しつけておったはずなのに。

また、しょうもないことでわたしの意見を聞きにきたのか。

宰相なのだから、少しは自分で決めろと言いたい。後見人として父に付けられた者ではあるが、あまりに無能であれば、即位後は窓際の閑職に配置するしかあるまいな。

息を荒らげて室内に入ってきたザザンに、手にしてた酒杯を投げつける。

「馬鹿者、ここで騒ぐな！　興が醒める」

「も、申し訳ありませぬ」

額から垂れる汗をハンカチで拭うザザンが、申し訳なさそうに頭を下げた。

「で、何用だ？　ここには重大事以外にくるなと申してあったはずだが？」

「はっ！　国王様からの呼び出しでございます！　すぐに寝室にくるようにと伝言がありました」

　ずっと病床に臥せっている父からの呼び出し！　ついに父上もわたしにアレクサ王位を譲る気になってくれたか！

　父の容体はかなり悪くなっており、医者たちからは回復の見込みは薄いと言われている。

　そのため、父も死期を悟り、わたしを後継者と定め、死ぬ前に地位を譲渡しようと考えたのだろう。

「馬鹿者っ！　それを早く言わぬかっ！　これでわたしもついに王かっ！」

「オルグス殿下がついに王へ！　おめでとうございます！」

　ブリーチがすぐさま祝いを述べてくれた。

「そ、それは分かりませんが、王様からの呼び出しですのでお支度を！」

　ザザンは気が利かぬ男だ。それ以外の理由で父がわたしを呼ぶわけがあるまい。

「ふんっ！　すぐに支度をする。ここで待て！」

「はっ！　お待ちしております」

　美女たちを従え、寝室代わりにしている部屋へ下がると、すぐに着替えを終え、父の寝室を訪ねることにした。

意気揚々と王宮にある父の寝室に入ると、絶対にいないはずの者が、その場にいた。

「ゴランっ！　貴様！　父上の寝室には入れないはずなのになぜおるのだ！　すぐに出ていけ！」

ゴランは、わたしの言葉を完全に無視して、その場から動こうとしない。

「ゴランをこの寝室からすぐに排除せよ！」

近侍の者たちへ、ゴランを摘まみ出すように指示を出したが、誰もこちらの指示には従おうとしない。

「オルグス、騒ぐでない。私がゴランの入室を許したのだ」

ベッドで横たわる父がよわよわしい声で、こちらを制してくる。

父上がゴランを寝室に通しただと……。なぜだ。父上は本意ではない形で迎えた側室が生んだゴランを嫌っておるはず。

ゴランは依然としてわたしを無視するように、父のベッドの傍らに立ち、黙したままだった。

「父上、なにゆえゴランの入室を許されたのだ。ゴランは妾腹であり、父上も嫌っておられたではありませんか！」

父が病人とは思えぬほどの力で、わたしの手を強く握ってくる。

「聞け、オルグス。私はこの前、お前に口に出したことは達成せよと言ったはずだ」

「ええ、聞いております」

「で、あればなにゆえ政務をザザンに任せ、自ら行わぬのだ」

父上が責めるような目で、こちらを見上げた。

父上は怒っておられるのか？　政務ごときを任せたくらいで？

できる者を信じ仕事を任せることこそ、王のするべきことだと常々言われていたはずだが。

怒りを含んだ視線に晒され、急に居心地の悪さを感じる。

「ザザンは長く宰相の座にあり、政務に長けておりますので、任せている次第です」

「馬鹿者が。王位を弟と争っている最中に、自らが先頭に立たず享楽《きょうらく》に耽っておって勝てるほど甘くはないのだぞ」

掴んでいた父の手の力がさらに増す。

「ですが、王位継承権こそ認められているもののゴランは妾腹であり、二番目の男です」

それまで無表情に突っ立っていたゴランの顔に嘲笑《ちょうしょう》が浮かぶのが見えた。

「なにがおかしいのだ。ゴラン！」

「兄上が滑稽《こっけい》すぎて、笑うのを堪えるのが大変でしてね。今、アレクサ王国内がどうなっているのか理解しておられぬようだ」

再侵攻に向けて王国軍を再編中だが、それ以外アレクサ国内の情勢など、別に変化しておらぬはず。

「別に何も起きておらぬわ！　寝ぼけたことを申すな、ゴラン」

ニヤニヤを止めないゴランが、懐から一通の書簡を取り出すと、父のベッドの上に拡げた。

何かの布告の書簡のようであるが、王国の出したものではないな……。

書簡の内容に目を走らせていくうちに、身体中から冷たい汗が流れ出す。

な、なんだとっ！　『勇者の剣』の代表ブリーチ・オクスナーの破門通告と、信徒組織からの除名、それに『勇者の剣』の教義は捏造であるとのユーテル神殿の大神官様の宣告書だとっ⁉

いったいどういうことだっ！　邸宅に籠っていた二か月の間、ブリーチはそんな話いっさいしてなかったぞ！

代表のブリーチが破門されてしまったら、『勇者の剣』など組織としての体裁が保てぬぞ。

ベッドの上の大神官直々の破門宣告書を震える手で取る。

「そう言えば、兄上はここ最近『勇者の剣』の代表ブリーチ・オクスナー殿の邸宅で過ごされておられると聞いておりますが」

ゴランが勝ち誇ったような顔をして、わたしとブリーチの関係を聞いてきた。

宗教関係者に甘い父上が、ゴランを寝室に入れたのは、この破門宣告書のせいかっ！

信心深い父上が、アレクサ王国最大の信徒数を誇るユーテル神殿の大神官様からの破門宣告を受けた者と、わたしが親密に付き合っているとゴランが告げ口したのだろう。

　だから、あのように怒りを含んだ目で、わたしを叱責したのか。

　でも、どうして急に破門宣告書などが出された。ブリーチはユーテル総本山の神官たちにも金を掴ませて確固たる地位を築いていたはず。

　それがたった二か月で激変するなんて……。だが、今はそのようなことを考えている暇はない。

　自分の地位を守らねば、状況次第ではわたしの後継者としての資質を問われかねない。

　自分が置かれた状況を察し、保身のための方策を考え出すよう思考を巡らせた。

「そのような事実はない！　わたしはこの破門宣告書が出る前から『勇者の剣』という組織を怪しみ、自ら接触して内情を調べておったのだ！」

「それは本当であるか？　どうなのだ。答えよ、オルグス」

　手に痕が付くほど、わたしの手を強く握った父が、懇願するような目で、咄嗟《とっさ》に口にした保身のための嘘が本当であると認めろと迫ってくる。

　本当であると言わねば、それこそ、わたしの後継者の地位を剥奪しかねない勢いだ。

　ブリーチは、ここまでだな。わたしの地位を捨てて守るほどの男でもない。

「ええ、本当です。大神官様からの破門宣告書があれば、問題が山積している『勇者の剣』を解散させることができます。ゴラン、そういうことだから、お前が案ずる必要はない。ここから先はわたしがやらせてもらう！」

大神官様の破門宣告書を丸め直し、懐にしまい込む。

「そうですか。では、兄上のお身内の貴族たちも多くの者が追及を受けることになりましょうなぁ。なにせ、『勇者の剣』の活動を熱心に応援しておられた者がかなりの数に上りますし」

新たにゴランが懐から父のベッドの上に置いた書類には、わたしの見知った貴族家の名が並んでいるのが見えた。

「徹底的にやると言っている。わたしはそのために『勇者の剣』に近づいたのだ。身内であろうがそのような異端組織と繋がりがあった者は処罰を下す！」

ベッドの上の書類をひったくるように取る。

クソガァアアア！　あの顔、わたしに勝った気でいやがる！

それにしても、あの数の貴族を処罰せねばならぬとなれば、わたしに反感を抱く者が増える。

貴族への対応は、宰相のザザンを前面に押し出してやらせるしかあるまい。

「オルグス！　しかと頼むぞ！　そなたが異端組織の排除にしくじれば、神罰を受けるのは私なのだ！」

「分かっております。万事このオルグスにお任せください！　すぐに『勇者の剣』は排除してみせます」

神罰に怯える父上の手を必死に引きはがすと、ゴランには目もくれず、寝室を出ていき、王宮内の自室に戻ることにした。

自室に入ると、待機していた宰相ザザンにブリーチの破門宣告書と身内で処罰対象となった貴族の名が連なった書類を投げつける。

「ザザンっ！　貴様、ブリーチが率いる『勇者の剣』が異端判定されたことをなぜ黙っていたのだ！　おかげで、わたしの後継者の地位が危ういところまで追い込まれておるのだぞ！」

「はぁ⁉　そのような宣告書が出されたなどという話は聞いておりません！」

「目の前にあるだろうがっ！　ご丁寧に大神官様の署名入りだ！」

わたしが投げつけた書類と破門宣告書を拾ったザザンの顔が硬直する。

「こ、このようなものがいつの間に……」

「ゴランが持ってきたのだ！　宰相のお前が知らぬとは言わせぬぞ！」

「そ、そのようなことを言われても、私も寝耳に水の報告でして⁉　ゴラン派が最近『勇者の剣』と距離を取り始めたという報告は聞いておりましたが……。このような破門宣告書が出されるなど誰が予想していたでしょう」

長年自分に仕えてきているザザンなので、驚いている表情と言葉に嘘を感じられなかった。

「では、事態が急変したということか？」

「たぶん、そうかと。誰かがユーテル総本山を動かして破門宣告書が出されたのかと」

「ちっ！　ゴランのやつだろう。あやつ、父上の寝室でわたしを見てニヤニヤ笑っておったからな」

「電撃的に出されたものと思われます。で、どうされますか?」

破門宣告書と書類を持ったザザンが対応を聞いてくる。

「そんなもの分かりきっておるだろうがっ！　『勇者の剣』を徹底的に取り締まらなければ、わたしの王位継承者としての地位が揺らぐ危機なのだ！　ブリーチなど切るに決まっておるだろうが！」

「は、はぁ。ですが、そうなると、ティアナでブロリッシュ侯爵が行っている王国軍の再編成に影響が出ますが……」

「そのような些末なことなどどうでもいい！　わたしの地位を確固たるものにするのが先決だ！　すぐにブリーチを捕縛するよう手配しろ。『勇者の剣』の幹部も全員捕縛命令を出せ。それにブロリッシュ侯爵に山の民への武具支援を止めさせ、すべての書類を廃棄するように通達を出せ！　わたしと『勇者の剣』が関係していた証拠を一切なくすのだ！」

「は、はっ！　すぐに手配いたします！」

「このわたしがこのまま簡単に王位を譲ると思うな。ゴラン」

わたしの指示を受けたザザンが、自室から駆け去るのを苦々しく見送った。

第三章　政務と謀略の仕込み疲れは、嫁に癒してもらおう

帝国暦二六〇年　藍玉月（三月）

「はぁー、暇なのじゃ。暇。暇じゃー」

「なら、お仕事してくださいね。まだ、今日のノルマが30枚ほど残っておりますよ」

「嫌じゃ。仕事はしとうない。姉上のおっぱいをもっと堪能したかったのじゃー」

手をワキワキさせるんじゃない。手を。

「お仕事を終えたら、あたしの揉ませてあげます。だから頑張ってください」

マリーダの視線が、リシェールの胸に注がれる。同時に手がワキワキと動いた。

おっぱいが揉めると分かり、ちょっとはやる気になったらしい。

「仕方ないのぅ。リシェールが胸を揉んで欲しいらしいから、さっさと仕事を片付けてやるかのー。もちろん、新しいえっちな下着は付けるのじゃぞ」

「承知しました。ああ、そうだ！　マリーダ様にも新しい衣装がきておりましたので、ついでに試着してもらいますからね」

ワキワキしていたマリーダの手が止まった。

「はっ！　聞いておらぬのじゃ！　ま、また破廉恥な衣装を妾に着せるつもりか！　謀った

な！　リシェール！」

「でも、お仕事終われば、あたしのおっぱい揉めますよー。ああ、リゼ様の新作衣装も――」

「はっ！　オレも⁉」

「ぐぬぬ、なんという悪辣《あくらつ》な手口なのじゃ！」

手をワキワキさせつつ、リシェールとリゼを見てマリーダが苦悩していた。

ふむ、リシェールに頼んであった新衣装が届いたのか。これは早く仕事を終えねばならん。

帰りたくないと駄々をこねたマリーダを引きずって、ステファンの領地から帰還した俺はいつものごとく、騒がしい執務室にて政務に励んでいる。

ここ最近、ワリドのことや、『勇者の剣』のことで、落ち着いて政務に向かえていなかったため、ミレビス君の頭のツヤが減り、イレーナの眉間にシワが寄っていた。

つまり、政務が滞りつつあるというわけだ。

「アルベルト様、ブレスト様から大規模調練の要望書がきておりますが」

イレーナが差し出した書類を、精査せずにそのまま却下の箱に入れる。

「アルベルトー！　わしらに大規模調練をさせてくれーー！」

「最近、狩猟しかしてないんだぞ！　いくさもないし！　オレたちの武具がサビちまう」

執務室の外でブレストとラトールが騒いでいるが、年初に調練はしてるし、予定外の調練に使う無駄な予算は１円もない。

「次の案件を頼む」

「はい、次はヴェーザー河の支流の堤防工事の進捗と水路開削の報告です」

新たにイレーナから差し出された書類を手に取り、中身を精査していく。

ふむ、逃亡兵たちも刑期を務めあげれば解放されるため、真面目に働いていて、堤防本体の工事の進捗は3割ほど進んだか。

同時にやらせてる流民たちの開拓村への農業用水を供給する水路の開削もかなり進んだようだ。

水が自由に使えるようになれば、開墾を本格化させて農地を増やすようにしないと。

近いうちに一度時間を作って、しっかりと視察をしたいところだ。

「足りない資材が出ないよう、現場からの要求はしっかりと聞いてやってくれ」

「はい、承知しました。そのように通達を出します」

自らの手帳に視察できそうな時期の書き込みを加え、書類に決裁印を押す。

「次の案件を頼む」

「次はこちらの要望書です」

差し出された要望書は、城内の食糧倉庫の増築だった。

ミレビス君からの要望か。今年からは村長たちのちょろまかしもされないし、食糧の納入が爆増するはずだから、倉庫も収納場所が足りなくなるか。

増築にかかる費用は帝国金貨1000枚、つまり1000万か。保管可能な食糧が増えれば籠城できる日数も増える。今のうちに増築しておいた方がいいな。

「増築には鬼人族の家臣を動員するようにすれば、人件費が帝国金貨200枚ほど減る」

「たしかに、それくらいは減りそうですね。鬼人族の方も倉庫建設で身体を鍛えられますしね」

「よし！　籠城準備時の防衛構造物緊急建設訓練として鬼人族の家臣の動員をする。ブレスト殿、ラトールよろしいか？」

執務室の外で調練したいと騒いでいた2人に、訓練の通達を出した。

「承知！　ラトール！　緊急呼集だ！　すぐに家臣どもを集めろ！　訓練といえども戦場に遅れるのは鬼人族の恥だ！」

「おう、分かってるって！　すぐに集める！　親父、集合場所は中庭でいいんだな！」

「ああ、そうだ！　まずは資材調達からだな！　石切りから始める！　作るのは食糧倉庫だが、難攻不落の構造物にせねばならない！　設計者にすぐ建築案を出させろ！」

「分かった！　そっちにも声をかける！」

難攻不落の食糧倉庫ってなんだ……。ネズミ対策万全って意味だろうか。

鬼人族の作る食糧倉庫に一抹の不安を感じるが、戦時を想定した時の鬼人族の能力はずば抜けているので、きっといいものを作ってくれるはずだ。

俺は駆け去っていくブレストとラトールを見送りながら、食糧倉庫の増築の要望書に許可の印章を押すと承認の箱に入れた。

「次は――」

「わしの報告だ」

イレーナから差し出される書類に集中していたら、いつの間にか現れたワリドが俺の前に立っていた。

登場の仕方が、どう見ても忍者なんだよなぁ。黒い装束を着てるしさ。

まぁ、寝室には絶対に入ってこないからいいんだけど。

黒い装束に身を包んだワリドが、『勇者の剣』の追放運動の成果をまとめた報告書を出してくる。

「『勇者の剣』の連中の慌ててる顔をアルベルト殿にも見せてやりたいな。この短期間で面白いようにアレクサ王国内の信徒たちが組織から離れているぞ」

「まぁ、そうなるように私が仕向けてるからね。でも、予想以上に早く成果が出ているようだ。これも、サンデル神殿長が頑張ってくれてることが大きな要因かな」

報告書に目を通しながら、現場を知っているワリドに状況を尋ねていく。

「そうみたいだ。サンデル神殿長がユーテル総本山の大神殿で大暴れしておりましてな。ユーテル大神殿の最高責任者である大神官様に、ユーテル神の教義を説き、捏造された教義を騙って信徒を惑わす『勇者の剣』の擁護をする神官たちを追放するよう迫ったようです」

「で、『勇者の剣』を擁護した連中は追放されたと」

「ええ、徹底的に追放されましたな。『勇者の剣』から金をもらってた連中は1人も残らず」

サンデル神殿長は、本命の『勇者の剣』の代表を追放処分にする前に、邪魔になるであろう腐った神官たちを最初に切り離したか。

ワリドの報告を聞きつつ、報告書の内容を目で追っていく。

「邪魔者を排除したサンデル神殿長は、ゴラン第二王子派と協力関係を築き上げるのに成功と」

「ああ、アルベルト殿が事前にゴラン第二王子に『勇者の剣』との付き合いを切るよう忠告してたおかげで、サンデル神殿長との連携も上手くいっている。王族の後押しもあり、大神官は『勇者の剣』の代表ブリーチ・オクスナーへ出された破門宣告とユーテル神の信徒組織を称することを禁じる宣言に署名。そして、『勇者の剣』の教義を正式に捏造されたものとすべての信徒に向け、大神官の名で通達を出した」

「『勇者の剣』は、ユーテル神とは一切関係ない詐欺組織だと認められたということだね」

「ああ、完璧に言い逃れできない形で出された。そこに、アルベルト殿が集めておられた『勇者の剣』の代表ブリーチ・オクスナーの大量の醜聞や幹部たちの犯罪行為をわしらが国中にばら撒き始めているところだ」

「『勇者の剣』が急速に信徒の信頼を失い、アレクサ王国の住民たちからも嫌われるよう、徹底的にやってくれ」

徹底的にやっていいという俺の言葉に、ワリドがニヤリと笑みを浮かべる。

「承知した。わしらがやられたことと同じく、アレクサ王国内に『勇者の剣』の関係者の安住の地を失くしてやる」

『勇者の剣』に対し、恨みが深いワリドだから、やると言ったら本当に徹底的に『勇者の剣』の関係者をアレクサ王国内から追い出すはずだ。

「その意気で頼みます。支出した活動資金は、エルウィン家からマルジェ商会経由で支払われる。じゃんじゃん使ってくれ。イレーナ、対応を頼む」

謀略戦は金を注ぎ込んだ方が勝利する。金を惜しめば、情報も集められず、拡散もできないからな。

マルジェ商会の資金だけでは不安があるので、エルウィン家からも一部を支出するつもりだ。

「承知しました。ワリド様が十分活動できるよう資金を融通します」

「アルベルト殿、イレーナ殿、助かる。民心が荒れているアレクサ王国内は、金で転ぶ連中が多いからな」

「では、すぐに手配をいたします」

イレーナが手近な紙に調整する内容を書き記すと、執務室から出ていった。

視線を戻すと、ワリドの姿はそこになかった。

「ワリドさんは、いつも突然現れて、突然消えますね。あれって技なんですかね？」

マリーダの相手をしていたリシェールが、ワリドの技について尋ねてきたが、俺にもあれが技なのか分からない。

この世界には、魔法が存在してないはずだから、タネのある手品みたいなもんだと思うが……。どう見ても魔法みたいにパッと姿が消えてるんだよなぁ。やっぱ、忍者なのか。

ワリドの技に首をひねりつつ、俺は政務を再開することにした。


いつもの時間に終わらず残業をして、1人で山積みだった政務を片付け、プライベート居室に戻った時には夜もふけていた。

「旦那様、お仕事お疲れ様だったのじゃ。夕食にする？　それとも――」

残業で疲れた俺を出迎えてくれたのは、世界一可愛い嫁のマリーダだ。

先に自分の仕事をなんとか終えて、リシェールやリゼたちとプライベート居室へ引き上げていたが、こんな形で出迎えてくれるとは思わなかった。

「はぁああっ！　無理じゃ！　無理ぃい！　こんな破廉恥な格好は無理なのじゃ！　いっそ裸にさせて欲しいのじゃ！」

「なぜだい？　ものすごく似合ってるよ」

出迎えてくれたマリーダは、いわゆる裸エプロンという最強の装備をしてくれていた。

おかげで俺の疲労は一気にぶっ飛んでいる。

「嫁の妾にこのような破廉恥な格好をさせて、悦に入るアルベルトは変態なのじゃ！」

ジロジロと舐めるような視線で、エプロンドレスからこぼれだしそうなマリーダの豊満な身体を眺める。

可愛いうえに、うちの嫁はエッチな身体をしてるから、最強すぎだろ。

「その通り。私は可愛い嫁にエッチな格好をさせて悦に入る変態だからしょうがない」

俺の言葉を聞いたマリーダがポッと顔を赤くした。

「こ、このような破廉恥な格好を見せるのはアルベルトだけなのじゃからな。他の男には絶対に見せぬし、見られたら殺しておるのじゃ！」

「分かってるって。私もマリーダ様がしてくれてるから、喜んでいるんだ」

「ぐぬぬ。そのようなことを言われたら、着替えられぬではないか」

マリーダは俺の言葉を喜んでくれたようで、隣にきて腕を絡めて身体を密着させてくる。

おかげで、エプロンドレスからこぼれだしそうな胸がさらに強調される格好になった。

これは思った以上に破壊力が高いぞ……。今日は頑張っちゃうかもしれないな。

「さっきの質問の答えは、夕食かな。しっかり食べておかないとね。夜は長いし」

「わ、分かったのじゃ。妾がアルベルトに食べさせる役をやらせてもらうのじゃ」

「頼むよ」

　俺は裸エプロンをしているマリーダの腰に手を回すと、遅い夕食を食べるため、食堂に向かう。

　マリーダとともに食堂スペースに行くと、リゼ、イレーナ、そしてリシェールがマリーダと同じく裸エプロンで待っていた。

「おっと、これは嬉しい誤算だった……」

「嫁である妾から、お仕事を頑張ってくれた旦那様へのプレゼントなのじゃぞ。こんなできた嫁はそうそうおらぬじゃろ？」

「嫁の愛人を一緒に愛でてよいって言ってくれるのは、マリーダ様だけだね。私は幸せ者だ」

「もっと褒めてよいのじゃぞ」

　頭をポンポンと撫でてやると、赤かった顔がさらに赤く染まる。

　はぁーー！　可愛いかよっ！　俺の嫁ちゃん！　最高かっ！

「リシェール、リゼたん、イレーナたん、食事を持ってくるのじゃ。今日は妾が食べさせる役をやるのじゃからなー」

「はーい、すぐにお持ちしますね」

　夕食をとるため、いつもの席に座ると、マリーダが甘えるように俺の膝の上に乗ってきた。

「温め直しているのでお待ちください」

「アルベルト、酒はいる？」

「ああ、軽いのを頼む」

嫁と同じ裸エプロンで忙しく立ち回る嫁の愛人たちの姿にも、チラチラと視線が目移りする。

「リゼたんはお尻がプリプリしてて妾を誘ってくるし、イレーナたんはエプロンから零れそうなおっぱいがえっちいし、リシェールはわざとこっちが興奮するように動いて見せておるのじゃ」

俺の膝の上に乗り、身体を密着させているマリーダも一緒になって、愛人たちの裸エプロン姿を堪能している。

「これでは目移りして、いろいろと滾ってきてしまいますね」

「まだ、早いのじゃ」

俺がマリーダと裸エプロンを堪能している間に、リシェールたちは温め直した食事と酒をテキパキとテーブルに用意してくれた。

「妾が食べさせるのじゃから、アルベルトは動いてはならんぞ」

パンをスープに浸した物をマリーダが真剣な顔で俺の口元に運んでくる。

そのマリーダの指ごと口に含み、舌で指を愛撫するように舐めた。

舌が指に触れるたび、マリーダの身体がビクン、ビクンと反応し、顔が紅潮すると息が荒くなる。

「はぁ、はぁ、はぅ！　アルベルトは舌もえっちいのじゃ。いやらしい動きをしておる」

「マリーダ様の指は、とっても美味しいからね。もっと食べさせてくれるかい？」

「しょ、しょうがないのぅ。肉も食べた方がよいな」

メインディッシュの牛肉を指でひと切れつまんだマリーダが、今度はおっかなびっくりに俺の口元へ運んできた。

下からちびちびと牛肉を味わいながら食べて、マリーダの指に迫っていく。

また、指を舐められると警戒しているマリーダの意表を突き、裸エプロンの間に手を突っ込むと興奮から尖っていた胸の先を弄り始める。

「ひゃうっ！　急になにをするのじゃ！　そこは触らぬでもよいではないか！」

「可愛い嫁に食べさせてもらっているので、なにか自分にできないかと思いましてね。嫌でしたか？」

今度はもう少し強めに胸の先を弄ってやった。

「はくぅっ！　えっちいのじゃ。アルベルトは妾を弄んでおる。はうっ！　い、嫌ではないのじゃが、皆が見ておるのじゃ！」

密着しているマリーダの身体は興奮しているようで、汗ばんできており、俺の好きな彼女の甘い体臭が鼻に届いてきた。

「見せてあげればよいかと。ほら、こうやって」

近くにあったマリーダの耳たぶを甘噛みしたり、しゃぶったりすると、息はいっそう荒くなり、身体がビクリと反応を示した。

「やめるのじゃ。耳はそんなねっとりとしゃぶったり、甘噛みするものじゃないのじゃ。はぁ、はぁ、はぁ」

同時に弄っている胸の先も一段と硬さを増し、マリーダの息はどんどんと荒くなる。

「マリーダ様のイク時の顔をみんなに見てもらおうか」

そう言った俺は片側の手をマリーダの下腹部に忍び込ませる。

「ま、待つのじゃ。い、今は夕食の時間なのじゃぞ。ひゃぅ！」

「ですから、お腹が空いた私はマリーダ様を味わってますよ」

マリーダの首筋をベロリと舌で舐めながら、胸もとと下腹部に忍ばせた手で彼女を責め上げた。

「はくぅううんっ！　激しいのじゃっ！　らめええええっ！」

激しく身体を震わせたマリーダが脱力すると、荒い息で俺にもたれかかる。

「イク時の顔がとっても可愛いですね。マリーダ様は」

「はぁ、はぁ、アルベルトは、どうしようもなくエッチな男なのじゃ……」

もたれかかったマリーダが、俺の胸をポカポカと軽く叩く。

「夫婦でそこまでイチャイチャされると、見ているこちらも恥ずかしくなりますねー」

「リシェールさんの言われる通りですね。わたくし、恥ずかしながら見てるだけで……」

「マリーダ姉様が、ちゃんと女の子の顔になってるのすごい」

それぞれ、自分たちがいつも座る椅子で、ジッと俺たちのことを見ていた3人の顔も、赤く火照っている。

「まだ、私の夕食が終わってないんだけど、マリーダ様がこんなだし、食べさせてくれる子はいるかな？」

「では、あたしから！」

立ち上がったリシェールが、自らの胸にメインディッシュの肉を一切れ挟み込むと、俺の顔の前に持ってくる。

「これは、よいサービスだ」

柔らかなリシェールの胸に挟まった肉を食べ、脂で汚れた胸を舐めて綺麗にしてやる。

リシェールの胸を俺の舌が這うたび、彼女の吐息が荒くなった。

「たしかにマリーダ様の言う通り、アルベルト様の舌はいやらしいですね」

「いやらしいのは舌だけじゃないんだけどね」

マリーダの下腹部に忍び込ませていた手を、リシェールのエプロンドレスの隙間に差し込み、柔らかな胸を揉みしだき、感触を楽しむ。

「はぁ、はぁ、たしかにそうみたいですね。舌だけじゃなかったですぅ」

「妾に厳しいリシェールもアルベルトの前では、ただの女じゃのう。そう言えば、今日は胸を揉んでよかったはずじゃな」

「え？　あっ！」

脱力から回復したマリーダが、リシェールのエプロンドレスを引っ張り、胸を露出させる。

零れ落ちた胸を揉みながら、胸の先を口に含んでいた。

俺はマリーダの動きに連動するよう、リシェールの胸を揉んでいた手を、彼女の下腹部に忍ばせた。

「マリーダ様、アルベルト様っ！　2人でなんて聞いてませんよっ！　はぁ、はぁ、あぅううんっ！」

身体を震わせるリシェールの体温が上がり、甘い濃密な体臭の匂いが充満する。

「よい反応をするのじゃ。妾に厳しいリシェールも、アルベルトの前ではただの可愛いおなごじゃのぅ。うひひ」

「はぁ、はぁ、はぁ、マリーダ様にはあとでお仕置きしますから大丈夫です」

脱力して俺にもたれかかるリシェールだったが、まだまだ元気は残っているらしい。

「それもいいね。あとでベッドに行ったらマリーダ様にはもっと厳しい責めを受けてもらおう」

俺の言葉に、ニヤニヤしていたマリーダがギョッとした顔をする。

「それもよろしいのですが、その前にアルベルト様のお食事を終わらせませんと」

声をかけてきたのはイレーナで、俺の背後に立つと柔らかで張りのある胸を後頭部に押し当ててくる。

「スープも、滋養があるものをたくさん入れておりますので、いっぱい召し上がってくださいね」

イレーナによって目の前に差し出されたスプーンのスープを飲み干していく。

「うまい。それに元気になってしまうな」

いろいろと強壮作用のある食材がぶちこまれたスープであるため、一口飲むだけで身体が火照ってくるのが分かる。

「夜は長いですし、わたくしたちも同じ夕食をとっておりますので」

「イレーナたんはむっつりスケベなのじゃぞ。きっと、アルベルトの隣でいつも仕事をしながらエッチな妄想をしておるはずなのじゃ。うひひひ」

「そ、そのようなことはいたしておりません。お仕事の時はきちんとお仕事をしております！」

「じゃあ、休憩時間の時はどう？」

後頭部に触れているイレーナの胸の温度が上がっていくのを感じる。

「す、少しだけ妄想して……ます」

「夜はどんなことをアルベルト様にされるんだろうって考えてたり……します」

「どんな妄想？」

「やっぱりイレーナたんは、むっつりスケベな子なのじゃ。今日もアルベルトにきっとものすごいエッチなことをされてしまうのう。ぬふふ」

後頭部に触れるイレーナの肌温度がさらに上がる。

むっつりスケベな子も俺は大好物なので問題ない。

「リシェールさんもイレーナさんもマリーダ姉様も、アルベルトのこと好きすぎでしょ」

皆の痴態をジッと見ていたリゼが、酒瓶を手に俺の隣に立った。

「リゼは私のことが嫌いなのかい？」

「オ、オレ？　そりゃあ、大好きだけどさ。ほら、オレって男っぽく育てられたし。みんなとは違って胸もないからさ」

俺は隣に立つリゼの尻に手を回すと、筋肉と脂肪の程よいバランスでプリプリした感触を楽しむ。

「でも、リゼはちゃんと女の子してると思うが」

「そうかな……。でも、アルベルトがそう言うなら、そうなのかも」

俺に尻を揉まれているリゼは、赤い顔をしながら酒瓶から酒杯に酒を注ぐ。

「可愛い女の子から、酒を口移しで飲ませてもらえると、私はものすごく満足なんだが」

「え？　口移し⁉　オレが？」

「嫌かい？」

リゼは無言で自らの口に酒を含むと、俺の口に触れ、酒を注ぎ込んでくる。

とても美味しく感じた酒を飲み下すと、目を潤ませたリゼと舌を絡ませ合う。

「リゼたんも大胆になったものじゃな。これもアルベルトが毎夜、可愛がりすぎる成果じゃな。どれ、妾も旦那様のために手伝わねばならぬ」

マリーダがついばむように、リゼの胸の先を舐め上げた。

リゼの瞳がよりいっそう潤んでいく。

「ぷはっ！　アルベルト、こんな接吻されたら無理！　マリーダ姉様、そこダメェエっ！」

頬を紅潮させたリゼが身体を震わせ、こちらに倒れ込んできた。

「リゼたんはイク時も可愛いのぅ」

「はぁ、はぁ、だって、無理だよ。こんなのオレには刺激が強すぎぃっ！」

「でも、まだまだ夜は長いし、私もいろいろと滾ってきてしまったので、みんなに鎮めてもらわないといけないようだ」

食事はまだ途中だが、強壮作用が身体に回ってきたようで、滾るものが我慢できなくなってきた。

「なら、ベッドでいくさをせねばならぬのぅ」

「みたいですね。でも、今日のアルベルト様はこの衣装でいつも以上に激しそうですよ」

「わたくし激しいのも、嫌いじゃありませんよ」

「いつも以上に激しいのか……オレ、どうなっちゃうんだろう」

「じゃあ、行こうか」

俺はみんなを連れて、寝室へ向かうことにした。その夜の俺はいつも以上に激しく嫁と嫁の愛人たちを責め立てることになった。


翌朝、目覚めるとベッドのシーツの上は、昨夜の行為の痕が染みになっている。

また、シーツが1つダメになったな。ある程度、自重したつもりだが、どうやらやりすぎたらしい。

でもまぁ、嫁たちが満足した顔をして寝てるから、これでよかったと思いたい。

裸エプロン、よかったなぁ。月1回くらいはみんなに着けてくれるよう頼もうかな。

ベッドから起きた俺は、水瓶に貯めてある水を桶にすくうと、綺麗な布を濡らして絞った。

水気を含んだ布で、昨夜の俺が汚した彼女たちの身体を綺麗にしていく。

「まだ、眠いのじゃ。明け方までアルベルトに責め立てられたからのぅ。ふみゅうう」

身体を綺麗にしていたマリーダがもぞもぞと動く。まだ、寝ぼけているらしい。

起きる時間までにはまだ少しあるから、寝かせておいてやろう。

マリーダの身体を綺麗にすると、風邪をひかないよう毛布を上からかけてやる。

「さて、次はリシェールか」

マリーダを終え、布を再び水に浸け絞ると、今度はリシェールの身体を拭く。

冷たかったのか、布が触れるとリシェールの目がパチリと開いた。

「そのようなことは、あたしがしますから」

「いいから、いいから。寝てていいよ。俺がみんなの寝顔を見て楽しんでるんだからさ」

「そうでしたか、ではお願いしますね。悪戯とかしてもいいんですからね」

してもいいのか……。って、もう朝だからしないけどさ。

再び寝息を漏らし始めたリシェールの身体を布で綺麗にして、毛布をかけた。

次はイレーナだな。昨日はマリーダと一緒に一番激しく責めたから、しっかりと綺麗にしてあげないと。

新しくした布を絞ると、昨夜の行為の汚れが付いたイレーナの身体を拭いていく。

「はぅ。そんな。まだ、責められるのですか……もう、無理れすぅ。アルベルト様にエッチな子だって思われちゃうからぁ」

寝ぼけてるみたいだ。でも、エッチな子は俺の大好物だから大丈夫。

イレーナもしっかりと綺麗に拭いて、毛布を上からかけてあげた。

リゼは寝相が……。

「アルベルト、マリーダ姉様、そんな恥ずかしい格好させられたら、オレは生きていけないからぁ。勘弁してくれよぅ。お願いだからぁ」

誤解されそうな寝言を言われるとドキリとするなぁ。俺は無理強いをしてないんだ。無理強いは。

布が肌に触れるたび、リゼがビクンビクンと身体を震わせていたが、なんとか綺麗にすると毛布をかけた。

「ふぅ、みんな綺麗になった。あとは俺か」

最後に自分の身体を綺麗に拭き、着替えると、少し早めではあったが、朝食前に少しだけ仕事を片付けることにした。

第四章　まだまだ続く仕込みの時

帝国暦二六〇年　金剛石月（四月）

執務室で政務をイレーナとともにしていると、倉庫建設に駆り出されている家老のブレストが顔を出した。

「アルベルト。なにやら裏で楽しいことを準備しておるそうじゃないか？　ゴシュート族の連中がかなり動いておるみたいだしの」

ブレストの眼がキラキラと光っている。

これは、アレだ。絶対にいくさの匂いを嗅ぎつけて喜んでる戦士の目だ。

「なんの話でしょうか？　私はまったく存じ上げませんが？　ゴシュート族は普通に仕事をしているだけですよ」

脳筋どもにご出陣を願うのは、謀略の仕上げが終わった最終段階だ。

今はまだ彼らの筋肉を使う時ではないため、秋の収穫に向けた倉庫建設に精を出して欲しい。

「隠すな。『勇者の剣』とかいう武装組織をぶっ潰すんだろ？　どうだ？　ワシの出番あるか？　あるよな？　何人斬ればいい？　待て、待て、何も大きないくさをさせろとは言っておらんぞ。40～50人ぶった斬ることができれば……」

小さないくさで40~50人もぶった斬るとか、本気でやりかねないおっさんなので、まだ解き放ってはならない。

「仮にいくさがあるとしたら、マリーダ様から出陣の下知が出ます。それよりも、倉庫建設は進んでおりますか?」

「して、場所はどこだ? アルコー家の領地か? いいぞ。すぐに出せる兵を準備しておるからな」

筋金入りの脳筋戦士は、人の話をまったく聞かない。これならまだ夜のベッドでメロメロになってくれるマリーダの方が操りやすい。

それにしても鬼人族は、いくさの気配には敏感すぎる。

「今、いくさを吹っかけたら、私の仕掛けた謀略が全部無駄になります。そうなったら、家老職をラトールに譲ってもらい、ブレスト殿には隠居してもらいますよ。そして、永久にいくさには出しません。それでも、よいですね?」

俺は書類を書いていた筆を止め、目の前のブレストを見据えた。

「待て待て! それは嫌だぞ! ワシからいくさを取り上げるとかお前は鬼か!」

「親父もそろそろ隠居して、いくさの采配はオレに任せればいいんじゃないか」

めんどくさい人が増えた。

ブレストの嫡男であるラトールが、俺とブレストの会話に割り込んできた。

この2人が揃うと……。

「この馬鹿息子がっ‼　ワシはまだ現役を引退するなんて言っておらぬっ！　ケツの青い若造にエルウィン家の大事な兵を任せられるかっ！」

「ああっ！　親父！　オレももう初陣を済ませた鬼人族の男だ。戦士長になった。いつまでもオレをガキ扱いするな！」

「なんだとゴラァあああああ！　文句があるならやってやる！　表に出ろ！」

「ああっん！　やれるもんならやってみろやっ！」

はい、いつもの通り喧嘩が勃発しました。なので、俺は喧嘩しに中庭へ移動した2人を放置して執務に戻ります。

「喧嘩なら中庭でやってくださいね。物品破損は俸給から差っ引きますんでよろしく。あと、倉庫建設の進捗報告書をそろそろ出してくださいね」

「「もう出してあるっ！」」

「そうでしたか、失礼しました」

喧嘩が日課の2人が壊す物品はけっこうな額になる。喧嘩による破損品の弁済は2人の俸給から補填してるが、懲りてはいないようだ。

俺はイレーナが差し出してくれた倉庫建設の進捗報告書に目を通す。

ふむ、建材の調達は終わり、すでに基礎工事完了、上部構造物の建設中っと。

これなら、来月にも新倉庫群は完成しそうだな。

鬼人族の建築技師が出してきた仕様書だと、投石器の石弾が直撃しても跳ね返す構造らしい。

食糧倉庫なのにだ。落城寸前になっても、最後の最後に食糧倉庫に籠城するつもりだそうだ。

さすが鬼人族、発想がぶっ飛んでいる。

まぁ、でも彼らのおかげで火災も発生せず、投石にも破壊されない食糧倉庫が作られるのだ。

あっ！　忘れてたが、ネズミの殲滅を行う仕掛けを追加するよう俺が意見書を付けたので、徹底的なネズミ対策までしてある。

報告書を確認すると、2人が中庭で取っ組み合いの喧嘩を始めた。

その血の気はどこか別のところで発散して欲しい。

中庭の2人を見飽きて、書類に視線を戻そうとしたら、いつの間にかワリドが部下を連れ、執務室に現れた。

「ワリド、きてたのか？」

「ああ、進捗報告をしにきた。指示された通り『勇者の剣』の醜聞がアレクサ王国内に広がり、『勇者の剣』との癒着が疑われたオルグスが、ブリーチや組織の幹部を指名手配し、組織の解散をさせようと躍起《やっき》になっている。そのせいで、ブリーチたち幹部は、動揺する信徒たちを捨て、身分を偽り、持てるだけの資産を持って王都を逃亡。ほとぼりを冷ますため、アレクサ王国南部に逃れようとしたが、オルグスの手配が回り断念。まだ組織として生きている山の民の領域を目指して移動中だ」

ワリドは口を歪め、心底軽蔑を浮かべた表情をして、『勇者の剣』の状況報告をしてくる。

「報告は聞いてる。ワリドの流してくれた『勇者の剣』の醜聞のおかげで、アレクサ王国内でも連中を擁護する者は皆無らしいね。まずは予定通り、山の民の中に『勇者の剣』の連中が逃げ込んでくるね」

「成功の確信はあったが、ここまで上手くいくとはな。アルベルト殿の謀略の手腕には脱帽するしかない」

「もともと、アレクサ王国に住んでた時から『勇者の剣』には目を付けてたしね」

オルグスがまともな王子だったら、その片腕として、アレクサ王国を腐敗させている『勇者の剣』を壊滅させようと考えていた策だ。

今回の謀略は、それをエランシア帝国に有利になるようアレンジしたものだったが、予想通りの成果を出せた。

「さて、謀略は次の段階に入っていくけど、準備はできているかい？」

「ああ、指示されてた準備は終えている」

ワリドは無骨そうな男に見えるが、山の民として狩猟や採集で得た希少な毛皮や薬草を売り歩き、情報も領主たちに売ってゴシュート族を食わせてきたしたたかな男だ。

情報を重んじ、深慮を重ねて動くタイプの男であるため、速度が重要視される謀略仕事でも極めて優秀であった。

「今回の山の民への流言や偽装工作は、私も同行するつもりだ。細かい状況判断も必要だろうし」

「ああ、そうしてもらえると助かる。わしでは山の民から警戒されることもあるからな。アルベルト殿が直接説得すれば、心変わりする者も多数出るはずだ。そのため、護衛も呼んだ」

ワリドの視線が、自分の隣にいた小柄な部下に向く。

全身が黒装束に包まれているが、金色の瞳が印象的で、ケモ耳みたいになった頭巾の形と、お尻から生える尻尾から見て同じ人狼族の者に思われた。

「その者は？」

「ああ、こやつはリュミナスと言ってな。わしの娘だ。一族の技と武芸は仕込んである。山の民の領域で活動する間、アルベルト殿の護衛として使ってくれ。護衛としてはマリーダ殿が最強だが、見た目が派手すぎてすぐに素性がバレてしまうからな」

「ボクはリュミナスと申します。アルベルト殿の警護はお任せください」

声からしてかなり若い気がするが、ワリドの娘か……。どんな容姿をしているのか気になるな。

「頭巾を外してくれ。私の警護する者の素顔は知っておきたい」

「はい、承知しました」

リュミナスが頭巾を解くと、父親と同じく灰色のショートカットの髪からピョンと狼の耳が立った。

小柄ケモ耳美少女は、いろんな性癖を刺してくるな……。これは破壊力が高い。

能力を把握するべく、リュミナスに対し力を行使してみた。

名前：リュミナス・ゴシュート
年齢：17　性別：女　種族：人狼族
武勇：63　統率：43　知力：61　内政：21　魅力：78
スリーサイズ：B81（Dカップ）W54H84
地位：山の民ゴシュート族長の娘

見た目に反して意外と武勇が高い。これなら、護衛としてもきちんと働いてくれるはずだ。

それに、ワリドが山の民の代表になった時に贈ってくれると言った一族の美女は、きっとこの子のことだな。

内心キャッキャして、リュミナスのことを見ていたら、マリーダを叱責するリシェールの声が聞こえてきた。

「マリーダ様っ！　まだ印章押しが終わっておりませんよ！　手を止めない！」

「リシェール！　妾もリュミナスの顔が見てみたいのじゃ！　止めるでない！　後生じゃから

行かせてくれ！」

「マリーダ様！　リュミナスちゃんは、ワリドさんちの子で、うちの家臣じゃありませんから！」

反対の席で印章押しをしていたマリーダが、リシェールを引きずったまま、俺の前にきた。

チラリとマリーダの顔を見る……。までもなかった。

目の前の獣人の女の子を見て、はぁはぁと荒い息をしてる。うちの嫁は美少女が大好物なのだ。

「アルベルト、リュミナスには妾の護衛をしてもらうわけにはいかぬか？　はぁはぁ、このアシュレイ城にも侵入者があるかもしれぬし」

「鬼人族が警備し、ゴシュート族の若者が影で護衛してくれてるこの城に潜入するには、相当な腕前がいると思いますが？」

「妾は暗殺されぬか心配で、怖くて夜も眠れぬのじゃ」

人類最強生物であるマリーダを、暗殺できるような者が存在するのかなと思う。

「マリーダ姉様の護衛はオレが頑張るから任せておいて！」

マリーダの隣の席で政務をしていたリゼが自分の胸を叩いて、マリーダの護衛を請け負ってくれたようだ。

「リゼたん……そこまで妾のことを！　はぁ、しゅき、しゅき、なのじゃぁ！」

リゼの言葉に感動したマリーダが、彼女を抱き締めて頬擦りをする。

マリーダの気がリュミナスから逸れたうちに、出発するとしよう。

ワリドも協力をしてくれているが、山の民の代表になるまでは、俺に心服をしてくれないだろうしね。この時点で、娘を側室にくれと言って機嫌を損ねたくない。

「リシェール、マリーダ様のこと頼むよ」

「はい、お任せください。しっかりと仕事はさせておきます」

「イレーナ、ミレビスとともに私の代行を頼む。緊急の連絡はリシェールを通じて、マルジェ商会を使ってくれ」

「承りました。アルベルト様のようには進められませんが、できるだけ頑張ります」

「リゼもマリーダ様のこと頼む」

「うん、任せておいて。気を付けて行ってきて。アルコー家の家臣には、アルベルトを手伝うように通達を出しておく」

それぞれに指示を出し終えると、ワリドに向き直る。

「では、山の民の領域へ行こう」

「承知」

「はっ！　アルベルト！　妾もいくさに行くのじゃ！　置いて行くなんて酷いのじゃ！」

「マリーダ様はお仕事ですよ。ほら、キリキリと印章押ししてください！」

「きひぃい！　うううう。妾は当主なのに扱いが酷いのじゃ」

「いい子にして待っててくれたなら、必ずや仕上げのいくさを用意いたします」

「絶対じゃな！　信じておるからのぅ！」

リシェールによって執務机に連行され、印章を持たされた涙目のマリーダにそう言い残すと、ワリドたちの用意した馬車に乗り、山の民の領域に再び侵入することにした。


標高の高い山にこそ雪は残っているが、厳冬期にきた時よりは、春の穏やかさを感じさせる。

「マルジェ商会からもらう給金で、集落にも外貨が入って、狩猟や採取ができなくとも、ふもとのアルコー家の農村から食糧を購入できるようになった。これもアルベルト殿のおかげだ」

ゴシュート族の集落の住民たちの体形は、以前きた時よりも確実にふっくらとしている。

「私としては、ワリドたちがきちんと仕事をしてる分の給与を払ってるだけさ」

「まだ、もらっている金に見合った仕事はできてない。なので、今回の作戦には全力で当たらせてもらう」

山の民の代表という地位がかかっているため、ワリドもやる気が違う。

ちなみに山の民は、いろんな種族の寄り集まった存在だ。数十部族が寄り集まって、勢力を形成しており、ゴシュート族のような最初から山岳部に住んでいた獣人たちや、領主の重税を嫌って山に移った逃亡農民たちもかなり混じっている。

住みついた一部の逃亡農民たちが、山岳部の平らな部分を開墾して農地にしているが、あまり大きく作れないため生活は貧しい。なので、山の民の半数は狩猟と採集をして、彼らが集めたものを、一部の部族が周辺国家に売り歩き金に換え分配して生活をしている。

山岳部に住みついているため、各部族の繋がりは薄く、山を1つ越えると、顔も知らないという場合も多いらしい。

それくらい関係性が希薄なので、狩猟や採取の範囲で他部族と揉めた場合、当事者同士の話を聞く、第三者の部族を入れて調停することになっている。

その調停役を請け負うことが多いのが、これから訪問予定のワリハラという部族だった。

ワリハラ族は、ゴシュート族と同じく、もともとこの山岳部に住んでいた人虎族という獣人の一族だ。

今回のゴシュート族が『勇者の剣』によって異端者扱いになり、山の民から爪はじきされた件でも、最後まで問題解決に奔走してくれたのがワリハラの族長ハキムだったそうだ。

そのため、ワリドが今回の作戦の要の人物として俺に紹介をしてくれた。

「さて、ゆっくりと集落で休憩している時間はない。ワリハラ族長のところへ行こう」

「ああ、承知した。山を2つほど越えねばならん。山道に慣れておらぬアルベルト殿は、軽装になられよ。例の荷物はわれらが運ぶ」

「そうさせてもらう」

身体こそ人並みに鍛えているが、さすがに山2つを越えるのは一苦労だ。

できるだけ軽装にさせてもらって、多少楽をさせてもらうとしよう。

荷物をゴシュート族の者に渡し、身軽になるとワリドの後に続いて、ワリハラ族長のいる集落に向かった。


「ワリドから聞いておられると思いますが、貴方たちが信仰する『勇者の剣』の代表はユーテル総本山から破門宣告。信徒組織としては除名。ついでに非合法組織として幹部たちは国外追放されましたよ？　もちろんエランシア帝国内では、すでに魔王陛下が非合法組織として指定し、一切存在できない組織だと、ご理解してると思いますが」

「われらは基本的にどの勢力にも中立を維持する山の民だ。しかし、信仰に関しては各部族の族長に一任しておるのだ。その宗教組織が武装化するなどこちらも想定外のこと」

山深い集落の薄暗い一軒家の中で俺が話す相手は、山の民の間で調停者として影響力を持つワリハラ族長ハキムだった。

虎の特徴を色濃く持つ人虎族のワリハラ族は、山の民でも古参の部族に数えられ、調停者として選ばれることも多く、山の民の各部族の連絡役を担っているため顔が広い。

俺がここにきた理由は、ワリハラ族長ハキムの持つ、山の民に属する部族への伝手を利用したいからだ。

能力を把握するべく、ハキムに対し力を行使してみた。

名前：ハキム・ワリハラ
年齢：35 性別：男 種族：人虎族
武勇：55 統率：59 知力：52 内政：56 魅力：49
地位：山の民ワリハラ族長

隙なく平均以上の能力を示しているな。調停者としていろんな部族から頼られるのも理解できる。

「ゴシュート族の件が、わがエランシア帝国の魔王陛下の耳に入りまして。山の民が非合法組織となった『勇者の剣』を援助するのであれば、全滅させろとの指示を出されております。その際、先陣はわがエルウィン家となる予定とだけ」

まぁ、そんな命令はまだ出てないが、魔王陛下がやれという可能性は高い。

ハキムの顔が引きつったように硬直する。

山岳戦に絶対の自信を持つ山の民も、脳筋戦闘狂であるエルウィンの鬼たちは怖いらしい。

「エルウィン家が先鋒《せんぽう》……だと」

「ご存知かと思いますが、わがエルウィン家の当主マリーダ様は『鮮血鬼』と呼ばれる帝国最強の戦士。従える鬼人族たちはいくさに長けた熟練の兵士。彼らは敵とみなした者を徹底的に攻める一族です」

「敵と判定された山の民すべてを倒すまで、いくさをやめることはないと言いたいのか？」

引きつったハキムの顔色が青くなる。

「マリーダ様のご気性なら当然ですし、私はその補佐をさせてもらいます」

「ま、待て！　待たれよ！　山の民すべてが『勇者の剣』に帰依しているわけではないのだ！」

こちらが本気でやりかねないと察したハキムが、それまでの態度を豹変させた。

ふむ、脅しが効果を発揮したらしいな。これでこちらの話を聞いてくれるだろう。

俺はハキムの手を取ると、声を潜めて話し出す。

「先ほどの話は最終的に交渉が決裂した場合です。私としては山の民との全面抗争は望んでおりませんよ」

「アルベルト殿は、まだ交渉の余地があると申されるか？」

ハキムは明らかに交渉を期待した顔をしてくれる。

俺としても兵士を無駄死にさせたくないし、無駄な戦費を使いたくない。

『勇者の剣』を排除して、山の民がワリドを代表とした親エランシア帝国勢力に衣替えできれば満足なのだ。

「ええ、そのために私はハキム殿に会談を申し込んだのです」

「私がアルベルト殿の会談相手に選ばれたのは、各部族に顔が広いからか？」

ハキムは馬鹿ではないので、彼を会談相手に選んだこちらの意図を察してくれたようだ。

ワリドといい、ハキムといい、説明を省ける聡明さを持ってくれているので助かる。

「その通りです。つきましては、山の民の部族すべてと連絡を取れるようハキム殿の伝手をお借りしたい。もちろん、ただとは言いませんよ。それなりのお礼を準備させてもらう」

俺の背後で控えていたワリドが、金貨を鋳つぶした塊をハキムに差し出す。

価値が固定される金貨は出所を探られるが、価値が下がるものの金塊は出所不明にできる特典がある。

すべての勢力に対し、中立を標榜《ひょうぼう》する山の民からすると、金塊の方が都合のいい金にできるのであった。

「われらに、その金で山の民を売れと申されるか？」

ハキムの顔には『勇者の剣』のことで、エルウィン家から攻められるのは困るが、かといって金を受け取れば、特定の勢力に肩入れすることになるといった苦悩が見て取れた。

「私は山の民を売れなどとは言っておりません。むしろ救いたいと思っております。それに『勇者の剣』の崇拝者たちには、かなりお困りでしょう？」

苦悩が浮かんだハキムの顔色を見て、俺はニヤリと笑う。

アレクサ王国内で一気に火が付いた『反勇者の剣運動』によって、わずか一か月の間に代表ブリーチ・オクスナーや幹部たちが指名手配され、国内組織は各都市の衛兵隊によって摘発され、多くの信徒が組織から離脱した。

そのため、アレクサ王国内の『勇者の剣』の崇拝者たちは、代表と幹部がいるとされる山の民の領域に逃げ込んでくる者が増えた。

『勇者の剣』としても崩壊しかけている組織の引き締めのため、逃げ込んだ崇拝者たちを使い、暴力で抑えつけ、山の民の信徒たちを離脱させないようにしているそうだ。

そのせいで、山の民の信徒とアレクサから逃げ込んだ崇拝者との間でいざこざが起き、ハキムも頭を悩ませていると報告を受けていた。

「たしかに『勇者の剣』の崇拝者からの締め付けで困っていると、相談してくる者が多いのは事実だが。山の民の内部事情を詳しくアルベルト殿に漏らすわけには……」

「現状、こちらとしては、山の民すべてが『勇者の剣』に帰依して、エランシア帝国の敵となっているのか分からないのです。そのせいで、当主マリーダ様も『勇者の剣はけしからん。信徒を含めて山の民は皆殺しだ！』って騒いでいるのですよ。なので、山の民の部族が『勇者の剣』に対し、どう思っているかを把握したいのです」

「どう思っているかだと……」

「ええ、『勇者の剣』の教義を熱烈に支持する部族を『強硬派』、周囲の状況から孤立しないよう支持しているだけの『穏健派』、すでに離脱を決意しているができていない『離脱派』の3つに色分けをしたいのです。そして、われわれが排除したいのは、『勇者の剣』の教義を捨てそうにない『崇拝者』と『強硬派』のみです」

ゴシュート族は、すでにほとんどの山の民との交流を断絶されているため、色分けや説得工作にはハキムの率いるワリハラ族を使いたかった。

「うぬぅ……『崇拝者』と『強硬派』のみの排除。『勇者の剣』の教えを捨てれば、エルウィン家やエランシア帝国は攻め込まぬと言うのか」

「ええ、できればわれらも山の民とはいい関係を築きたいと思っておりますので」

「だが、アルベルト殿の言われた強硬派は、数は少ないものの、力は強いのだ。部族の中には、『聖戦』に参加するため、エランシア帝国に奇襲を仕掛けようと声高に叫ぶ者もいる。下手なことを言えば、こちらの身も危うい状況なのだ」

ハキムの表情を見てると、思った以上に山の民の中で『勇者の剣』の力は強いようだ。

だが、『勇者の剣』を殲滅させるには、ここで引くわけにはいかない。

「では、交渉は決裂とさせてもらいます。近いうちに山の民は、わがエルウィン家が先鋒を務めるエランシア帝国軍の討伐を受けることになるでしょうな。現魔王陛下は全滅を指示しておりますので、この辺りの山は徹底的に掃討されますね。大量の血が流れるでしょう。もちろん、わがエルウィン家ではなく、山の民の血ですがね」

煮え切らない態度を示すハキムをもう一度脅す。

俺としては地の利のない場所でのいくさは絶対にしたくない。そんな不利な場所で喜んで戦うのはわが家の脳筋たちか、チート勇者くらいだ。

損害は極力少なく、利益は多く得るが俺のモットー。だが、それをハキムに悟らせるわけにはいかない。

俺は『うちは別にガチでお前らと殺し合いしてもええよ』って、意味ありげに目を細めて笑うことにした。

「その眼、本当にやる気なのかっ⁉」

ハキムは、俺の態度を見て本気と受け取ってくれたようだ。

「……分かった。アルベルト殿の手伝いをしよう。各部族の『勇者の剣』に対する態度の情報と、族長に顔を繋げばいいのか？」

「ええ、それで十分です。ありがとうございます。ハキム殿の親族だと紹介してもらえれば、あとはこちらが説得します」

「うむ、分かった。わが親族の者として各部族の族長には伝えておく。ワリハラ族の名を出せば自由に集落には出入りできるはずだ」

俺はハキムが差し出した手を握り返した。

ワリハラの族長に許可をもらったので、これから俺たちが山の民の各部族をご挨拶に回っても怪しまれることはないだろう。

きっちりと山の民を色分けして、次なる作戦に入るとするか。

こうして、俺はワリハラ族長ハキムの協力を得て、山の民の各部族を挨拶回りすることにした。

第五章　山の民たちの中を飲み歩くことにした

帝国暦二六〇年　翠玉月（五月）

護衛のリュミナスを連れ、手土産を片手に山の民のある部族の集落を訪れた。

「こんちわー。ワリハラ族のとこのアルベルトっすー。族長から酒と肉預かってきましたー」

「おお、ワリハラのとこのアルベルトか。話はハキムから聞いてるぞ。それにしても酒と肉だって？　これは景気いいな。どうだ。お前も飲んでいくか？」

「ぜひ、ご相伴させて欲しいっす」

てな感じで、手土産を持って各部族の集落に入っていく。

集落を訪れる際は、必ず手土産付きでくる俺たちを、各部族は歓迎してくれるようになるまでに時間はかからなかった。

俺はワリハラ族長の親族と称し、山の民の各部族を飲み歩きながら情報を集め、『勇者の剣』から離脱したい部族と、離脱しそうな部族を選別していた。

集落で酒を酌み交わしながら、それとなく『勇者の剣』についての各部族のスタンスを収集していく。

『勇者の剣の先兵として邪神に寄与するエランシア帝国討つべし』と声高に叫ぶ族長もいれば、

『勇者の剣に帰依するべきではなかった』と後悔を滲ます族長もおり、山の民は大いに割れている。

人間3人もいれば、派閥が生まれるという言葉がある。

この言葉はその通りで、山中に一大勢力を抱える山の民も派閥が形成されているのが確認できた。

大きく分けて、山の民には2つの派閥がある。

古くから山に住み着き、山野を駆けまわって狩猟や採集する古参獣人部族。

もう1つは、近隣の逃亡農民たちが山中に住み着き、隠し村で田畑を耕している新参の人族部族。

後からきた農耕メインの部族と、狩猟採集メインの部族。当然、その間には考え方の違いからもともとの溝があった。

山の民といえども、無から金銀兵糧を出せるわけでもなく、勢力を維持するための基盤がある。

彼らは裕福ではなかったが、飢えない程度には稼いで、勢力を維持するための資金を部族の規模ごとに上納金として割り振っていたのだ。

上納金は平等に割り振られてきたため、つい最近まで古参と新参の溝もそこまで大きくなかったが、『勇者の剣』の教えが新参部族の間に爆発的に浸透したことで、勢力維持のための上納金が『勇者の剣』に流れ始めたそうだ。

そうなると、新参部族に割り振られていた上納金が滞り、領域内の警戒任務に当たる者への賃金、兵糧や武具の購入代金、飢饉《ききん》に備えての備蓄食料の購入などに使う勢力維持費に占める古参部族の割合が増大し、それがもともとあった溝を拡げたらしい。

俺の謀略を手伝うことにしたワリドやハキムが、山の民の内情を頑なに明かさなかったのも、対外的に一枚岩と思われている山の民が、実は内部で争っていることを知られたくなかったのだろう。

知ってしまった以上、俺はそこの溝を狙わせてもらう。

ワリハラ族の者として、山の民の各部族を飲み歩いた感触では、部族間のつながりはかなり薄い。

いちおう、季節ごとに族長たちで集まり、山の民としての大まかな行動方針は定めているらしいが、それ以外は各部族に判断を任されている状況だ。

この一か月飲み歩いた結果、どの部族が強く『勇者の剣』を支援しているとか、離脱したがってるとか、様子を見ているかが鮮明になった。

色塗りの結果を内訳すると、強硬派1割、穏健派5割、離脱派4割だ。

強硬派はアレクサに近い領域で農耕をする人族部族が多い。彼らはこちらの話を聞き入れるような気配はなかった。

なので、強硬派の部族は切り捨てるとして、様子見をしている穏健派の5割を最初に切り崩すため、まずはゴシュート族を使い、偽装焼き討ち作戦を始めることにした。

情報収集するための飲み歩きをやめて3日が経った。

俺は狙いを付けた穏健派の部族の集落を眼下に捉える場所に立ち、準備の完了報告を待っている。

「アルベルト殿、準備は整った。作戦開始の下知を頼む」

『勇者の剣』の武装兵に見えるよう変装したワリドが、準備の完了を告げた。

俺も素顔が見えないよう頭巾を被る。

「これより、作戦を開始する」

周囲で控えていた『勇者の剣』の武装兵に変装したゴシュート族の若者が、手に持った松明に火を灯していく。

松明の点火が終わると、ひとかたまりの集団となって集落へ雪崩れ込んだ。

「な、なんの用ですか⁉　そのような物騒な格好をして！」

集落の住民は、雪崩れ込んできた俺たちを見て驚いた顔をする。

「私たちは『勇者の剣』の代表である神託の勇者ブリーチ・オクスナー様から、裏切り者がいる集落を焼けと指示されている！」

声音を変えた俺が、住民たちに焼かれる理由を話してやった。

もちろん、俺が吐いた嘘である。

ブリーチ・オクスナーや『勇者の剣』の幹部は、いっさいこの焼き討ちのことを知らない。

「そ、そのようなことをなぜ！　私たちは信徒として『勇者の剣』の教えに帰依しているのだぞ」

「抗弁はいっさい受け付けぬ。私たちは神託の勇者様のお言葉通りに実行するまでだ！」

俺は突っかかってきた住民を突き飛ばすと、武装兵に偽装したゴシュート族に火を付けるよう指示を出す。

ゴシュート族には、事前になるべく人死を出さないよう、倉庫や畑を狙って放火するよう徹底してあるため、派手に火の手は上がっているものの、火に巻き込まれた人はいない。

「酷い！　なんでこんなことをするんだ！　くそっ！」

「裏切者と異端者は絶対に許さないと神託の勇者ブリーチ・オクスナー様のお言葉だ。今のは警告である。『勇者の剣』の忠実な信徒であると示したければ、『聖戦』への献金を今すぐに出せ」

俺の周囲で護衛をしているワリドとリュミナスが、住民たちへ剣を突き付けた。

「ひっ！　献金だって！　この前集めたばかりじゃないか！　金など――」

俺は自分の腰の剣を抜くと、騒ぐ男の首元に突き付ける。

「異端者か、裏切り者か、どちらかを選ばせてやる。その後、死んでもらうがな」

「ひいっ！　払う、献金する！　オレは忠実な信徒だ！　頼む、許してくれ！」

男が貴金属の指輪を全部外し、武装兵の持つ革袋へ放り込む。

「よかろう。今回だけは見逃してやる。他に裏切者か異端者になりたい者はいるか？」

集まってきた集落の住民に向け、剣を突き付ける。

全員が首を振り、家から金目の物を持ち出し、革袋の中に投じていった。

ある程度の献金が集まったところで、俺は畑や倉庫に火を放っていたゴシュート族へ中止の合図を送る。

「ふむ、この村に裏切者も異端者もいなかったと報告しておく。今後とも『勇者の剣』にその身を捧げ生きるのだぞ」

俺は燃える畑や倉庫を見て、呆然と座り込んでいる住民たちの肩を軽く叩くと、武装兵たちを率いて集落を立ち去った。

集落からしばらく歩き、周囲に人目がなくなると、顔を覆っていた頭巾を外す。

「大成功でしたね。ボクとしては、同じ山の民をいたぶるのは気が引けましたが、これも『勇者の剣』を排除するために必要なことなんですよね」

「ああ、リュミナスやワリドたちには、つらい役目を任せているが、堪えてくれ」

「問題ありません。ボクたちゴシュート族は、仕事として請け負ったことは必ず実行してますので」

「そうか、そう言ってくれると私としては助かる」

ここしばらく俺の護衛として付き従ってくれているリュミナスだが、護衛者だけでなく、密偵としての能力の高さも確認できた。

敵地潜入、情報収集、変装、どれも一級品の密偵で、父親とともにエルウィン家に加わってくれれば、諜報組織の管理者にリシェール、資金管理者はイレーナ、実働部隊はワリドとリュミナスという形で強力な組織にできると思われる。

情報こそが、乱世を生き残るための最重要な物だし、人材はいくらでもいていい。

「わしの娘は優秀な密偵だからな。アルベルト殿の役には立つと思うぞ。それにまだ独身だ」

おっ、ここ最近の俺の行動で、ワリドの好感度が上がって、嫁にくれるフラグが立ったか。

マリーダの様子から察するに、リュミナスの愛人化は、すぐにでもオッケーが出そうだったしな。

ワリドとリュミナス自身が、それでもいいって言ってくれるなら、この謀略が成就した後、迎え入れるよう打診してみるか。

「それはいい話を聞けた。リュミナスの件は、真剣に考えさせてもらうとしよう。ただ、今はこの謀略を成功させる方が大事だ」

「ああ、分かっている。次はまた別の穏健派の集落を襲って、金品を巻き上げるのだな」

「そうだ。巻き上げた金品は、ワリドが山の民の代表になった後、各部族に返還してもらうから大事に管理しておいてくれ」

「承知している。部下たちにはどの集落から取り上げた物かを分かるよう管理させてある」

視線の先では革袋に詰め込まれた金品を、荷馬車に積み込む作業が進んでいる。

奪った金品は、一旦すべてゴシュート族の集落に集められることになっていた。

「では、輸送は任せ、次の集落を襲うとしよう」

「承知しました」

「承知」

俺はワリドとリュミナスの肩を叩くと、次の目標に定めた集落へ向け移動を始めた。


俺たちが偽装焼き討ち作戦を実施した穏健派の集落は8つにのぼる。

『勇者の剣』の武装兵に変装したことで、集落を焼き討ちして金品を奪ったのは強硬派の連中だという噂が穏健派の中で広がった。

事態を把握して焦ったブリーチや幹部が、『あれは偽物の仕業だ』と言って、噂をかき消すのに必死になっているらしい。

だが、疑心暗鬼に陥った穏健派はそうは思わない。

なぜかって？　実は『勇者の剣』が、内部組織の統制を引き締めるため、同じことを山の民の離脱派に属する部族にしていたからだ。

離脱派にやってたことを、自分たちにもされた穏健派部族は嫌気を覚え、離脱派部族との付き合いを深めていく。

徐々に離脱派部族が増え始めると、噂がドンドンと穏健派部族に広がり、加速度的に穏健派が離脱派に鞍替えをした。

誰がこんな事態の急変を予想しただろうか。いや、俺は予想してたけどね。

っていうか、首謀者は俺だし。

偽装焼き討ち作戦の成功を確信した俺は、次なる作戦を発動するため、身分を偽り、『勇者の剣』の代表ブリーチ・オクスナーが住むとされる強硬派部族の集落に潜入した。

本来なら敵地潜入任務など軍師の仕事ではないが、今回は自分が先頭に立って徹底的に『勇者の剣』を潰す謀略をワリドたちゴシュート族に見せつけ、彼らの忠誠を得ることにしている。

「アルベルト殿、まさか敵の本拠にまで付いてこられるとは思っておりませんでしたぞ」

「しっ！　私は今、アレクサ王国から逃げ込んだ富豪の信徒アルなんだ」

「おっと、失礼。それにしても、警備はザルですな。強硬派部族とアレクサから逃げ込んだ崇拝者、『勇者の剣』の関係者が集まっている場所に、まさか、敵対組織が忍び込んでるなどと考えておらんようだ」

集落の中は、アレクサ王国軍の装備を着込んだ『勇者の剣』の武装兵が巡回している。

日ごとに増える離脱者によって、集落全体がピリピリした雰囲気に包まれていた。

「アル様、もうじきボクたちの順番が回ってきます。準備を」

リュミナスの声に釣られ、視線を並んでいる列に戻すと、あと10人ほどで、俺たちが神託の勇者様に拝謁できる集会所に入れそうだった。

離脱者続出の『勇者の剣』は、信徒たちへ献金を強制し、多くの献金をした者に対しては、集会所でブリーチ自らが祝福を授けるという行為を行っているそうだ。

その情報を掴んだ俺たちは、アレクサ王国から逃げ込んだ富豪の信徒に偽装して集落に潜入し、大金を献金して祝福を受ける順番待ちをしている最中だった。

「次、アレクサ王国のアル殿ご一行、まいられよ」

集会所の入口の武装兵から名を呼ばれたので、執事に扮したワリドとメイドに扮したリュミナスを率いて中に進んでいく。

集会所の中に入ると、多数の武装兵が詰めており、その中央に玉座らしい立派な椅子が置かれ、その椅子に金色に光る鎧を着込んだ中年小太りの男が座っていた。

「信徒アル、前に出られよ」

甲高く、聞く者に不快感を与える声を発したブリーチが手招きしてくる。

俺は彼の前に進み出ると、力を行使した。

名前：ブリーチ・オクスナー
年齢：48　性別：男　種族：人族
武勇：12　統率：30　知力：32　内政：22　魅力：60
地位：『勇者の剣』の代表

詐欺師なだけあって、カリスマ性があるのか、魅力が高めだ。

それ以外は並以下ってところか。

「神託の勇者様のご尊顔を拝せたこと、一生の誉れに思います」

「ふむ、貴殿からの貴重な献金は必ずや『聖戦』の成就に貢献し、死後は楽園へ導かれることになるであろうことは、私の与える祝福で確約された」

金色の酒杯に手を入れたブリーチが、祝福と称し、ワインを俺の頭に振りかける。

正直、死後の世界にはいっさい興味がない。

俺はこの世界で、嫁と嫁の愛人と家族に囲まれて、キャッキャウフフと楽しく生きたいのだ。

頭に振りかけられたワインに苛立ちを感じながらも、表情に出ないよう我慢する。

「よし、これでよかろう」

「ありがとうございます！　これで、安心して死後の世界へ旅立てますが、実はもう1つ懸念事項がありまして……。この地にくる途中、このような手紙を持った獣人が死んでおりました」


一仕事終えたブリーチの前に、シワシワになった手紙を懐から差し出す。

手紙の中身は、『勇者の剣』の代表ブリーチ・オクスナーを捕えて離脱派に差し出す代わりに助命を願い出ている内容だ。

差出人はワリドのゴシュート族を執拗に痛めつけた強硬派の族長の名が記されている。

その族長は、強硬派部族の重鎮とも言える、大きめの部族だ。

手紙を受け取って内容を読んだブリーチの手が震え出す。

すぐに傍らに控えていた幹部らしき男を手招きすると、手紙を見せて耳打ちを始めた。

ブリーチ君、その顔は追い詰められてて、余裕がないのが丸分かりじゃないか。

そんな顔をされたら、こっちは成功を確信しちゃうよ。

心の中でニヤニヤが止まらないが、顔を神妙な表情で保つので精いっぱいだった。

「信徒アル、貴殿の懸念事項はすぐに解決させる。これからはこの集落でゆるりとされよ」

「ありがとうございますっ！『勇者の剣』の役に立ててよかった」

俺は丁重にブリーチに頭を下げると、集会所から立ち去る。

外に出ると、さっきまでとは違い、武装兵たちが忙しそうに動き回り、手紙の差し出し人にされた強硬派の族長が仮で住んでいる屋敷を囲んでいた。

「なにゆえ、わたしが捕らえられるのだ！　叛乱容疑だと？　なんの話だ？　手紙？　そのようなものは知らん！　放せ！」

　武装兵に両腕を掴まれ、人族の男が屋敷から出てきた。

　アレが今回の手紙で生贄になった強硬派の族長か、初めて見たな。

　いかつい顔をした人だったとはね。まぁ、残念だけど、『勇者の剣』を選んだ君が悪いんだ。恨まないでくれよ。

　縄を打たれ、武装兵に引きたてられた族長の男が集会所の中に入っていくと、しばらくして断末魔の叫び声が集落内に響いた。

「父上、アル様の敵に回るのは得策ではありませんね」

「ああ、そうだな。情報から状況を見抜き、遠くの人すら自在に操り、練り上げた策は確実に成果を出す。そんな人物の敵に回ることなど考えたくもない。仕える方がいいに決まっている」

　謀略の成功により、ワリドの好感度は爆上がりしたようだ。

　これだけ好感度を上げておけば、直属の家臣として俺に仕えてくれるようになってくれるだろう。

「まだ、仕上げが終わってないから油断しないように。あと3人、なぜだか裏切りの確約をした手紙が、なぜだか発見されてしまうよう手配を頼む」

「はっ！　すぐに手配いたします。リュミナス、すぐにとりかかるぞ」

「は、はい！」

俺は集落の中に消えていった2人を見送ると、宿として割り当てられた家に向かった。

それからはワリド親子が、『勇者の剣』の拠点となっている集落で大活躍をみせた。

情報収集の中で集めた強硬派部族たちの言動から、『勇者の剣』への批判っぽいものを過大にちりばめた、根も葉もある噂を流す。

流された方は過大な表現になっているが、心当たりのあることなので、ちぐはぐな回答しかできない。

そのあいまいな態度が、疑心暗鬼に陥ったブリーチに『こいつクロ』だと確信をさせ、強硬派を自ら粛清していくという始末だ。

そんなワリド親子が流した流言飛語の工作によりわずか数日で、強硬派部族の集落に拠点を構えた『勇者の剣』はギスギス状態。

『勇者の剣』の教義は、クソの役にも立たない物だと知らされた狂信者たちが怒り狂い、身の危険を感じた組織の幹部やブリーチたちが力で抑えつけていた。

詐欺師と狂信者がお互いを罵り合い、憎みあい、争っている。

すでに『宗教的熱狂』はなく、ただの『権力闘争』にまで、格下げされた修羅場が形成された。

『おんどりゃあっ！　邪神の信徒を殺したら、いい人生に転生できるって言ったやろがぁああ！』

『知るか！　アホ！　騙されるやつが悪いんじゃ！』

てな感じの争いが、『勇者の剣』が拠点とした強硬派の集落で、日々繰り広げられている。

ブリーチの行った粛清とその後の内部抗争によって、幹部の1人が賛同した部族400名ほどを連れ、『勇者の剣』から分派した。

流言飛語作戦の成功を見届けた俺たちは、ギスギスする集落を離脱し、ワリハラ族長のもとに帰還した。

「というわけで、作戦は成功し、強硬派と『勇者の剣』の幹部が争っている間に、穏健派から鞍替えした離脱派と、もともとの離脱派をワリドとともにまとめ上げて欲しい」

ワリハラ族の集落に帰還した俺は、出迎えてくれたハキムに山の民をまとめ上げる作業を依頼した。

「まとめ上げる……。族長たちによる合議を辞めろと言うのか？」

「合議制は『勇者の剣』みたいな事例に対し、無力だったでしょ。お互いに関係性の薄い各族長に判断を任せたら、知らぬ間に『勇者の剣』が大流行して、勢力が分解寸前だったわけだし」

「それはそうだが……。族長たちをまとめるのには骨が折れる……」

「説得にはワリドを使えばいい。今回の作戦で各部族のいろいろな弱みを掴んだからね」

隣に立つワリドが、ハキムに向かいニヤリと笑みを浮かべた。

「今回、アルベルト殿に同行したおかげで、山の民の各部族の情報はいろいろと握った。こちらの提案を受け入れない部族は、アルベルト殿の策略で強硬派の連中と同じ道をたどると言ってやればいい」

強硬派と『勇者の剣』の内部抗争の話は、各部族を通じてハキムのもとにも届いているようで、ワリドの言葉に表情が硬直した。

「ワリド、お前、山の民とアルベルト殿、どちらの側に立っている？」

「わしはアルベルト殿の側に立つ。アルベルト殿のもとでこそ、山の民もまた繁栄を築けるはずだと思ったからな」

「中立を捨てると言うのか？」

ワリドは、ハキムにニヤリと笑いかける。

「わしはアルベルト殿側に付くが、ハキムは今まで通り中立の山の民を率いればいい。わしとハキムが、それぞれ大首長として山の民を束ねる指導者に立てばいいだろ。実務的最高権力者はわしがやり、儀礼的最高権力者はハキムがやる」

「つまり対外的な中立勢力としての山の民の指導者は私が務め、ワリドはエルウィン家からの援助を受け、山の民の発展のため裏の指導者をやるという意味か？」

「ああ、そういうことだ。表向き山の民は中立勢力のままで、裏でエルウィン家と繋がる。ただし、山の民を害するようなことがあれば、手を切って戦うつもりだ。まぁ、アルベルト殿が存命の限り、そのような愚かな選択をエルウィン家がするとは思えぬがな」

たしかに俺がそんな愚かな選択は絶対にさせないな。

近隣友好は大事。エルウィン家も、山の民と境を接するアルコー家も俺の子供が継ぐ予定の家だしね。

「ハキム。山の民は『勇者の剣』の拡大を見逃した時点で、エルウィン家とともに生きるか、潰されるかの選択肢しか選べなくなっていたのだ」

「アルベルト殿に山の民の脆弱な基盤を知られ、抗っても同じように謀略を仕掛けられ、山の民は分裂させられるというわけか」

ハキムが諦めたかのように深いため息を吐く。

「分かった。ワリドの提示した案で族長たちを説得する。アルベルト殿に逆らう怖さを語りながらな。だから時間をくれ」

ハキムから説得の時間をくれと言われたため、『勇者の剣』が内部抗争で自壊するまでの期間を読む。

「二か月。紅玉月（七月）までに山の民を説得し、族長合議制からゴシュート・ワリハラの双《そう》頭《とう》体制を構築してください。そうすれば、エルウィン家は山の民のよき隣人となるでしょう」

「承知した。説得工作にはワリドも借ります。アルベルト殿の凄さを語るにはワリドの力が必要ですので」

「分かりました。ワリド、よろしく頼む」

「お任せください。わしが全力でアルベルト殿の知略を山の民に分からせましょう。それと、臣従の証として、以前約束した通り、わが娘リュミナスはエルウィン家に差し出します。自由にお使いください」

神妙な顔をしたリュミナスが、俺の前に膝を突き、頭を垂れた。

「非才の身ではありますが、エルウィン家のため、ゴシュート族のため、山の民のため、そしてアルベルト様のためにボクの力をお使いください」

やっときたよ。長かった。ちゃんと、父親の忠誠も信頼も得て、本人からの心酔を得られた。

あとはアシュレイ城に連れ帰って、嫁の許可と嫁の愛人たちへちゃんと紹介しないとな。

この二か月、山の民の領域にいて、ずっと禁欲生活してたから溜まってるし、きっとマリーダたちも溜まってるだろうから、すごいことになりそうだけど。

リュミナスはちゃんと耐えられるかな……鍛えてるから大丈夫だよね。

俺はリュミナスの肩に手を置くと、声をかけた。

「これからも私を助けてくれ。よろしく頼むよ」

「は、はい！ 一生懸命頑張ります！」

俺はワリドたちに説得を任せ、リュミナスを伴い久し振りにアシュレイ城へ帰還することにした。


数日後、山の民の領域から、アシュレイ城に帰還した俺を出迎えたのは嫁のマリーダだった。

「アルベルト～！　妾は寂しかったのじゃぞ！　でも、ちゃんと当主の仕事はしたのじゃ！　褒めてくれてよいのじゃぞ！」

馬車から降りた俺に、抱き着いてきた嫁の頭を優しく撫でる。

「さすが、マリーダ様です。ちゃんとお仕事をしたご褒美はあげねばなりませんね」

「うむ、そうなのじゃ！　ご褒美が欲しいのじゃ！」

俺は背後に控えていたリュミナスに前に出るように促した。

「ふぁっ！　この娘はっ！　いつぞやのワリドの娘っ子！　匂いを嗅いでよいかのぅ」

「ええ、大丈夫ですよ。父親も本人も了承済みですので」

マリーダが、リュミナスの小柄な身体を抱き抱えると、顔を近づけて匂いを嗅ぎ始めた。

「よい匂いがするのぅ。名はリュミナスであったな」

「はい、そうです」

クンカクンカと匂いを嗅ぎつつも、リュミナスの身体を触るマリーダの手つきが怪しい。

俺ですらまだ触ってないのに、ああ、尻尾にまで手を伸ばして！　ずるいぞ！　マリーダ。

「リュミナスは、随分鍛えておるのぅ。これほど鍛えておれば、妾の寝室を守る護衛にはピッタリじゃ。アルベルトもそう思うじゃろ？」

鼻の下が伸びた顔のマリーダが、俺に同意を求めてくる。

マリーダさん、リュミナスにエッチなことをしようって下心が丸見えですって！

まぁ、道中でリュミナスには、マリーダと俺との間の約束を話してあるため、拒否はしないんだけどね。

「マリーダ様がリュミナスを気に入ったなら、城にいる時は警備責任者を頼まれてもよろしいかと」

「では、リュミナスに警備責任者を命じるのじゃ。そばで一緒にいて欲しいのじゃ」

「はい！　アルベルト様からマリーダ様のご気性をお聞きしております。ボクにできることであれば、頑張らせてもらいますね」

リュミナスは、父親のワリドから男女の営みについての講義を受けているらしいが、実戦はまだ一度もしたことがないと本人から申告されている。

初めての相手がマリーダや俺となると、いろいろと大変だろうけど、密偵として優秀なリュミナスなら、きっと見事に耐えきってくれると思う。

「では、もう夜もふけてきておるし、アルベルトたちも疲れておると思うから、寝所にまいろう。妾の愛人たちもアルベルトの帰還を、首を長くして待っておったからな。はぁ、はぁ」

リュミナスのことを堪能したくてたまらないマリーダが荒い息をして、寝室へいざなってくる。

「じゃあ、行こうか」

「は、はい」

俺たちはマリーダの後ろに続いて、プライベート居室の奥にある寝室へ向かった。

「アルベルト様、お帰りなさいませ」

寝室に入ると、リシェールを始め、リゼとイレーナが新しいエッチな下着を着て出迎えてくれた。

また、リシェールが新しいのを仕入れてくれてたみたいだ。でもそれは、長く禁欲生活を続けてきた俺には刺激が強い衣装だぞ。

肌面積の露出こそ抑えられてるが、大半が薄く透ける素材で作られているため、いろいろと見えてしまっている。

「マリーダ様も随分寂しがっておられましたが、わたくしたちもそれは同じです」

「マリーダ姉様の相手も大変だったよね。だから、アルベルトが責任を取ってくれるはず」

みんなマリーダの性欲を発散させるため、頑張ってくれたようでいささか疲れた顔をしている。

これは嫁の旦那として、愛人たちの奮闘を労わないといけないな。

「労いならいくらでもしよう。その前に、新しい仲間が増えたので着替えさせてやってくれるかい」

みんなの視線が、マリーダの抱えているリュミナスに注がれる。

「この間のワリドさんの娘さんですね」

「尻尾とかお耳とか、わたくしたちも弄っていいんですよね？」

「可愛い娘だよね。マリーダ姉様」

「みなもリュミナスのことに興味津々らしいのぅ。妾も興味津々じゃ」

嫁と嫁の愛人たちは、目の前の獣人の女の子を見て、はぁはぁと息を荒くしてる。

あー、みんな興奮しちゃってるなー。今日は腰がもつかなー。

リュミナスは初めてだし、やっぱ優しくしてあげないとね。

きっと、嫁や嫁の愛人たちが、先に激しくしちゃうだろうし。

「ほ、本日より警備責任者として採用されましたリュミナスと申します。至らぬところがあると思いますが、よろしくご指導お願いいたします」

抱えられていたリュミナスが、マリーダの手から逃れ、スッと床に立つと、みんなに頭を下げる。

その様子を見ている嫁たちが、妖しい笑みを浮かべた。

これから、きっと激しくご指導されちゃうわけだが……。

「あたしはリシェール。マリーダ様のメイド長をさせてもらってます」

「オレはリゼ。マリーダ姉様の家にやっかいになってるアルコー家の当主だ」

「わたくしはイレーナ。アルベルト様の秘書をさせてもらっているエルウィン家の文官です」

リュミナスは、順番に握手を交わしていくが、愛人たちはニヤニヤと妖しい笑みを浮かべたままだ。

まるで飢えた獣が、獲物を狙っているかのような目をしている。

そんなに気に入ってくれたのなら、一緒にリュミナスの身体を堪能することにしよう。

「リュミナスちゃんに似合いそうなのはこれかな。サイズもリゼ様に近いようだし」

クローゼットの中から、リシェールがスケスケの下着を取り出し、リュミナスの身体に押し当てていく。

「似合っておるか知るには、服を脱がさねばならんのじゃ」

マリーダが、電光石火の早業で、リュミナスの着ている服を脱がす。

全裸にされたリュミナスであったが、身体を隠すことなく、堂々と立ったままでいた。

小柄ながら、全身にほどよく筋肉が付いたリュミナスは、アスリートみたいな身体付きをしている。

「鍛えられてるねぇ。オレもそれくらい鍛えないと」

うっすらと割れているリュミナスのお腹を、リゼの指がゆっくりと這っていく。

リゼの指がお腹を這っていくたび、リュミナスの頬の赤さが増す。

「リゼ様……ボクの身体は筋肉がついて、女性らしくないですよね。父からはアルベルト様の子を生めと言われてますが。皆さんを見て自信がないです」

んなことはないな。ケモ耳の小柄な女の子は、俺の大好物ですからっ！　めっちゃ頑張って子作りする自信はあるぞ。

「大丈夫だよ。オレだって、マリーダ姉様とかと比べたら女性らしくないし。でも、アルベルトは、ちゃんと女の子として扱ってくれるから、リュミナスちゃんも安心して全部任せていいよ。こうやってオレも気持ちよくもしてあげられるしさ」

リゼの指が、リュミナスのへそを愛撫するようゆっくりと動かされていく。

「はぁ、はぁ、そこ弄られると変な気分になりますぅ」

リゼよ、いつの間にそんな技を習得したのだ。まさか、俺のいなかった二か月間にマリーダと練習したのか！

リゼがこちらの視線を感じ取ったのか、俺に向かって妖しく笑みを浮かべる。

「リュミナスちゃんのおっぱいは控え目ですけど、これはこれでちょうどいい大きさと形ですね。アルベルト様もマリーダ様も好まれる弾力を持っている感じ。これは、よいおっぱいですね。まだ成長するかもしれません」

リュミナスのサイズを測っているリシェールから、おっぱいの情報が送られてきた。

たしかに、手にちょうど納まりそうでほどよい大きさだな。リゼよりもちょっと大きいくらいか。

「胸が成長するって本当ですか？」

「たぶん、アルベルト様とマリーダ様にしっかりと揉んでもらえば、まだ成長すると思う」

リシェールが真剣な顔で、リュミナスのおっぱいをムニムニと揉んでいる。

リシェール、君はおっぱいマイスター化しているのか！　本当に俺のいない二か月間に何が起きていたのだ。

「さて、リュミナスちゃんにはこれを着てもらいますね」

おっぱいの測定を終えたリシェールが、スケスケのエッチな下着を裸のリュミナスに手渡すと、付け始める。

「尻尾は尾骨の辺りから生えているんですね。わたくし、獣人の方の尻尾の付け根は初めて見ます」

一方、イレーナは、リュミナスの尻尾に興味津々のようで、ふさふさの尻尾を手で梳いていた。

イレーナが手で尻尾を梳くたび、リュミナスの身体が小刻みに震えている。

「イレーナさん。獣人の尻尾はとても敏感にできてまして、そのように触れると――」

「こうですかね？」

イレーナがリュミナスの尻尾を少し強めに梳く。

「ちっ！　ちがっ！　違いますぅ！　強いのはダメっ！」

それまで堂々と立っていたリュミナスが、内股気味になり身体を震わせる。

獣人の尻尾は鬼人族の角みたいに敏感な場所らしい。

尻尾を梳くのをやめたイレーナは、リュミナスの尻尾に顔を埋め、匂いを嗅いでいる。

あの尻尾に顔を埋めて匂いを嗅いでみたいが、先にイレーナにやられてしまったようだ。

「十分に綺麗にされてるようで、尻尾からはいい匂いがしますね。これは癖になる匂いかもしれません」

「匂いなんて嗅がないでください。恥ずかしいですからぁ」

「きっと、アルベルト様もマリーダ様も嗅がれますので、わたくしで慣れておいた方がよいかと。あの方たちは激しいと思いますので」

真っ赤に顔を染めたリュミナスとは対照的に、真面目な顔をしてイレーナが尻尾の匂いをかいでいく。

イレーナさん、匂いフェチなんですかね。たしかにベッドにいる時は、俺の匂いとかめちゃくちゃ嗅いでたけど。

イレーナに尻尾の匂いを嗅がれるのを、必死に我慢していた。

その様子を俺とマリーダが間近で見る。

「リュミナスたんはエッチじゃのぅ。はぁはぁ、妾は見ているだけでムラムラするのじゃ」

「たしかにリュミナスはエッチだね。私もしばらく我慢してたから、滾ってきてしまったようだ。今日は寝かせてあげられないかも」

イレーナの尻尾の匂いチェックを終えたリュミナスが、エッチな下着の確認を求めるかのようにポーズを取ってくれた。

「これで大丈夫でしょうか？　おかしくありません――」

「辛抱たまらんのじゃ！　リュミナスたん、ベッドへ行くのじゃ！」

飛び出したマリーダがリュミナスを抱えると、大きなベッドに投げ出し、マウントを取る。

「うひひ、リュミナスたんの唇は妾が先にもらうのじゃ！」

「んっ！　んぅぅ！」

マリーダがリュミナスの唇をこじ開け、舌を絡めた激しいキスをする。

びっくりしたリュミナスは、抵抗をすることもできず、されるがままマリーダの舌を受け入れた。

「マリーダ様、ちゃんと手順を踏んで、こちらを開発してあげませんと」

すぐにマリーダの隣に寝そべったリシェールが、スケスケの下着の上からリュミナスの胸の先を弄り出す。

「はぅんっ！　んふぅ！　んんっ！」

「激しくしすぎだよ。リュミナスちゃんがびっくりしてるって。大丈夫、すぐにオレが気持ちよくするからね。ほら、耳とかも気持ちいいんだよ」

ピンピンに立っていたリュミナスの狼耳を、リゼが優しく甘噛みしていく。

それでも、リュミナスには刺激が強すぎるようで、足の先をくの字に曲げて、快楽を堪えていた。

「では、やはりわたくしは、尻尾を責めてあげた方がよろしいみたいですね。モフモフしたリュミナスちゃんの尻尾が癖になりそうです」

与えられる激しい快楽から逃れようと、ブンブンと振れるリュミナスの尻尾を掴んだイレーナが髪を梳く櫛で尻尾を軽く撫でていく。

「んっううううっんっ！　んんっ！　ぬうぅぅんんっ！」

マリーダに濃厚なキスをされたままのリュミナスは、尻尾からの快感に声にならない声を出した。

リュミナスがブルブルと身体を震わせると、目の焦点が合わなくなる。

「ぷはぁ！　リュミナスたんがエッチなので、最初から激しくしすぎてしもうたのじゃ。まだ、始まったばかりで夜は長いのじゃがのぅ」

密偵としての訓練の中で、拷問に対する訓練もしてたとは思うが、うちのエロい嫁と嫁の愛人たちの前ではさして役に立たなかったようだ。

「はぁ、はぁ、はぁ、ボク、何してたんだっけ……。すごい身体が熱いんだけど……」

意識を取り戻したリュミナスが、ベッドの上で大の字になり呆けている。

「リュミナスたん、勝手にイってしまうのはダメなのじゃ。イク時はイクと言わねばならん規則となっておる」

意識を取り戻したことを察したマリーダが、今度はリュミナスの隣に寝そべり、足を抱え上げ下腹部に手を忍び込ませた。

「あ、そうだ。今はマリーダ様の寝室にいて――。はぅううん！　マリーダ様、そこを触られると身体がもっと熱くなりますぅ！」

「よいのじゃ、よいのじゃ。妾に任せておけ。リュミナスたんは、好きに気持ちよくなればよい。ぐひひひ」

うちの嫁は綺麗な女の子に対しては、どう見てもエロ親父になるんだよな。

まぁ、美女と美少女とが絡み合うのは嫌いじゃないので、別にいいんだが。

「アルベルトにも、リュミナスたんがイク時の顔を見せてやらねばならんしのぅ。ほれ、ほれ」

「そうですね。女の子がイク時の顔は、アルベルト様の大好物ですし」

「オレも何回も見られちゃったからなぁ」

「わたくしも、恥ずかしい言葉を叫びながら、イってしまったのを見られてしまってますし」

大好物だからしょうがないじゃないか、女の子がイク時ってとっても無防備な顔を見せてくれるからいろいろと滾っちゃうんだって。

「そ、そんなことを急に言われても。ボクのイク時の顔なんてアルベルト様に見せられませんからぁっ！　マリーダ様、そこダメですっ！」

マリーダがリュミナスの下腹部に忍ばせた手を激しく動かすと、彼女の足がピンと張り、眉間に皺が寄る。

「イク時は、イクと言わねばならぬのじゃぞ」

「ふくぅう！　イク、イキますぅ！　イクー！　見ちゃダメェエ！」

これはヤバいくらい刺さる。可愛いなんてもんじゃないな。破壊力たけーよ。

マリーダにイカサレてぐったりとベッドに横たわるリュミナスが、恥ずかしいのか両手で顔を覆っていた。

「はぁ、はぁ、はぁ、見られちゃった。ボクのイク時の顔、アルベルト様に見られちゃいました。これじゃあ、はしたないと思われて嫌われてしまいます」

「大丈夫、ものすごく可愛い顔してたから。もっと、見せてもらわないとね」

「そうじゃぞ。アルベルトはエッチぃ男だからのぅ。もっと恥ずかしいことを平気で要求してくるのじゃ」

「もっと、恥ずかしいこと……ですか」

「そう、オレなんて恥ずかしすぎて言えないことさせられたし」

「わたくしも、あんな格好をさせられるなんて思いもよりませんでした」

「アルベルト様は叡智の神殿であらゆる知識を修めた方ですし、女性の身体のことを女性以上に知ってるエロい神官様ですので」

みんなが、いろいろと俺に恥ずかしいことをされたと言ってるけどさ。

みんながノリノリでやってたって俺は知ってるからね。

「では、リュミナスの要望だけでなく、みんなの要望にも応えていかないとね」

「でも、その前にリュミナスたんをしっかりとアルベルトの女にしてやらねばならんのぅ」

マリーダが脱力しているリュミナスの足を開き、濡れてスケスケ具合が増した下着をずらす。

「よ、よろしくお願いします」

「任せておいてくれ。ちゃんと気持ちよくするから」

リュミナスに返事をすると、リシェールとイレーナが俺の服を脱がしていく。

「アルベルトの久しぶりに見たけど、前よりも大きくなってない？　オレの時、こんなだっけ？」

リゼが、俺の股間をマジマジと見て唾を飲み込んだ。

さすがに二か月溜め込んでいるので、滾りまくってしまっているのだ。

「さぁ？　どうだったかな。あとでリゼもたしかめてみるといいよ」

「う、うん。激しいのはダメだからね」

「約束はしかねる。リュミナスの頑張り次第だね」

「リゼ様、ボク、頑張ります！」

俺はリュミナスの中に滾るものを沈めていった。

それからは、久しぶりだったこともあり、飢えた獣のような勢いでリュミナスの身体を蹂躙していった。

何度も何度も身体を震わせ、快楽から逃れようとするリュミナスを逃がさないよう捕まえ、沼の底へと引きずりこんでいった。

もちろん、マリーダやリシェール、リゼ、イレーナたちにも二か月分の滾ったものを受け取ってもらった。

饗宴《きようえん》は夜を徹して行われ、それでも足りなかったため、みんなが力尽きてベッドに倒れ込んだ時は朝日があがっていたと記憶している。

それにしても困った、困った。愛人が４人に増えちゃったなぁ。

さすがに若い身体でも、嫁含めて５人の女性を満足させるにはそれなりに体力がいる。

え？　５人も関係を持って不潔だって？　だってしょうがないじゃないか。この世界、上手く立ち回ったやつがいい目を見るんだから。

第六章　久しぶりに領内視察をしよう

帝国暦二六〇年　真珠月（六月）

ふぅ、堪能したぜ。いや、ナニって。ナニですよ。ナニ。

新たな愛人、人狼族リュミナスとのキャッキャウフフなモフモフ生活ですよ。

もう、ナニがすごいってね。マリーダ始め、リシェール、イレーナ、リゼが……。

これは言っちゃうと、大人な世界になるので割愛しますが、1つだけ言えるのは『モフモフ最高！』ってことだけです。

いやぁ、もうね。すごいというか、すごすぎるというか。尻尾とかケモ耳とか最強でしょ。

マリーダ始め、他の愛人たちもメロメロでエロエロしちゃってるわけでね。ゲフン、ゲフン。

おっとこれは機密事項だった。

でもさ、腰がよくもったと自画自賛したくなるほどの夜の充実さですよ。

夜が充実した分、昼間の仕事が滞っているため、頑張って仕事をしないと。

政務をするため、執務室に向かうと、先に仕事を始めていたイレーナが出迎えてくれた。

「アルベルト様、本日の予定ですが、まずヴェーザー河の源流であるヴェス川の堤防工事の視察。その際、レイモア殿との会談を入れております。続いて、アレクサの流民たちの開拓村視察。こちらも住民たちとの懇談会を入れておりますのでよろしくお願いします」

「今日も盛りだくさんだね」

「さぁ、用意もできたのじゃ！　妾も同行せよとの話だからのぅ。さっさと終わらせるのじゃ」

「護衛としてボクも付いていきますので、よろしくお願いします」

「オレも勉強のために一緒に行く」

視察に参加する者が外出の用意を済ませ、プライベート居室から姿を現した。

「マリーダ様、今日は領民たちとも会うので、お行儀よくしておいてくださいよ」

「妾はいつもお行儀よくしておるのじゃ！」

「あー、そうでした。そうでした」

俺はマリーダの頭を優しく撫でてやる。

「むきぃ！　子供扱いされておるのは遺憾《いかん》なのじゃ！」

「はいはい、いい子にしてたら、アルベルト様がご褒美をくれるので、機嫌を直してくださいねー」

最後に現れたリシェールの言葉を聞いたマリーダがニコリと笑った。

「ご褒美！　それならいい子にしておくのじゃ！」

めっちゃご褒美に釣られてる俺の嫁ちゃん可愛い。

こういった子供っぽさも、マリーダがみんなから好かれる要素なんだと思う。

「では、出発いたしますので馬車へまいりましょう」

イレーナに促され、俺たちは馬車に乗り込むと、近場で行われている水路の開削と堤防作りの現場へ向かった。


大河となるヴェーザー河の源流が、アシュレイ城の水堀に利用されているのだが、その川はヴェス川と呼ばれている。

大河の源流だけあって、水量は多く、山地から流れ出した綺麗な水を領内に行き渡らせてくれるとともに、滋味に富んだ山の栄養をアシュレイ領内に行き渡らせ、土地を肥沃にしてくれていた。

そんなヴェス川であるが、ひとたび暴れ出して決壊すれば、平野が続く領内は水に浸かり、畑が全滅する深刻な被害をもたらす。

そのため領民たちは毎年川の主への感謝の祭りを行い、怒りを買わないようにしているのだ。

領民たちから集めた情報で、ヴェス川からヴェーザー河になる合流地点が毎回決壊し洪水発生地点となっていると知ることができた。

現在行われている堤防工事は、この合流地点付近の堤防の補強を進めている。

ただ、それだけでは今までと同じように決壊する可能性があるため、新たに開拓村のある地域への水路を開削し、合流地点に滞留《たいりゅう》する水量を変えてしまう工事も同時に行っていた。

開拓村への水路が開削されれば、ヴェス川が決壊する可能性も減り、洪水に巻き込まれる被害をかなり減らせると報告を受けた。

それに新たに開削する水路が開通すれば、農地開墾を進めている開拓村へ水を供給できる。新規の水路であるため、開墾時に既存の村との水を巡る争いも起きないで済む。

そのため、奴隷や捕虜を投入して、急ピッチで水路開削と堤防作りを進めている。

「ふーむ。むさい男どもばかりじゃのー」

馬車を降り、現場を視察しているマリーダが、あからさまに興味のなさそうな顔をしている。

周囲の工事現場に若い女の子の姿がないからだ。

「先年のいくさの敗残兵たちで、マリーダ様がアルコー家の領内で捕まえた連中です。今は死なない程度に食事を与えて水路や堤防を作らせてますよ」

「うちの家臣も、一歩間違ったらこいつらと同じ目に遭っていたんだよな」

リゼが堤防や水路建設に汗を流す、元アレクサ王国の敗残兵を見てため息を吐いた。

捕虜として、俺やマリーダに出会ってなければ、リゼは首だけにされ、アルコー家の家臣たちはここで強制労働をさせられていたはずだ。

「リゼたんは妾の愛人としてのお仕事に励めばよいのじゃぞ。んー、ちゅ、ちゅう」

マリーダが隣にいたリゼの頬にキスの嵐を浴びせていく。

「マリーダお姉様、アルベルトが見てるから……。あっ」

「アルベルトには、リゼたんを貸す約束はしてるが、妾も自由にするのじゃ。ほら、リュミナスたんもリゼたんにちゅっちゅしていいのじゃぞ」

「あ、はい。リゼ様、失礼します」

抱き寄せられたリュミナスが恥ずかしそうに、リゼの頬にキスをする。

「リュミナスちゃん、そ、そのありがとう」

リゼも百合の気は持っているので、かわいい女の子からのキスに照れている様子だ。

「んんっ！　マリーダ様、あまり羽目を外しますと、帰城後のお仕事が倍増しますよ」

「リシェールはすぐにそうやって妾を苛めるのじゃ。妾は愛人2人がちゅっちゅしておるのを楽しんでるだけなのじゃ」

マリーダは美少女2人を抱き寄せると、胸をまさぐっては頬にキスをする。

これが男の当主であったら、即座に悪徳領主のレッテルを貼られることは間違いない。

だが、マリーダが女性であることが隠れ蓑となり、領民たちは恐れてはいるものの、悪徳領主とは思っていないのだ。

「んんっ！　リュミナスちゃんは護衛官、イレーナさんは文官、あたしは女官として採用ですし、リゼ様は保護領の当主であられるのをお忘れなきよう」

「分かっておるのじゃ。リゼたん、リュミナスたん、リシェールが怒るので終わりなのじゃ」

顔を赤くしたリゼとリュミナスが、マリーダの隣から離れる。

もう少しくらいはよかったんだけどなぁ。残念。

「アルベルト様も領民たちの目がありますので、シャキッとしてくださいね」

「分かってるよ、じゃあ視察を続けようか」

イレーナにも怒られたので、お仕事モードに切り替える。

工事現場では、鍬を振るって水路を掘る捕虜たちに交じり、鍛錬の名目で派遣された鬼人族の若い連中も混じっていた。

肉体を鍛えるのに力仕事はピッタリであるため、非番の従士や戦士たちが剣を鍬に持ち替えて、地面を掘り返しているのだ。

もちろん仕事をしているため、賃金は発生しており、高価な武具を買うための資金を稼ぐアルバイトにもなっていた。

いくさで塹壕を掘るのに長けた鬼人族の方が、捕虜たちよりも多くの仕事をこなしているようにも思える。

鬼人族たちが、ものすごい勢いで掘り返した水路の土を土嚢にして、捕虜たちが堤防建設現場の方へ運んでいく。

土木工事も戦場での塹壕掘りの練習だと言えば、喜んでやる鬼人族であるため、肉体仕事には今後とも積極的に筋肉たちを動員していこうと思う。

「あ、これはマリーダ様とアルベルト殿。お越し頂きありがとうございます」

視察中の俺たちに声をかけてきたのは、小太りの中年男であった。

現在工事中の堤防建設を提案してきた男で、名をレイモアという。

長年放置政治を行ってきたエルウィン家に代わり、インフラ整備事業を代々続けてきた大工集団『土竜《もぐら》の爪』の頭領家に生まれた男で、きっちりと仕事をこなすことで知られ、村長たちからの信任も厚い。

レイモアは額の汗を拭いつつ、こちらに近寄ってきた。自らも鍬を取り、水路を開削するのを手伝っていたようだ。俺はレイモアの能力を把握するため、力を行使する。

名前：レイモア
年齢：51　性別：男　種族：人族
武勇：21　統率：65　知力：51　内政：69　魅力：61
地位：大工集団『土竜の爪』の頭領

頭領なだけあって、統率や魅力も高いし、内政にも明るい人物か。

土木技術は鬼人族も高いが、いくさに関わらないインフラ事業には興味を持たない。

なので、『土竜の爪』を率いるレイモアには、ぜひともエルウィン家の専属インフラ担当官に就任してもらいたいところだ。

「レイモア殿、今回の堤防工事と水路の開削工事の指揮を執ってもらいありがとうございます。ご不便はありませんか？」

「不便などありませぬよ。これまでは自力でこういった工事をやっておりましたからね」

レイモアはにこやかな笑みを浮かべているが、言ってることはかなり辛辣だった。

「レイモア殿のお言葉、このアルベルトの耳に痛いですな」

「いえいえ、今回はアルベルト殿が尽力してくれたおかげで、資金から資材、人員まで提供してもらって助かっております。近隣の村長たちから、何度も工事を嘆願されていたのですが、予算的な兼ね合いで実施できなかった工事でしたので」

レイモアが頭領を務める『土竜の爪』は、内政放置をしたエルウィン家の歴代当主たちの代わりに、街道整備や水路建設などのインフラ整備の嘆願を一手に引き受け、資金の調達から、資材の調達、職人たちの手配、工事の指揮まで行っていた。

そのため、アシュレイ領内のインフラについては、『土竜の爪』の方が、エルウィン家よりも詳しいのだ。

「レイモア殿にそう言って頂けるとありがたい。私も領内の街道整備や水路の整備などは詳しくありませんので」

都市計画、街道の重要性、水路の整備、治水事業などのインフラ整備の重要性は理解しているが、実際に実施する能力までは、さすがに俺でも持ち合わせていない。

自分に足りない実施部分を埋めてくれる人材が、レイモアだった。

なので、すでに家臣として仕えるように打診をしてある。

「ところで、この前お伝えしたお話は、お受けしてもらえるでしょうか？」

「わたしが家臣として取り立てられ、『土竜の爪』がエルウィン家のお抱え大工集団となる話ですか……。悪い話ではないと思いますが……。われらは鬼人族ではありませんぞ？」

レイモアが、チラリと俺の隣にいたマリーダに視線を向ける。

「構わぬ。妾はアルベルトが欲しいと言えば、種族は問わず採用することにしたのじゃ。アルベルトより、レイモアもよい働きをすると勧められておるから、安心して妾に仕えよ」

リュミナスとリゼを両脇に侍らせたマリーダが、レイモアに対して家臣になるように説得をしていた。

「レイモア殿には建設担当官という職を用意しております。職務は『土竜の爪』が今まで行ってきた街道整備、水路開削、治水事業、灌漑設備、都市整備などの事業となっております。陳情を受けレイモア殿が提案した計画が承認されれば、予算、資材、人員はエルウィン家からすべて出るようになります」

既存の体制で十分に機能している『土竜の爪』を、そのまま俺の内政団に取り込み、インフラ整備事業の実働部隊として丸抱えするつもりだった。

「わたしに建設担当官を……。となると、直属の上司はアルベルト殿と思ってよろしいか？」

「ええ、政務担当官として予算執行の権限を持つ私が、レイモア殿の直属の上司です」

レイモアとしても、ずっと内政を放置してきた鬼人族のマリーダが、直属の上司では不安を覚えると思うので、話が分かる俺が上司だということを伝えた。

「分かりました。これよりは『土竜の爪』は、エルウィン家お抱えの大工集団としてお仕えいたします」

レイモアは、マリーダと俺に対し、頭を垂れると、拝礼を行った。

政務担当官となった俺が、先年から内政に人材を募っていることが領内に知れ渡り始め、自治組織の代表者として内政を担っていた者が、文官として採用されている。

レイモアもイレーナの父ラインベールと親交があり、内政に明るい俺の話を聞いていたため、勧誘を受け入れてくれたと思われる。

エルウィン家の放置政治のおかげで、無駄に自治能力が高い領内には優れた内政人材がゴロゴロいる。

そのため、そういった人材を積極的に取り立て、内政を担わせておいた方が、叛乱も防げるし、仕事を分かっているので効率もよいのだ。

今回家臣となったレイモアの持つ、街道建設や整備の知識、水路や堤防などの建築技術は、今後エルウィン家主導の領内整備計画で発揮されることになるだろう。

「とりあえず、レイモアには従者頭の地位を与える。ただし、この水路開削と堤防工事を見事に完遂させた時には、戦士長として取り立て、領地を与えるのじゃ。励むがよい」

「ははっ！　ありがたき幸せ。必ずこの工事を成功させてみせます」

工事の成功時に、レイモアへ戦士長の地位と領地を与えることを勧めたのは俺だ。

なぜかと言えば、大工集団を纏めるレイモアは平民とはいえ、『土竜の爪』を率いる頭領。

所属している大工は５００名を超える大所帯だ。

今までとは違いエルウィン家専属の家臣となると、その大所帯を維持するには金がいる。

なので、領地を与えられる戦士長に引き上げ、領地を授け、『土竜の爪』をそのまま維持できるようにする方がいい。

もちろん『土竜の爪』は大工集団なので、いくさで武器を持って戦わせることはしない。

主な仕事は防衛施設の建設か、領内のインフラ整備の実働部隊だ。

『土竜の爪』を使い、水を制し、街道を制すれば領内はさらに発展していくはずである。

「私もレイモア殿の手腕に期待しておりますぞ」

「はっ！　堤防の完成は来年初頭の予定で、水路はあと二か月あれば開通すると思います」

「水路開削があと二か月ほどであれば、開墾事業ももう少しで本格化できますね」

「開拓村の方も視察いたしますか？　よろしければ、わたしが案内いたしますが」

昨年末、急ピッチで建設した開拓村にも、レイモアたち『土竜の爪』の力を借りていた。

「そうですね。レイモア殿がいた方が、開拓村の実状も把握しやすいでしょうし、案内を頼めますか?」

「承知しました。先導をしますので、馬車で付いてきてください」

レイモアはそう言うと、近くの部下に声をかけ、土嚢運搬用の馬車に乗る。

俺たちも乗ってきた馬車に乗り込み、先導するレイモアの後に続いて開拓村へ向かうことにした。


しばらく馬車に揺られていると、窓の向こうに開拓村の姿が見えてくる。

『土竜の爪』のレイモアに依頼して、集めてもらった建材を使い、急造の長屋が軒を連ね、井戸も使えるように掘られており、村としての体裁は整いつつあった。

アルコー家の砦跡に押し寄せていた流民たちは、やせ細り、汚い衣服を着て、生きる希望を失った目だったが、開拓村の住民となったことで、その様子は激変していた。

「流民たちも元気になったみたいだね。連れてこられた時のやせ細った時を知ってるから、びっくりした」

アシュレイ領で流民の受け入れ作業を手伝っていたリゼが、開拓村の住民たちを見て驚いている。というか、俺も驚いた。

アシュレイ領に腐るほどあまっている食糧を惜しみなく、彼らに与えたことで、痩せて骨だらけであった流民たちの栄養状態は改善し、一部はふくよかな体型を取り戻している者もいる。

みんな、きちんと飯は食えているようであった。

レイモアとともに開拓村へ足を踏み入れると、住民たちがすぐに集まってきた。

「今日はエルウィン家当主のマリーダ様、政務担当官のアルベルト様が視察にまいられておる」

レイモアの言葉を聞いた住民たちが、すぐに地面に跪いた。

「領主様がこられたとなると、わしらはなにかマズいことをしたのだろうか？」

「飯ばっかり食って、ろくに仕事してないって思われるんじゃないか？」

「そうかもしれん。いろいろともらえるから、もらってしまったが、その分の仕事ができているかと聞かれたら……」

領主であるマリーダが視察にきているため、住民たちはビクビクしながら、ヒソヒソ話をしていた。

開拓村のまとめ役の男がマリーダの前に出ると、地面に正座して頭を擦り付けた。

「これはマリーダ様にアルベルト様、お越しになられていたのですね。あれから半年、提供して頂いた物資とレイモア殿の助力で村らしくなってきました。長屋が完成し、寝る場所ができたことで、村人たちはすでに畑を作るための開墾作業に勤しんでおります。それもこれも三年間の租税免除と開墾した者に農地を与えるというマリーダ様の書き付けを頂いたおかげです」

「今回は、皆が元気にしておるのか見にきただけなのじゃ。アルベルトから、開拓村の住民はよく働くと聞いておる。よくぞ、半年でここまでの村を作ったのぅ。よう、やった。褒めてつかわすのじゃ」

村の様子を見まわしていたマリーダが、集まった住民たちを褒めると、涙を流して喜び始めた。

「マリーダ様から褒めてもらえたぞ。わしらみたいな流れ者を領主様が褒めてくれた」

「あの死んだ方がマシな状況から救ってくれたマリーダ様から、褒めて頂けるとは……。これはもっと仕事に励まねばならん！」

「マリーダさまぁああっ！　オレはこの地で骨を埋め、エルウィン家のために一生懸命に働きまぁす！」

開拓村の住民たちは、危機的な状況を救ってくれたうえ、衣食住を提供してくれたマリーダに対し、非常に感謝をしているようだ。

「レイモア殿から、水路もあと二か月ほどで完成すると聞いておりますので、今後も休まずに開墾に励み、来年には多くの畑を作ってまいります」

「うむ、身体には気を付けて、開墾に励むのじゃ。足らぬものがあれば、すぐにレイモアに申し出よ。さすれば、アルベルトが用意してくれるからのぅ」

マリーダが、地面に頭を擦り付けたままの開拓村のまとめ役の肩をポンと叩いた。

「はっ！　手厚い支援に報いられるよう、頑張ります」

これだけ感謝されていれば、エルウィン家を裏切ろうとする者は出ないだろう。

あとは開墾が進み、住民たちが富を蓄えられれば、よき納税者に成長してくれるはずだ。

ちなみに、流民たちの開拓村へ手厚い資金援助を打ち出しても不満は出ていない。

普通の領地であれば、外からきた者を手厚く支援すれば、イザコザが起きるのが常だ。

俺としても流民の開拓村を手厚く支援していることに、少しくらい不満の声が上がるかと思ったが、鬼人族の不定期徴税が廃止されたのと、人口増加政策の一環でやっている各種支援制度のおかげで負担が減った領民は、十分に満足しているらしい。

それに、もともと交易で栄えている土地でもあるため、外来の民にも拒否反応が少ない土地柄だったことも影響していると思われた。

そういった要因もあり、開拓村は問題を起こすことなく、既存の領民から受け入れられており、新規の水路が開通すれば、外部の民をこの土地へじゃんじゃん引き入れて、開拓村をさらに増やし、アシュレイ領の人口増加に繋げていきたいと思っている。

この世界は、人が貴重な資源である。

大量の食い物と大金を持ち、多くの人を集めた勢力が世界を支配できるのだ。

幸いアシュレイ領も、スラト領も未開拓の平野がたくさんあり、人を増やせば、いくらでも食糧が増産できる。

戦乱が続き荒廃した場所からの住民集めは、続けていくつもりであった。

開拓村の住民たちの信頼を得たと確信した俺は、アシュレイ城から持ってきた荷物を配ることにした。

「今日はマリーダ様より、開墾を頑張ったみなに贈り物がある。遠慮せずに受け取ってくれ」

俺の合図で贈り物を積んでいた馬車が動き出し、住民たちの前に止まる。

「焼き菓子と酒しかないが、これで英気を養ってくれ」

荷馬車には積まれた酒壷と焼き菓子の入った布袋があった。

すぐにリシェールやイレーナ、リュミナス、リゼが住民たちへ酒と焼き菓子を配り始める。

住民たちがワッと喜ぶと、荷馬車に近づいてきた。

「お子様にはあまーい焼き菓子もありますよー。ほら、並んでー」

「酒は鬼人族が作ったやつだから一級品だよ。薄めても美味いからオレも大好きなんだ」

「まだ、ありますから並んでください。ご苦労様です。わたくしたちも頂きますので、ご遠慮なく」

「慌てずに、慌てなくても十分に数は用意してます。並んでください」

酒と焼き菓子の配布は、住民たちの協力もあり、手早く終えることができ、そのままの流れで、車座となって酒宴になっていた。

「領主様にここまでしてもらえるなんて、生きててよかったなぁ」

「あたしもこんなに身近に感じる領主様なんて初めてだよ。アレクサを捨てて正解だったねぇ」

「あんなクソみてーな国は滅んでいい」

焼き菓子をつまみに、住民たちは酒を飲んで喜んでいた。

「アルベルト、カワイイ子はおらぬかのぅ。せっかくの酒宴なのに妾の身辺が寂しくてかなわぬのじゃ」

マリーダの愛人たちは、住民たちの間を忙しく行き交っており、1人手酌で酒を飲んでいた。

「外ですし、我慢をなさってください」

俺がそう言うと、マリーダの膝の上に7～8歳の女の子たちが座ってきた。

「マリーダ様もお菓子食べてー。美味しいよ」

「あたしのもどうぞー」

「す、すみません！　うちの子たちが失礼をして！　ほら、そこから下りなさい」

子供たちの母親が青い顔でマリーダのもとに駆け寄ってきた。

「よいよい。ちょうど、妾も相手がほしかったのじゃ。そなたらの焼き菓子をもらうとしよう」

マリーダは膝の上に乗せた子供たちから差し出された焼き菓子をほおばる。

「マリーダ様すきっー！」

「あたしも好きー！」

怒られなかった子供たちは、マリーダにべったりと抱き着いてニコニコとした。

「大人気ですね。マリーダ様」

「ふむ、これはこれで悪くないのじゃ。なんじゃ、酒を注いでくれるのか？　すまぬのぅ」

抱き着いていたと思った子供たちが、近くにあった酒瓶から慎重に酒杯へ酒を注ぐ。

その様子をマリーダが穏やかな表情で眺めていた。

戦場では『鮮血鬼』って呼ばれるくらい怖い武人ではあるけど、こういった優しい一面もあるのがマリーダの魅力だ。

俺との間に子供ができたら、マリーダも今みたいに母親っぽい雰囲気になるのかな。

そんなことを考えていたら、マリーダと目が合った。

「なんじゃ、妾の顔に何か付いておるのか？」

「マリーダ様のお口に焼き菓子がついてるぅー。あたしが食べちゃうからー」

子供がマリーダの顎についていた焼き菓子の欠片を摘まんで食べた。

「おぉ、そうじゃったか。そなたはよい仕事をするのぅ」

マリーダは焼き菓子の欠片を食べた子供の頭を撫でて褒めていた。

「アルベルト……。この子らを城の女官として出仕させてよいかのぅ」

子供の頭を撫でているマリーダが、目をキラキラさせて女官として出仕させたいと申し出てきた。

「この子たちをですか？　まだ子供ですよ」

さすがに、まだ子供の彼女たちをマリーダの女官として雇うわけにはいかない。

年端も行かぬ子を親から引きはがし、女官にして手籠めにしたなんて知られたら、せっかく築いた開拓村の住民たちからの信頼が地に落ちる。

「あたしたち、マリーダ様の女官になるー」

「なりたーい」

無邪気な子供たちが、マリーダの女官になりたいと言い始めた。

「本人たちもこう申しておるのじゃぞ」

はい、そこ、目をキラキラさせない。子供はアウトです！

「マリーダ様、親御さんが困ってますからダメですよ」

「子供たちがお城に上がって女官にしてもらえるなら、上手くすればいい相手との結婚もできるかもしれませんよね」

「そうじゃな。妾の女官になればよい縁があるはずじゃな」

隣にいた母親が、子供たちの女官出仕に興味を抱き始めたらしい。

ストップ！　ダメですよ！　ダメ！　子供はアウトですから！

「さすがにまだ年齢が若いので、女官として勤めることは厳しいと思います。そ、そうだろ、リシェール」

俺は近くで忙しく働いていたリシェールに助け船を求めた。

「アルベルト様の言う通り、その年齢ではメイドの仕事は耐えられないかと思いますね」

リシェールの言葉に、母親も子供たちもシュンとなる。

これが、10代後半とかなら、本人が望んでいるため、問題なく女官として採用してるわけだが——。

年端のいかぬ子供であるので、採用を許すわけにはいかなかった。

「ならば、10年後、まだ妾の女官になりたいと思っていれば、これを持って妾の城を訪ねよ。その時は、女官としてそなたらを必ず雇ってやるのじゃ。鬼人族は嘘を吐かぬ一族じゃからのぅ」

マリーダが身に付けていた首飾りを、子供たちの手に握らせた。

「本当ですか?」

「ほんとうに?」

「ああ、約束するのじゃ。その時までしっかりと飯を食って大きく成長するがよい」

「「はーい!」」

首飾りをもらい、女官にしてもらえる約束をしてくれたことで、子供たちが喜んだ。

「これで、問題はないのぅ?」

「まぁ、10年後、自分の意志で女官になるなら問題はありません」

俺はマリーダの提案を飲んだ。10年後であれば、開拓村の住民たちもこの地に骨を埋めてくれているだろうし、子供たちも成人をしているため、問題はないと思われる。

「ならば、開拓村への支援もより一層手厚くするように頼むのじゃ。妾の大事な女官候補がおるからのぅ」

好悪の感情が激しいマリーダは、身内となった者に対しては激甘なので、女官になることを約束した子供がいる開拓村に、特典を付与しまくるようだ。

「承知しました。住民たちが困らぬよう支援を継続して行います」

なんとか子供の女官採用を回避すると、一連の話を聞いていた住民たちが、目から涙を流して喜んでいた。

「流民だったわれらの子供ですら、自らの身辺に侍る女官として雇われるマリーダ様の剛毅さに感銘を受けました！」

住民の言葉を聞いた俺は、なんとか美談で収められたことにホッと安堵した。

それからも酒宴は続き、日暮れが近くなったので、帰る時間が近づいてくる。

「では、マリーダ様、そろそろ城へ帰りましょう」

「うむ、今日は美味い酒が飲めたのじゃ。また、視察にきた時はよろしく頼むのじゃ」

「はっ！　承知しました！」

まとめ役の男がマリーダに平伏すると、住民たちも揃って頭を下げた。

今回はマリーダのファインプレーってことにしとくかな。

俺では、あそこまで住民の心を掴めなかっただろうし。

馬車に乗り込んだ俺たちは、住民に見送られつつ、アシュレイ城に向けて走らせた。


帰りの車中、酒宴で欲求を解放できなかったマリーダが、両脇にリゼとリュミナスを座らせセクハラ三昧を行っている。

「アルベルト、妾は行儀よくしたのじゃ。褒美を所望する」

「マリーダお姉様、オレだけじゃ不満なのか?」

「リゼたん!? 妾のことをそこまで好きなのか。ん～、妾も好きじゃぞ。ちゅ、ちゅう」

隣にいるリゼに対し、マリーダがキスの雨を降らせた。

「マリーダ様、ボクもいますし。ご褒美には物足りないと思いますけど」

リュミナスは、胸をまさぐられて喘いでいる。

「そういう意味ではない。2人をちゅっちゅできるのは、妾も大満足じゃ。そうではなくてなあ、妾は癒しを、癒しを求めておるのじゃ」

「では、あたしが癒して差し上げましょう」

マリーダの膝の上に座ったリシェールは、耳元を執拗に舐め上げていく。

「はぅううんっ！　やめるのじゃ！　リシェールは激しいのじゃ。アルベルトのおらぬ二か月間も厳しかったしのぅ！」

リシェールの責めに、頬を赤く染めビクンビクンと身体を震わせるマリーダであった。

「ほほぅ、それは初耳。私が不在の時は、リシェールにマリーダ様がサボらぬようにしっかりと監督しておいてくれと言ってありますしね」

「さ、サボってなどおらぬのじゃ。ちゃんと仕事はしておったのじゃぞ！」

マリーダの言葉に嘘がないか、リシェールに確かめる視線を送った。

「たしかにお仕事はしておりましたよ。ものすごく、駄々をこねつつですが」

人には向き不向きがあるが、戦闘極振りの君主であっても、最低限のやらねばならないお仕事をこなしてもらってるだけで、別に俺はマリーダの困り顔を見たいわけでもない。

ごめん、嘘を吐いた。

可愛いマリーダの少しだけ困った顔を見たいとは思っている。

ただ、現状は当主の仕事は代行できる者がいないのだ。

マリーダが嫌いな政務から離れるには、俺との間に子をもうけて、その子に当主を譲り、当主幼年を理由に、当主代行者として俺を指名するしか道はない。

「マリーダ様、そこまで政務から嫌で離れたければ、私との子作りに励んでもらうしか――」

「そう思って毎夜励んでおる。だから、今日も励むつもりじゃ！　妾は窮屈な当主などやりたくないからのぅ。早く妾を孕ませてくれ」

リシェールに耳を責められ、身体を震わせていたマリーダが、怪しく瞳を潤ませ、チラリとこちらを見た。

さっきの言葉で、今夜も徹夜コースかな。これは頑張らねばならない気がする。

「承知しました。鋭意奮闘いたします」

「アルベルトは、マリーダ姉様だけじゃなく、オレも孕ませないといけないから、大いに頑張ってね」

マリーダの隣にいたリゼも同じように怪しく潤んだ瞳で俺を見てくる。

女当主２人からの積極的なアプローチに、俺も全力を尽くす所存であった。

第七章　山の民を手懐けよう

帝国暦二六〇年　紅玉月（七月）

視察も無事に終え、嫁と嫁の愛人たちの夜のお相手も頑張りながら、政務に励んでいる俺の前にワリドが急に現れた。

臣下になった際、どういった技なのかを尋ねたが、秘伝ということで教えてもらえなかった。ただ、１つだけ教えてもらえたのは、縮地走法ってやつで、体力の消耗を抑え、素早く移動できる走法だった。おかげで徒歩での移動速度は倍くらいになっている。

馬術の才能がない俺としては、戦場での移動速度が上がると、生存率が爆上がりするので非常に重宝している。

「アルベルト殿、ハキムの説得工作が完了いたしました。数日後、山の民の緊急族長会議が開催予定ですので、ぜひアルベルト殿にもご参加してもらいたく、お迎えにあがりました」

「私が参加？」

「ええ、山の民を飲み歩いたワリハラ族長ハキムの親族を称した若者が、アルベルト殿だったと皆が知れば、わしの話したことが10倍の恐怖となって真実味を帯びますので」

なるほど、俺の正体を山の民の族長たちにバラすことになるが、それを差し引いても得られる物が多いということか。

さすが、ワリド。最後の詰めもキッチリとやってくれるようだ。

「分かった。参加しよう」

「アルベルトがまた仕事をさぼって、山の民のところへ遊びに行くつもりなのじゃ！　妾も一緒に行きたい！　行きたいのじゃ！」

反対側の机で印章押しをしているマリーダが、一緒に行きたいと騒いでいる。

俺はすかさず彼女の興味を別のところに向けることにした。

「マリーダ様、一か月後、山の民の領域に出兵します。出兵規模は２００名。鬼人族のみの編成です。敵総数は不明。敵本拠地も不明ですが、奇襲作戦から強襲作戦にも対応できるようにしておいてください。できますね？」

マリーダの顔がパッと明るくなるのが見えた。

「リシェール！　叔父上とラトールを呼べ！　作戦会議と編成を話し合う。ワリドはゴシュート族から山の民の領域の道に詳しい者を貸すのじゃ。鬼人族の者に裏道まで網羅した詳細な地図をすぐに作らせる。リゼたん、アルコー家から補給に回せる人員数を確認するのじゃ！　イレーナはアルベルトが許可するであろう戦費予算額の算定を頼むのじゃ。予算を参考に作戦を練らねば、却下されてしまうからのぅ」

マリーダから飛んだ指示によって、まったりとしていた空気が激変した。

さすが、いくさとなれば、マリーダの指示は的確で早い。

あのやる気が少しだけでも内政に向いてくれるといいんだが……。

ない物ねだりというやつだな。

俺は慌ただしくなった執務室からワリドとリュミナスを連れ、族長会議に出席するため山の民の領域に向かった。


数日後、族長会議の開催地となったワリハラ族の集落にある集会所に俺たちはいた。

山の民に属する各部族から族長たちが集まっており、室内は騒然とした雰囲気だ。

集まったのは穏健派から鞍替えした部族と離脱派の部族で山の民の9割が新体制を承認するこの族長会議に顔を出したらしい。

「大半の山の民が、新体制を承認すると見て間違いないかい？」

「ああ、ハキムと一緒に説得に回った感触では、間違いない。それに、アルベルト殿もいるので反対者はゼロになるはずだ」

俺は顔バレをふせぐため、頭巾を被ってワリドの隣に立っているが、誰もこちらに興味を持つ者はいなかった。

「ハキムがきたぞ」

集会所の入口に現れたハキムの姿を見た族長たちは一斉に雑談をやめた。

静寂の訪れた集会所の中央に、ハキムが立つ。

車座に座る族長たちの視線は彼に集まった。

「本日は私が開催を提案した族長会議に集まってもらい感謝している。この会議は、今後の山の民の繁栄を決める大事な会議であることを、最初に宣言しておきたい」

すでに根回しの説得工作をしてあるため、参加している族長たちは口を開くことなく、黙ってハキムの言葉を聞いている。

「では、各族長たちに語らせてもらっている第1議案の採択へ進ませてもらう。第1議案、山の民の運営体制を族長合議制から、山の民代表となる大首長へ権限を集中させる案に賛同する者は挙手を」

ハキムの問いかけに、参加した族長たちは全員が手を挙げた。

少しくらい揉めると思ったが、ワリドも参加したハキムの説得工作と、『勇者の剣』による族長合議体制の脆弱性《ぜいじやくせい》の発露が、権限を集約させた大首長制の支持へ走らせたらしい。

「全員の挙手をもって、第1議案は採択されたとみなす。では、続いて第2議案。初代大首長にワリハラ族の私、副大首長にゴシュート族のワリドの2名を置き、お互いに同等の権限を有することを認める案に賛同する者は挙手を」

俺がハキムに双頭政治体制を選ぶように頼んだのは、山の民は表向き中立でいて欲しかったからだ。

勢力の代表となる大首長には、中立であることを対外的に標榜するワリハラ族のハキムが就任し、同等の権限を有する副大首長のワリドには、エルウィン家のために山の民を動かしてもらう体制を作ってもらっている。

表と裏を分けるための双頭政治体制だった。

この議案もハキムたちの丁寧な説得工作で反対意見も出ず、全員が挙手して賛同を示している。

「第2議案も全員の賛同をもって、採択とみなす。最後に第3議案。『勇者の剣』への帰依の禁止及び、今回の族長会議に参加をしなかった部族を山の民から追放する案に賛同する者は挙手を」

最後の議案には、半分ほどの挙手しかなかった。

『勇者の剣』への帰依の禁止は認めても、さすがに身内だった部族を追放するという案には難色を示す族長が多いようだ。

「アルベルト殿、出番ですな」

ワリドに呼びかけられた俺は、被っていた頭巾を外すと、彼とともに車座の中心にいるハキムのもとに進み出た。

俺の顔を見た族長たちがざわつき始める。

飲み歩いていた時、ここにいる族長たちとは知り合いになっており、いろいろと親しい関係になっていた。

「ハキムのところの親族がなんでこの会議に？」

「族長しか出られないはずだが」

「ワリドも隣にいるぞ。どうなっている？」

族長たちは俺が族長会議に参加していることを不思議そうな顔で見て、口々に疑問を発していく。

ハキムとワリドが俺の両サイドに立つと、ざわつく族長たちを手で制した。

「静まれ！」

「静まるのだ。この御方こそ、『勇者の剣』の横暴から、山の民を救ってくださった。アルベルト・フォン・エルウィン様だ！」

ハキムの言葉で騒がしかった集会所に沈黙が訪れた。

族長たちの視線が俺に集中していく。認識が一致した族長たちの顔色がサッと青く染まる者が多数出た。

うんうん、そうなるだろうね。酒を飲んでた時に、お互いの部族の悪口とか、自分の恥になるような話とか、下世話な話とかいっぱいしたもんね。

それこそ、他人に知られたらやっべえ話は、飲みにケーションしてる間に、いっぱい聞かせてもらえた。

「族長たちには話したが、アルベルト殿は強固だったあの『勇者の剣』の組織を情報と知恵と弁舌で壊滅状態に追い込んだ人だ。そんな人にいろいろと山の民の秘密を喋ってしまった者も多数いるだろう」

　青い顔の族長たちから唾を飲み込む音が聞こえる。

「すでにわれらの勢力の生殺与奪《せいさつよだつ》の権限は、叡智の至宝と呼ばれたアルベルト殿に握られてしまっておるのだ。逆らえば強硬派や『勇者の剣』の連中のようになると言えば、分かってもらえるだろう」

　ワリドの淡々とした声音の脅しが、族長たちを震え上がらせていく。

　そんなに脅さなくてもいいんだけどなぁ。俺は身内には甘いから。

　ただ裏切りは絶対に許さないけどね。

「だ、だがわれらは中立勢力――」

「他の族長に嫁いだ貴方の娘さんが生んだ子は実は父親が――」

「ひっ！　ち、ちがう！　違うぞ。そのようなことは――」

　必死に反論をしようとした族長の持つ弱みを思わずポロリしてしまった。

「ああ、すみません。あれは勘違いでしたね」

　話を聞いていた他の族長たちの顔色がさらに悪くなる。

　誰もが身の破滅を引き起こしかねない弱みを俺に握られているからだ。

「反論がある者は今のうちに言っておいた方がいいぞ。あとで言うと、わしの権限で反逆罪にするからな」

大首長と同じ権限を持つ副大首長に就いたワリドが、威圧的な言葉で族長たちを追い詰める。

「ふむ、反論する者はおらぬようだな。ハキム、再度第3議案の採択を求めてくれ」

「承知した。第3議案。『勇者の剣』への帰依の禁止及び、今回の族長会議に参加をしなかった部族を山の民から追放する案に賛同する者は挙手を」

ハキムが再度挙手を求めると、先ほどは半分だった挙手が、全員挙手に変化した。

「全員の挙手をもって、第3議案は採択されたとみなす。これよりは、私が初代大首長となり、副大首長にワリドを置いて、表向きは中立勢力として自らの領域を守り、エルウィン家とは親密な協力関係を維持していくことにする。よろしいか？」

「「「異議なし」」」

山の民たちがうちと協力関係を持ってくれたのは助かる。

背後から刺される危険性が減っただけでなく、各国に自由に出入りできる山の民たちから、良質な情報を集められるようになったからだ。

情報を制することが、いくさに勝つことに繋がるし、領内を発展させることにも繋がる。

族長会議が終わると、新体制発足を祝う酒宴が始まった。

酒宴の仕切りは大首長ハキムに任せ、俺はワリドと酒を酌み交わす。

「アルベルト殿、わしら山の民はエルウィン家とともに繁栄の道を選びましたぞ」

「そうだね。それよりも偽装焼き討ち作戦で被害を負った部族もある。それらの部族へは手厚い支援をしようと思うんだがどうだろうか？」

「焼き討ちを受けた部族には、『勇者の剣』の掃討後に金品返還を予定しておりますが」

「焼けた畑の分は支援してあげないと。収穫ができなかっただろうし、食糧であればアシュレイ領から支援ができるからね」

今でもあれは、俺たちじゃなく強硬派部族の武装兵たちがやったことになっているが、何かの拍子にバレることもある。

その時、こちらが十分な支援をしておけば、不満に思われることはあっても離反はされないはずだ。

山の民とは末永く協力関係を維持したいので、偽装焼き討ち作戦の禍根《かこん》は残しておきたくない。

「承知した。被害を受けた部族に必要な保証分を見積もらせてもらおう」

「頼むよ」

山の民は協力関係を結んでくれただけなので、こちらが無茶なことを頼みまくれば、離反を招くかもしれないのだ。

じっくりと信頼関係を構築し、ゆくゆくは俺とリュミナスの子に、大首長として就任してもらい、エルウィン家の力となってもらうつもりではいる。

そんなことを考えながらワリドと酒を飲んでいると、ハキムが隣にやってきた。

「山の民の大首長として、エルウィン家のアルベルト殿にお願いする。『勇者の剣』の件は、われらの知らぬところで起きたことにして頂きたい」

「承知している。魔王陛下には、まだ報告を上げていないから大丈夫さ。エルウィン家と協力関係を築いてくれた山の民だからね」

「ありがとうございます。アルベルト殿にそう言って頂けると安心できる」

ハキムはエルウィン家と協力関係を築いたことで、エランシア帝国との戦争を避けられたことに安堵したようだ。

「とりあえず、『勇者の剣』討伐に兵を都合してくれれば、陛下の覚えもめでたいと思う。ハキムも中立勢力って面子があるし、先導役数名で十分さ」

「心得ました。数名ならば、われらワリハラ族からも出します」

魔王陛下は猜疑心が強いので、『勇者の剣』の討伐に、山の民の表の指導者となったハキムのワリハラ族から少数でも同行させないと、全滅させろという指令が飛んできてしまう。

そんなことになれば、俺の努力が水の泡なので、先導役という名目でワリハラ族からも人を出させることにした。

「それで、『勇者の剣』の討伐時期はいつごろ？」

「実はもう準備させている。マリーダ様が中心となって動いてるから、私がやるって通達を送れば、近日中にエルウィン家の兵がやってくるのさ」

「まさか、そのようなことがあるわけが」

俺の言葉にハキムが苦笑する。

いや、冗談でもないんだがな。

うちの脳筋一族のことだから、もういくさの準備を終えて、目を血走らせてマリーダからの出陣の下知を待っているはずだ。

「ハキム殿、エルウィン家だとそれができるんですよ」

「なんと……本当なのか」

俺の様子から冗談ではないと察してくれたようだ。

「さて、ハキム殿からも討伐する時期を聞かれたので、今の『勇者の剣』の状況を確認し時期を決めよう。ワリド、頼む」

「敵は疑心暗鬼に陥り、味方であった強硬派の部族の族長を何名か処刑。信徒への締め付けをさらに強化したことで『勇者の剣』の関係者や崇拝者と強硬派部族で内部抗争が起きました」

ふむ、そこまで俺が関与したことだから覚えている。

「内部抗争が激化し、強硬派部族の集落に本拠を構えることを危惧したブリーチ・オクスナーは、山中にある古い砦に『勇者の剣』の幹部、アレクサからの崇拝者、強硬派部族でブリーチ側に付いた者を連れ立て籠もっています」

ワリドの報告を聞いていると、組織の内部崩壊が極まって、中核しか残っていないみたいだな。

「現時点の敵の戦力は？」

「はっ！　山中の砦に籠ったのは、『勇者の剣』の武装兵100名。崇拝者たちが100名、強硬派の部族100名の総数300名程度と目算されております。砦を拠点に起死回生をはかっておるようですな」

隣に一緒にいたワリドが、『勇者の剣』の様子を報告してくれた。

すでに逃げ場のない兵たちで、無理に攻めれば大きな損害を受ける可能性もある。

もはや敗勢必至の『勇者の剣』討伐に、戦闘職人たちを動員することで損害を少なくとどめを刺すことにした。

これで『勇者の剣』を潰すことに成功すれば、金ぴか勇者君の扇動に乗って、うちにカチコミをかけてくるやつもいなくなる。

それと、今回の『勇者の剣』の騒動で、エランシア帝国内の貴族たちの中で怪しい動きをした者をキャッチすることができている。

それら裏切りの貴族の討伐は、リゼの率いるアルコー家にやらせて魔王陛下への点数稼ぎにさせてもらうつもりだ。

「砦に籠る敵の総数は300名か。たったそれだけなら、エルウィン家の強さを山の民に直に見せる興行みたいなものだね。立て籠もっているやつらには悪いが、うちのは戦闘になると私でも止められない。命が惜しい者は、砦から逃げよと書いた矢文をドンドン射込んでくれ」

「承知」

最後まで抵抗の意思を示している者たちへの最終通告をワリドに任せる。

本当にあの脳筋たちを解き放ったら、相手の息の根を止めるまで指示を聞かない場合もある。

砦に籠った者へ逃げる時間を与えるのは、俺から贈れる最後の恩情であった。

※オルグス視点

「『勇者の剣』の連中は、すべて捕らえたか？」

父の代行として政務を行っている部屋へ、宰相のザザンが顔を出した。

なにやらいつにも増して顔色が悪いように見える。

「実はお耳に入れたい話がありまして、別室へお越し頂けませんでしょうか？」

別室？　ここでは話せないことか。嫌な予感しかしないが聞かないわけにはいかんな。

「よかろう。本日の政務は終わりだ。残りは明日にする」

近くで控えていた文官たちが恭しく頭を下げると、書類を片付け始めた。

わたしはザザンを伴い、政務を行っている部屋から出ると、自室へ移動する。

「で、話はなんだ？」
疲れた身体をソファーに投げ出し、ザザンに報告を促す。
「実は『勇者の剣』の使者がきておりまして……。オルグス殿下に会わせろと言っておりま
す」
「馬鹿かっ！　今、アレクサ国内が『勇者の剣』に対し、どれだけ厳しい目を向けておるか知
っておるだろうが！　そのような者をわたしに近づけるな！　ゴランが知ったら、わたしの立
場がさらに危うくなるだろうがっ！　お前はわたしを破滅させるつもりかっ！」
怒りのあまり、ソファーの前にあった机を蹴り飛ばした。
「分かっておりますが……。相手が、『勇者の剣』からオルグス殿下に献金した記録が載った
書類を持っておりまして、面会せねば、王都内にばら撒くと騒いでおります」
ザザンが頭を下げたまま、さらに苛立つ報告をした。
ちっ！　『勇者の剣』のやつら、保身用に自分たちの方でも記録を残してやがったか。
あれだけ『勇者の剣』の施設を捜索した時に、書類関係は押さえろと命令しておいたのに。
ザザンの無能めっ！
そんな書類がばら撒かれたら、手を切って『勇者の剣』を追及する側に立って得た、わたし
の信用がガタ落ちになるだろうが！
苛立ちと焦りが募り、足の震えが止まらなくなる。

「その献金をした記録の書類は本物か？」

「ちらりと見せられましたが、こちらが押収したものと寸分たがわぬ物でした。あれがばら撒かれたら、こちらは言い逃れできませぬ。殿下の直筆のサインまで入っておりましたので」

「『勇者の剣』のやつらめっ！　これでは疫病神ではないか！　そもそも、あの連中はお前が連れてきたんだぞ！　責任を取れ！」

「も、申し訳ありません。殿下の期待に応えようと、やつらの口車に乗ってしまいました」

蒼白な顔色をしたザザンが、頭を床に擦り付けて謝罪の言葉を口にする。

宰相として父からの信頼が厚い男であったため、わたしの後見人となったが、役に立つどころか足を引っ張ることしかしない。

わたしを支援する貴族たちの取りまとめをしてなければ、すでに罷免《ひめん》しているところだ。

最近では風向きが変わったこともあり、ゴランの方へ乗り換える連中も増えている。

古くから王家に仕えてきたザザンの家の支援がなければ、王位継承も怪しくなってきた。

無能なザザンを切れないことに苛立つが、まだ必要な男であるため、事態の収拾に乗り出すことにした。

「その男はどこにいる？」

「私の別邸にて匿っております」

ふむ、ザザンの別邸なら人目に付くこともないか。会うだけ会って、書類を取り上げたら斬り捨て、わたしを襲った『勇者の剣』の暗殺者として晒してやろう。

　そうすれば、国民たちにも言い訳はできる。

「その男の望み通り面会してやる。ザザン、案内しろ。それと、別邸に武装兵は用意しておけ」

「はっ！　ありがとうございます！　すぐに支度を整えます」

　ザザンが部屋から走り去ると、わたしは日暮れを待ち、ザザンの別邸に馬車で移動した。


「面会をして頂きありがとうございます」

　ザザンの別宅にいた男は『勇者の剣』の幹部で、名は忘れたが顔を覚えていた。

「『勇者の剣』には随分世話になったからな。会いたいと言われれば会うことくらいはする。だが、ただわたしに会いにきただけではないのだろう？　なにが目的か言え。できることであれば協力する。その代わりにその書類はこっちに渡してもらおう」

　幹部の男は、こちらがすんなりと協力を申し出るとは思ってなかったようで、驚いた顔をした。

「オルグス殿下から切り出してもらえたなら話は早い。殿下からユーテル総本山に働きかけてもらい、われら『勇者の剣』に出された破門通告書の破棄と追放処分を解いて欲しいのです」

　なにをいまさら言っているのか……。あれだけ『勇者の剣』の醜聞が国民に知れ渡り、ユーテル総本山も激怒している状況で、わたしが口添えなどできるわけがなかろうが。

平手で男の顔を叩きたい衝動をグッと抑える。

「そのような話をわたしがやれるわけがなかろう。今のわたしは非合法化された『勇者の剣』の組織を取り締まる側の人間だ」

わたしの返答に、男が舌打ちする音が聞こえたが無視をした。

勢力を失いつつある『勇者の剣』に肩入れなどしても、こちらにはリスクしかない。

「そうですか……では、アレクサ国外での援助を求めます。これなら、国外問題なので、殿下の身も危なくはならないはず」

「国外だと？」

「ええ、山の民の領域で、われら『勇者の剣』は再起を目指しておりますが、アレクサ王国からの信徒の追放処分が影響し、離脱者が続出して孤立しております。ティアナからの軍事支援を再開してもらえるよう、オルグス殿下からブロリッシュ侯爵に働きかけて欲しいのです」

「『勇者の剣』の代表ブリーチ・オクスナーや姿をくらました幹部は、山の民の領域に集っておるのか？」

「はい、捕縛命令が出たアレクサ王国においては、命が保証されませんので、ブリーチ様や幹部は山の民の領域におります。私は交渉役として戻ってまいった次第」

ふむ、見つからぬと思ったが、すでにアレクサ王国での活動に見切りをつけていたか。

あの詐欺師野郎、逃げ足だけは速いな。

だが、わたしは『勇者の剣』の追及で成果を出さねばならん身だ。雑魚とはいえ幹部のこいつの首を挙げれば父もわたしのことを見直すだろう。

それに山の民の中で孤立したなら、連中がそのうちブリーチを処分してくれるはずだ。

そうなれば、わたしの手を汚すこともなく、うやむやにできる。

「そうか、孤立しておるのか。ブリーチには世話になったので、国外であれば、ひっそりと軍事支援をしても問題化せぬであろう。よし、ブロリッシュ侯爵に指示を出すとしよう」

わたしの返事に喜色を見せた男が、身体に巻きつけていた金塊を外し、こちらへ差し出した。

「これは支援への返礼です。お納めくださ――」

「馬鹿が」

わたしが懐から鈴を取り出し鳴らすと、隣室の武装兵が飛び込んでくる。

武装兵の剣が『勇者の剣』の幹部の男を刺し貫いた。

「首を落とせ。王都の城門に晒す」

「はっ！」

武装兵が男の首を落とすと、地面に落ちていた書類を手に取る。

「ザザン、きちんと処理しておけ。あと、山の民の中で孤立している『勇者の剣』には監視を派遣し、壊滅するのを見届けさせろ。資金はそこに転がった金塊で足りるだろ。やれ」

「しょ、承知しました」

面倒な後処理をザザンに任せ、わたしは王宮に戻ることにした。

翌日、例の幹部の男は、わたしの命を狙った『勇者の剣』の暗殺者として、王都の城門前に首を晒され、国民たちの怒りを一身に浴びてもらった。

これでわたしの後継者の地位も安泰と思われた。

だが、晒した幹部の男の口に、いつの間にか回収したはずの例の書類が入れられ、書類から『勇者の剣』との関係が知れ渡った。

そのため国民たちから、わたしの後継者としての資質を追及する論調が拡がり始め、事態を収拾するため奔走することになった。

第八章 『勇者の剣』掃討作戦開始！

帝国暦二六〇年　カンラン石月（八月）

ワリハラ族の集落にいた俺は、リュミナスを使者として、アシュレイ城にいるマリーダへ出兵許可の書状を送って5日が経った。経ったのだが……。

俺がいたワリハラ族の集落にありえない光景が出現していた。

ちなみに、俺が元いた世界の古代の兵法書には、『兵は神速を貴ぶ』と書かれている。

意味としては『戦争では、何事も迅速に処理することが大切である』とのことだが、この世界では『脳筋は光速を貴ぶ』だったようだ。

意味として『いくさに関することは脊髄反射で即実行することが大切である』だ。

っていうか、不眠不休の行軍とか、兵の疲労度を考えてないただの馬鹿でしょ！

アシュレイ城から、このワリハラ族の集落まで通常行軍速度で5日かかる距離を、2日半で到着させるという強行軍をマリーダたちがやりやがった。

これでは、肝心の兵が疲れて使い物にならない……。

って、思ったが、脳筋一族の身体の鍛え方を俺は誤っていたらしい。

集落に到着した兵たちは、飯を食って1時間ほど交代で睡眠をとれば、疲れがすっかりなくなったかのようにピンピンと動いている。

「アルベルト、やっといくさができるな。『勇者の剣』って武装組織を徹底的にぶっ潰していいんだよな？　なぁ、なぁ、いいんだよな？　くぅう！　早く斬りてぇ！」

俺に気が付いて近寄ってきたラトールの目がとても血走っている。

今年度初のいくさであるため、やる気が滾っているらしい。

危ないから、人がいっぱいいる場所で、斧の素振りをするのはやめて欲しいぞ。

「バカ息子が何やら張り切っておるが、先陣はワシが務めさせてもらうぞ。今年は大規模調練も一度しかしておらぬし、倉庫作りと開墾と堤防工事ばかりで飽きてきておったところだ。暴れさせてくれるよな？　このままではワシの大槍がさびてしまう」

そこの家老様も、人がいっぱいいる場所で大槍を振り回さないでくださいね。危ないから。

それにしても、鬼人族はいくさの時だけ、準備は迅速に済ませてくるな。

内政に関しては、指一本動かそうともしない癖に……。もう、この脳筋一族どうにかして。

「アルベルト！　妾もこのいくさには参加するのじゃ！　最近、人を斬ってないから、腕がなまっておる。相手は『勇者の剣』の残党らしいが、妾の血の滾りを鎮めてくれるやつらかのぅ？　妾としては200人斬りを達成したいのじゃ！」

もう1人発言が危ない人がいた。

現代であれば、すぐに警官に職質されて、連れて行かれる類の人だ。

そう、俺の嫁のマリーダさんです。

すみません、すみません、血の気が多すぎてすみません。

休憩してる兵士たちも変な歌を大合唱してるし。怖いよ。怖い。

軍中の薬物汚染は士気に関わるから、もし使ってたら厳罰に処さねばならないのだが――。

よく見ると、いくさが嬉しすぎてテンションが振り切っちゃった人たちなだけだった。

集落にいるワリハラ族の者たちが、ヤバいテンションで騒いでいる鬼人族たちを見て、抱き合って震えているのが見えた。

そんなやる気満々の戦闘種族たちが、いくさの開始を今か今かと待ち構えている。

「ちょっと待たれよ。今からそんなに騒いでどうしますか！　それに3人が鬼人族の戦士を率いてここにいるということは、アシュレイ城は誰が守っているのですか？」

俺の質問にマリーダが真顔で答えてくる。

「リゼたんに任せたのじゃ。ちゃんと、兵の指揮権は授けてあるから安心せい。留守居《るすい》役総大将リゼ・フォン・アルコーがアシュレイ城を守ってくれている」

「はぁあああああっーー!?」

「なんじゃ、そのクソでかため息は。リゼたんはあれで人望が厚いのじゃぞ。リュミナスたんとリシェールを預けてあるので、なにかよからぬ動きがあればすぐに報告がくるようにしてあるのじゃ」

くっ! 地味に怒れない対策を施してきている。

いやいや、そうじゃない。

遠い地に長期間全軍を率いて出兵するのに、本領の留守居役がついこないだまで敵だったリゼに任せてることが大問題だ。

リゼは、俺がメロメロにしているから、裏切る可能性はほぼないが、かといって一族の戦士全員引き連れていくさに行くか?

いくさに勝って帰ってきたら、本拠が無くなっていたとか考えないのだろうか。

この件を、リゼを信用していない魔王陛下に問い詰められたら、怒られる気しかしない。

大事な要衝であるアシュレイ城を、アルコー家の当主に任せたなんて知られるわけにはいかないのである。

でも、すでに任せてきてしまったので、いまさらどうにもならない。

俺ができることは、迅速にこのいくさを終わらせ、即座にアシュレイ城へ帰還することだけだった。

「マリーダ様はお仕置き決定。ブレスト殿とラトールにはいくさを終えて帰還したら、特別反省室行きですからねっ!」

「なぜ妾がお仕置きなのじゃっ!」

「ワシが特別反省室行きだと!? 馬鹿なっ!」

「オ、オレはマリーダ姉さんと親父に従っただけなんだぞ！」

「抗弁は受け付けません！　これより、『勇者の剣』が立て籠もる砦を落とします。作戦計画は強襲案。ただし攻撃開始は私の判断でします。戦闘指揮はマリーダ様に一任。敵は山中の砦という要害に立て籠もっておりますが、味方の損害は極力抑えて勝利してくださいっ！　準備開始！」

　抗弁したそうだった3人だが、いくさの開始を告げると、即座に反応を示し、部下に指示を出し始めた。

「山の民のオンボロ砦など、妾が門ごとぶっ壊してやるから安心するのじゃ！　出陣だぁ！　皆の者、手柄をあげろ！　ヒャッハー！　いくさじゃー！」

「あ、こら！　マリーダ！　ずるいぞ！　皆の者、後れを取るな！　いざ出陣じゃ！　いくぞ！　おらぁあああ！」

「あっ！　親父抜け駆けはズルいぞ！　ラトール隊、遅れるなっ！」

「「「うぉおおおお！」」」

　先年のいくさから、ほとんどの期間を、鍛錬という名の倉庫作りと開墾と堤防作りに従事してきた鬼人族の鬱積《うっせき》した思いが爆発したようだ。

　鬼気迫る顔をして、一斉に集落の出口から目的地のある砦に駆け出していく。

　出陣していく鬼人族たちから発散された殺気に当てられ、ワリハラ族の者たちは自らの家に駆け込んで隠れてしまった。

「アルベルト殿、われらも準備はできました。どうやら先導は無用のようですな。護衛任務でよいでしょうか？」

ワリハラ族の若者を数名引き連れたハキムが現れたが、すでに出遅れたのを察したようだ。

「そうみたいだね。私の護衛を頼む。ワリドもゴシュート族も数名いるが、周囲を警戒させているので、近場の護衛が欲しいところだった」

「承知した。アルベルト殿の護衛は、われらワリハラ族が務めさせてもらう」

ハキムが一族の者に合図を送ると、俺の前に木製の輿《こし》を担いだ者たちが現れた。

「山中の砦までは険しい道が続いておるので、アルベルト殿はこちらの輿に乗ってくだされ」

俺の負担を考えて、輿を用意してくれたハキムの心遣いに涙が漏れる。

「助かる。マリーダ様たちを追ってくれ」

俺はワリハラ族の若者たちが担いでいる輿で、先行したエルウィン家の部隊を追うことにした。

先行するマリーダたちに合流を果たすことができ、砦に肉弾突撃をされる前に停止命令を出せた。

「はぁはぁ、アルベルト！　まだか？　まだ、攻めてはいかんのか？　妾は待ち切れぬぞぉおお！」

抜き身の大剣で近くにあった岩を断ち切ったマリーダが、息を荒らげて攻撃開始を待ち続けている。

砦に籠っている『勇者の剣』もこちらの存在に気付いたようだ。

ただ、予想外の到着の速さに、砦に籠っている敵方がビビっているようだ。

ワリドから３００名ほどと報告された者のうち、放った矢文の効果で50名ほどが砦を離れ、投降している。

まぁ、俺としては、この時点で投降したやつを許す気はない。

その投降した者の情報によれば、逃げ込んだ砦には食糧が乏しく、戦える男しか籠っていないそうだ。

そのため、男たちが砦に籠った強硬派の部族の女子供は、ワリドとハキムたちに指示を出し、山の民を使って捕らえさせ、奴隷として遠くに売り飛ばす予定をしている。

この地に強硬派だった部族を残せば叛乱の芽となるため、仕方ない処置だ。

恨むなら『勇者の剣』に肩入れした自分のところの族長を恨んでくれたまえ。

俺は目の前の砦に視線を戻す。

アレクサ王国や山の民に大きな勢力を誇った『勇者の剣』も残すは２５０名程度。

攻め手のエルウィン家の兵士たちのテンションに怯え、敵はすでに腰が引けている。

謀略を使い、大きなまとまりを小さく砕いて、砕いて、小粒にして最強の武器でトドメを刺すところまできた。

「よろしいっ！ 攻城戦開始！」

「おらぁあああああっ！ 野郎ども！ こんな掘っ立て小屋、ぶっ壊してやんぞ！ 鬼のエルウィンの怖さ思い知らせてやれ！」

「馬鹿息子にばかりいいカッコさせるなよ！ ワシらが一番乗りいたす！ 続けぇええ！」

「妾が一番たくさん敵を斬るのじゃああああっ！」

マリーダたちや鬼人族たちに続き、俺も最後の仕上げをするため、剣を引き抜き、山の民の護衛を連れ、敵が籠る砦に向かって駆けた。

「門に近寄らせるな！ 矢を射込んでやれ！ 射ろ！ 矢が尽きるまで射るのだ！」

鎧を付けた武装兵が櫓《やぐら》の上から叫ぶと、パラパラと矢が降ってくる。

「どけどけどけーーーい！ そんなへなちょこな矢がワシに刺さるわけがなかろうがっ！ 馬鹿どもがっ！」

先頭から飛び出したブレストが、大槍を扇風機のように軽々と回して、降り注ぐ矢を弾き、超特急の暴走電車のように、正門前まで一気に近づいた。

危ねぇ！ ブレストは、流れ矢でさっくりと自分が死ぬ可能性とか考えてないのか。

いくさは大将格が死んだら壊走一直線だって知ってるだろうに。

ブレストは大将格だって自覚がないのかよ。

鬼人族の武勇は知ってるつもりだが、危なくてまともに見てられない。

降り注ぐ矢を剣で払いながら、正門に取りついたブレストを見ていたら、今度は大槍を振りかぶっている姿が飛び込んでくる。

「ワシはいくさが大好きでしょうがないのだぁあああっ！　もっと、根性据えてかかってこんかいぃいいいっ！」

ブレストの大槍が振り下ろされたかと思うと、砦の正門の扉ごと縦に分断をした。

国境の3城を落とした時、マリーダが見せた技だが、鬼人族はあの技を標準で備えてるのか。

「よっしゃあぁぁっ！　門を排除したぞ！　進めぇ！　進めぇ！　敵の首を狩るのだ！　1人も残すなぁ！」

ブレストの一閃で門扉が崩れ落ち、砦内への進入路が戦闘開始早々に確保された。

『鬼のエルウィン』の面目躍如《めんもくやくじょ》ではあるが、また鬼人族伝説を1つ作った気がする。

進入路があっという間に確保されたことで、砦の兵も茫然としたままだった。

「クソ親父がぁあああっ！　オレの出番を取りやがって！　クソ親父ごときに正面突破されるなんて、敵のやつらも情けねぇなぁ！　クソがぁ！　ここからは、ラトール隊がやらせてもらうぜぇえ！」

一番槍を持っていかれたラトールが激高し、自らの兵を鼓舞すると、正気に戻って正門前に

集まってきた敵を一掃していく。

「馬鹿息子がっ！　ワシを出し抜こうなど200年早いわ！　狩れ、狩れ！　ラトール隊に首をくれてやるなよっ！　ブレスト隊、突撃ぃいいいっ！」

普段の仲の悪さが嘘のように、ラトールの指揮する兵とブレストの指揮する兵が、敵を効率的に追い詰めて、狩猟の獲物のように敵兵の首を刎ね飛ばした。

「ひぃ！　強すぎる！　無理だ。無理！」

「こんなやつらにかなうわけねぇ！」

「や、やめてくれ！　降伏する！　降伏――」

すでに正門を破られ、慌てふためく砦の兵たちは、侵入したエルウィン家の脳筋戦士たちに斬り伏せられ、首を失って地面に次々に倒れ込んでいった。

砦の中に入った俺も何人かの敵兵と斬り結んでいくが、エルウィン家の凶悪な攻撃に敵側の抗戦意欲が急激に低下する。

ここまで追い詰められたら、敵兵も心が折れ、逆転の目はほとんどなくなっただろう。

「つまらぁああああんっ！　つまらないのじゃ！　こんな、雑魚では妾は燃えぬのじゃああ！　どこかに猛者はおらんのか！　猛者は！」

抗戦意欲の低下した敵兵を蹴り飛ばして姿を現したマリーダは、露出度の高い鎧を付けており、裸に近い格好だった。

ちょっ！ マリーダさん!? その格好で敵兵を挑発するのはなしっすよ！

「弱い、弱い、弱すぎるのじゃ！ ここに強い男はおらぬのかぁ！」

戦場でよく通るマリーダの大声が周囲に響き渡る。

「くそっ！ 舐めるな！ 女のくせ――」

挑発に怒りを見せた『勇者の剣』の武装兵が、マリーダの拳を顔面に受け、壁際まで吹き飛ばされた。

相変わらずムチャクチャな力を見せてくれる。夜はあれだけ可愛いのに、戦場での凶暴さは度肝を抜かれるな。

「女の妾に負けるようなやつは男を名乗るでないわっ！ 馬鹿者が！」

さらなる挑発に怒った『勇者の剣』の兵士数名が一斉に斬りかかる。

敵の斬撃を紙一重で避け、返す刀で相手の首を正確に狙い刎ね飛ばした。

素晴らしい剣技の冴えだな。いくさの前に腕がなまったとか言ってたけど、全然なまってないじゃないか。

「血を！ 血が足らぬのじゃ！ 妾の大剣に血を吸わせる者はおらぬのか！」

獲物を求める獣のようにマリーダが敵兵の中を駆け抜けると、血の噴水がいくつも湧き上がった。

あまりに凄惨な仲間の死に様を見た武装兵たちが、腰を抜かして地面に座り込む。

「ば、化け物！」

「ひぃ！　やっぱ死にたくねぇ！」

「『勇者の剣』なんて信じるんじゃなかった」

「アルベルトの謀略にも動揺せず、最後まで『勇者の剣』に付いてた兵だと聞いたが、雑魚ばかりじゃったわ」

マリーダは腰を抜かして地面に座り込んだ武装兵たちの首を斬り飛ばした。

「マリーダ様、掃討はお任せしますよ。私はちょっと野暮用がありますので」

「任せるのじゃ。こんな雑魚どもに後れをとる鬼人族はおらぬ」

組織的抵抗力を失った敵兵の掃討をマリーダに任せ、俺は散発的に襲ってくる敵兵を斬り伏せながら、護衛を率いてある場所を目指した。

目的地は砦の一番奥にある『勇者の剣』の代表ブリーチ・オクスナーの居室だ。

投降者から聞き出した場所にあった扉をノックする。

「すいませーん。山の民の大首長とエルウィン家の者ですがー。ブリーチ・オクスナーさんはご在宅でしょうか？　いたら出てきてくださーい」

乱暴に扉を叩くが、中からの応答はいっさいない。

だが、気配はするので中にはいるはずだ。

「出てこないなら、壊しますよ。壊しますからねー」

何度も扉をドンドンと叩き、応答を求めるが、出てくる気配がない。

俺はワリドとハキムたちに扉を破るよう合図をする。

ワリハラ族の若者たちが、扉に体当たりをかましてぶち破った。

「ひっ！　くるなぁ！」

窓のない暗い部屋の中で、ろうそくの光に浮かび上がったのは、金ぴかに光る黄金の鎧をまとったブリーチ・オクスナーだった。

ユーテル神から神託を授かった聖戦の勇者という触れ込みで信徒を集めた男だが、でっぷりと肥えた豚にしか見えない。

信徒から巻き上げた金で怠惰な生活を続けた結果、生み出された身体であろう。

「お返事を頂けなかったので、扉を破らせてもらいました。私たちがここにきた理由を分かってますよね？」

「うわぁあああああっ！」

追い詰められた豚勇者は、剣を引き抜き、俺に挑みかかってくる。

豚勇者の剣をヒラリとかわすと、相手の手を掴み、地面に組み伏せ、関節をきめる。

「いだだだだっ！　やめろっ！　腕がっ！　腕がぁああっ！」

「私に協力してもらえるなら、腕を折るのはやめてあげます。協力しないなら腕が使い物にならなくなると思ってもらえれば」

関節がきまった腕を締めあげる力を強める。

「いだだだだっ！　わ、分かった。協力する。協力するぞ」

「では、『勇者の剣』が溜め込んだ財宝のある場所へ連れて行ってください。よろしくお願いします」

俺のお願いに、豚勇者の目が泳いだ。

「まさか、ないわけありませんよね。私、アレクサ王国の元神官なので、『勇者の剣』がどれだけ不正蓄財してたかも知ってるんですよ」

元の世界でも坊主丸儲けと言われるが、この世界でも宗教界隈はいろいろと副収入があり、しかもほとんどの国で税免除を得られている特権階級であるのだ。

『勇者の剣』も、宗教組織であったため課税はされておらず、金が唸るほど貯えられていた。

「くっ！　金を渡せば、私は逃がしてもらえるのか？」

この期におよんで、俺に交渉をしてくる厚かましさは見事だと思っておこう。

組織を失った詐欺師1人をこの砦で解放しても大勢に影響はない。

「ええ、逃がしましょう。約束します」

豚勇者は自らの命を拾えると確信し、安堵した表情になった。

「では、腕を放せ。このままでは案内できん」

助かると分かった途端、豚勇者の態度が急変する。

俺が関節をきめていた腕を放すと、ワリドが縄で縛り上げた。

「これで案内はできるはず」

首に剣を突き付け、豚勇者に状況を分からせる。

「こ、こっちだ。ここに仕掛けがある」

薄暗い室内の端に移動した豚勇者が、床に這いつくばると、細かい突起を操作していく。

そんなところに仕掛けを作ってたのか。やたらと物が置かれた部屋だし、薄暗いから見落とす可能性が高かったな。

ガチャリという音がすると、何もなかった壁に隙間が見えた。

「こっちだ」

豚勇者が隙間のできた壁を押すと、隠し部屋になっていた。

中には『勇者の剣』がアレクサ王国や山の民から集めた財宝が積み上がっている。

「ありましたな。本当に私たち山の民と山分けでよいのですか？」

「ここにある財宝は、少なく見積もっても、帝国金貨5万枚くらいの価値はありそうだ。半分は山の民に『返還』する。残る半分はうちの取り分。ワリドとハキムは、その金で山の民を掌握していってくれ」

「承知した。山の民はアルベルト・フォン・エルウィンの知略を恐れている。力を貸せと言われれば、すぐに駆け付けるだろう」

「期待をしている」

「わしはお主とリュミナスの子を待ちわびるぞ。さぁ、ハキム、この大荷物を運び出すぞ」

「ああ、そうしよう」

ワリドとハキムは笑みを浮かべると、隠し部屋の財宝を運び出し始める。

半分をワリドたちに渡しても、今回の謀略、戦争に使った費用を十分に補填できて、プラスの利益が出るはずだ。

「これで全部だ。私は逃がしてもらえるんだろ？」

縄で縛られた豚勇者が、解放するよう迫ってくる。

「ええ、とりあえず、外に行きましょう。私はきちんと約束は守る男ですのでご安心を」

俺は豚勇者を連れ、鬼人族たちが奇声をあげて敵兵を掃討している外に出た。

「では、お約束通り逃がしますので、あとはご自身で頑張ってください」

豚勇者を縛っていた縄を剣で切ると、鬼人族たちの血の宴が行われている砦の中に蹴り飛ばした。

「くそがぁあああっ！　騙しやがったなっ！　こんな場所で逃げられるわけないだろうがっ！」

「騙される方が悪いんじゃないですかねー。そうやって、貴方も信徒を騙してきたのですし」

血走った目でこちらを睨む豚勇者を無視して、マリーダに声をかける。

「マリーダ様、大将首を見つけましたよー。成敗をよろしくお願いします」

逃げ惑う敵兵を薙ぎ払って、返り血で真っ赤に染まったマリーダが、金ぴかの豚勇者に目標を定めた。

「鬼だ！　鬼がいる！　くるなぁあっ！　くるなぁあ――」

「戦場に豚の出番はないのじゃ！」

マリーダがすれ違いざまに、金ぴか豚勇者の首を刎ねる。

黄金の兜をかぶったブリーチ・オクスナーの頭は転々と地面を転がり、でっぷりと肥えた身体は地面にドサリと倒れた。

「お見事」

マリーダはブリーチ・オクスナーの首を持ち上げる。

「『勇者の剣』の首領ブリーチ・オクスナーは、妾が討ち取ったのじゃぁあああっ！」

マリーダが金ぴか勇者の首を持ち上げ、勝利の雄たけびをあげると、勝負は決した。

残った敵兵は武器を捨て、両手を上げて投降していく。

呆気ない、実に呆気なく『勇者の剣』が籠った砦の攻城戦が終わった。

損害が出ると覚悟していたのに、終わってみれば、戦死者０人、重傷者２人、軽傷者10名っていう大勝利だ。

「くぅうっ！　降伏するんじゃねぇ！　戦え！　戦って死ね！　クソ雑魚が！」

「ワシはまだ戦い足りぬ！　立って武器を拾え！　武器を持てば軍法に背かずに斬れる！」

「妾はまだ腕慣らしにもなっておらんのじゃ！　もっと、敵を！」

戦い足りないのか、エルウィン家の面々が砦の中で声を上げて騒いでいる。

残念だが、いくさはこれで終わりだ。でも、アシュレイ城に帰るまでがいくさなので油断は禁物。

先日の内部抗争で分派した『勇者の剣』の残党が、なぜだかエランシア帝国に降伏した国境領主の貴族家に流れ込んでしまってるらしいからね。

ああ、リゼのアルコー家の話じゃないよ。別の家の話。

そっちは、リゼのアルコー家の点数稼ぎに利用させてもらうつもりだから、情報が集まるのを待って、魔王陛下から捜索許可と討伐許可をもらわないと。

でも、まずはその前にひと休憩ってところだな。

※オルグス視点

何者かによって、わたしと『勇者の剣』との関係が国民に暴露された。

おかげで『勇者の剣』に取り締まりの情報漏洩をしていたのではという疑惑が持ち上がり、それを払拭《ふっしょく》するため、この一か月ずっと釈明《しゃくめい》に追われている。

今日もゴランを筆頭とする反『勇者の剣』の貴族たちから、例の書類の内容について大勢の貴族たちの前で追及を受けた後であった。

「ふぅ、クソどもが。知らぬと言っておるのに、ねちねちと聞き返しやがって！」

自室のソファーに腰を下ろしたところで、先ほどの怒りが再燃してくる。

「さすがに、あの資料が出てしまっては、知らぬ存ぜぬは通じぬかと……」

「分かっておるわ！　こうなったら、外征の成功で失態を挽回する！　ティアナにいる王国軍の再編成はどうなっておるのだ！　ブロリッシュ侯爵から連絡がこぬぞ！」

宰相のザザンは、跪いて小さく背を丸め、下を向いたままだ。

「王国軍の再編成作業は、兵力の中核を担うはずだった『勇者の剣』が非合法化された余波で、兵士が確保できておりません。今の兵力ではズラ、ザイザン、ベニアの奪還は不可能と連絡がきておりましたが、殿下の気分を害すると思い私が止めておりました」

「くっ！　よけいな気を使いおって！　窮地に立っているわたしは外征の成功で失態を挽回するしかないと分かっておるだろうが！」

やつれたザザンに罵声を浴びせかけようとしたが、グッと飲み込んだ。

「ズラ、ザイザン、ベニアの奪還は厳しいと思われますが、ティアナのブロリッシュ侯爵から別の提案がきております」

「別の提案だと？」

ザザンは懐から地図を取り出すと、テーブルの上に拡げる。

「はい、実は4年ほど前のエランシア帝国との国境紛争で寝返った国境領主のフロイガ家当主が、エランシア帝国からの冷遇に耐えかね寝返りを申し出ております」

ザザンが指差した先は、先のいくさで裏切ったアルコー家に近く、わたしに恥をかかせたアルベルトのいるエルウィン家と境を接したエランシア帝国の最前線領域だった。

「先年のいくさには、このフロイガ家もエランシア帝国の兵として参戦しておりましたが、論功行賞がエルウィン家重視だったことが不満だったようです」

「ほう、恩賞の不満か。国境領主らしい裏切りの動機だな。信用できるのか？」

「すでにブロリッシュ侯爵のところへ妻子を差し出しております。本来なら、もう少し話を詰めた段階で殿下にはお知らせしようかと思っておりましたが、この状況を乗り切るには猶予がありません」

ザザンも後見人としての資質を追及されているため、失態の挽回をしようと躍起になっている。

「だが、裏切りだけでは外征の成果にはならんぞ。ズラ、ザイザン、ベニアは無理としてもどこかを攻略せねばならん」

「ですので、ブロリッシュ侯爵と攻略目標を詰めていたのです。案としてはフロイガ家の兵と、ティアナの王国軍を使い、この地を取り戻すのが有力だと判断されました」

ザザンの指差す場所は、先年のいくさでエランシア帝国の傘下に入ったアルコー家の領地だった。

「だが、アルコー家にちょっかいを出せば、エルウィン家が出てくるだろう」

「アルコー家を攻めるのはアレクサ王国軍、フロイガ家は使い捨てるつもりの『勇者の剣』の残党と自らの軍を率いて、救援に出たエルウィン家の本領アシュレイ城を、不意を衝いて攻める。エルウィン家もフロイガ家の裏切りまでは予想してないでしょうから、慌てて本拠の防衛に人を割き、進軍したアレクサ王国軍が防衛体制の整わないアルコー家の領地を占拠できるはずです。そして、アルコー家の領地をアレクサ王国軍が占拠したら、フロイガ家はアシュレイ城を攻める『勇者の剣』を戻ってきたエルウィン家への餌にして、フロイガ家は自領に戻り防備を固めるという策です」

ふむ、悪くはない策だ。

フロイガ家が裏切る時期を間違えねば、確実にエルウィン家を動揺させられるはず。

それに『勇者の剣』の残党をエルウィン家と戦わせ、使い捨てにできるのもこちらに好都合。

「成功の確率はどれほどだ？」

「8割ほどはあるかと」

「で、フロイガ家の当主は、どんな見返りを求めておる。国境領主をしているのだから、見返りなく裏切ることなどせぬだろう？」

「はっ！ 当主であるグライゼ・フロイガは、アレクサ王国での現爵位の追認とアルコー家の領地の2割を恩賞として求めておりまして……」

ふん、欲深い国境領主らしい要求だ。だが、こちらも失態の挽回をせねばならん。

使い捨てではあるが、戦果を得るためには恩賞くらいはたっぷりと約束せねばならんな。

「よかろう。アルコー家の領土を占拠時には、フロイガ家に2割を割譲《かつじょう》することを約束する書状を出す。それと、わたしもティアナまで行き、王国軍の指揮を執る！　王都にいては毎度呼び出されて詰問されるからな！」

前線に出ると言った瞬間、それまで浮かない表情だったザザンが顔を綻ばせた。

「あ、ありがとうございます！　殿下がティアナで指揮を執ってくださるなら、必ずや勝利がこちらに舞い込んでくるでしょう！」

「父上には王国軍の激励をしにティアナへ行くと告げておく。出兵することはどこにも極秘だ。勝った後報告をすればいい」

負ける気はしないが、万が一のこともある。用心した方がいいはずだ。

「はっ！　では、私が先にティアナに入り、フロイガ家との調整をしておきます」

ザザンが頭を下げて自室から去った。

このわたしが、戦場に近い場所まで、行かねばならぬ日がくるとはな……。

くそ、足の震えが止まらぬ。

足が自分の意思に反して震え、靴が地面に触れてカタカタと音を発した。

第九章　サイドビジネス展開も大事

帝国暦二六〇年　青玉月（九月）

忙しい、忙しい。

今年は年初からずっと『勇者の剣』のことで、いろんなところへ出歩いてて、政務をイレーナとミレビス君に丸投げしている期間が長かった。

そのため、決裁書類が滞り、イレーナの眉間の皺が深くなってきている。

「アルベルト様、こちらの予算執行に許可を」

はいはい、えっと、ゴシュート族の集落とスラト間を結ぶ新規街道の建設費か。

たしかに、けっこうきつい山道だったから、今後のことも考えると、街道を整備した方がいいな。

内容を精査し、予算額も問題ないため、許可を示す印章を押し、承認の箱へ入れる。

「続いて、こちらの申請書類の確認をお願いします」

「却下。先月いくさしたばかりだからね。それにまた戦費がかかるし」

窓の外で、自分たちが出した申請書の決裁を待っていたブレストとラトールが、俺の言葉からいくさの匂いを嗅ぎ取り目の色を変えた。

「アルベルト、そのいくさ先陣はオレだよな！　砦の時はマリーダ姉さんと親父ばかり戦ってたし」

「馬鹿者！　先陣はワシに決まっておるだろうが！　お前はまだ技量不足だわ！　兵学の勉強しろっ！」

俺は懲りずに大規模調練の申請を出してきたブレストとラトールの書類へ不許可を押し、否決の箱に入れる。

この前、あれだけ暴れても、まだ暴れたりないのが意味不明。

あ、そうだ。リゼに城の防衛を任せて軍を出したことに対する処罰を通達しとかないと。

「そう言えば思い出しました。ブレスト殿、ラトール。2人には特別反省室にて家訓の書き取り5日間を命じます」

俺が指を鳴らすと、ゴシュート族の若者たちが、2人の背後に立って拘束する。

「な、なんでだよ！」

「なぜ、特別反省室に行かねばならぬ！」

「リゼにアシュレイ城の防衛を丸投げした件です。どちらかが城の防衛を行ってくれていれば、私としても処罰はしなかったんですがね。残念です」

「オレは、オレは巻き込まれただけだって！　アルベルト！」

「ワシもリゼに任せるのは、マズいとマリーダに相談したのだぞ！　ワシは無実だ！」

俺がゴシュート族の若者に指示を出すと、拘束された2人は特別反省室へ連行されていった。

2人には申し訳ないが、魔王陛下に言い訳するには責任者に処罰をした事実がいる。

「マリーダ様は後日、私が直々に取り調べを行いますよ」

ブレストとラトールが、責任を取らされ、特別反省室送りにされたことで安堵していたマリーダに釘を刺す。

「な、なぜじゃ。叔父上とラトールが責任を取ったではないか。妾はリゼたんが最適だと判断しただけなのじゃぞ」

「それは後日、しっかりと聞かせてもらいます。今は、溜まった政務をお進めください」

視線でリシェールに合図を送ると、通常ノルマの倍の書類が机に積まれた。

「アルベルト？　ちーとばかり、数が多いようじゃが？　見間違いかのー」

「全体的に政務が遅れておりますので、よろしくお願いします。それとも特別反省室の方がよいと申されますか？」

「リシェール、妾は猛烈に仕事をしたくなったのじゃ！」

涙目の嫁が、一生懸命に印章を押し始めた。

とりあえず、聞き取りタイムはいろいろと片付いてからゆっくりとやらせてもらう。

イレーナが政務の再開を察し、次の書類を差し出してくる。

「では、次に。こちらの提案書の確認をよろしくお願いします」

うむ、鬼人族の軍医からの提案か。えっと、戦場での救護兵の増員提案っと。

鬼人族がいくさの技として戦場医療を定めており、エルウィン家には戦場での医療行為に対し、極めて技量の高い兵が存在している。

彼ら軍医や救護兵らのおかげで、傷を負った鬼人族の兵もすぐに戦場に復帰してるんだよなぁ。増員すれば、戦場での戦闘離脱率も減るか。

アルコー家からも人員を募って、救護兵増員を進めるか。

少し予算はかかるが、命に関わってくることなので、許可の印章を押し、承認の箱に入れた。

「関連して、もう1つ提案書が出ております」

こっちは、同じく軍医から出てる提案書か。戦傷者の中で四肢の欠損を受けた者へ貸与する義手、義足の改良費用の計上っと。

頑強な鬼人族だが、いくさで四肢のどこかを欠損した者もいる。そんな彼らが日常生活に困らないよう、義手や義足を改良していく費用は出してもいい。こういった器具も需要は高いだろうし、領内の産業化にも繋がるだろうな。

戦闘復帰できなくとも、義手、義足を付け領民として働けるようになれるなら投資しとくべきだ。

許可の印章を押し、承認の箱へ入れる。

「本日の決裁案件は以上です。続いてマルジェ商会の売上ですが……」

「今期は酷そうだね。まぁ、人員が増えたから、それを賄うのは並大抵の努力では足りないと分かっているさ」

イレーナも奮闘してくれているが、ゴシュート族と山の民から増やした人員の人件費、各種の工作費用を捻出するには、マルジェ商会の扱う雑貨では厳しくなり始めている。

俺専用の諜報組織を維持するためにも、サイドビジネスを考えないとなぁ。

ビジネスだよ。ビジネス。ギブミーマネープリーズ。

俺の専用の諜報組織を維持し、その力を向上させるためには、金がさらに必要である。

では、何で儲けるか。手っ取り早いのは持ってる者から奪う『ヒャッハー！　金だしやがれ』ってことだが、これはやると近隣から袋叩き確定。

強盗はダメだ。では、何がいいか？　ビジネスなんで商売しよう。商売。

商売の基本は何か。とにかく誰かの需要になりそうなものを売り出してみることだ。

「ということで、山の民の領域で採取や入手できる物を片っ端から持ってきたぞ」

ワリドが音もなく執務室内に姿を現す。

相変わらずの神出鬼没さだが、頼んだ仕事はきっちりとやってくれるので頼れる男だった。

「物は中庭に並べてある。新たな山の民の収益源になるようなものがあるといいが」

「うちも山の民とは共存共栄したいからね。可能性のありそうなものは活かしたい」

政務を切り上げ、イレーナとともに中庭に移動すると、ゴシュート族の者たちが持ち込んだ品を拡げていた。

俺たちはその中から、商品になりそうなものを探していく。

希少な獣の皮、効果の高い薬草類は、現状でも山の民が交易品として各地に売り捌いているしな。

それらは数に限りがあるから、マルジェ商会で扱うわけにはいかない。

まったく交易品として使ってないものがいいんだが……。おっと、これはなんだ？

液体っぽいけど黒くてドロッとしてるな。そして臭い。

「この壷に入ってる物はなんだい？」

ワリドに壷の中身を尋ねる。

「ああ、それか。燃える水でな。すこし独特の臭いがするが、よく燃えるし、ろうそくの代わりの明かりや、冬場の暖をとる薪を節約するための燃料にもしている物だ」

ってことは、これは石油ってことか。

山の民の領域には石油が自然に湧出《ゆうしゅつ》してる場所があるってことだな。

「この燃える水はけっこうな量が採れるのかい？」

「ああ、われら山の民だけでは使い切れぬくらいはあるぞ。ただ、取り扱いが難しいから、交易には使えんと思うが。大量の燃える水に、火が付けば大火事になるだろうからな」

「そうだね。交易には使えそうにないけど、これはエルウィン家が一定量購入するよ。兵器利用させてもらうからね。鬼人族たちに見せれば、いい使い方を発見してくれるはずさ」

「燃える水の兵器利用かエルウィン家らしいな。では、あとで販売量の交渉をさせてもらう」

「ああ、そうしよう」

石油を精製できるほどの技術力はないが、燃料や可燃性兵器として利用価値は高い。

あって困るものでもないので、うちが独占して購入してもいい気がする。

燃える水の他に交易品になる物がないか思案に浸っていたら、イレーナが1つの品を手に取った。

「これなんか、臭い消しによろしいんじゃないでしょうか？　貴族の方は匂いを気にされる人も多いですし」

「たしかにそうだね。そういった商品を探している人も多いだろうね」

イレーナが手に取ったのは、匂いを発する植物だ。

山の民の領域には、アシュレイ領やスラト領に生えない類の植物も多い。

ラベンター、レモングラス、ミントなどの野草、レモン、ライム、ベルガモットなどの柑橘類などが並べられている。

この世界、臭いがきつい人が多い。ブレストとかラトールとか身綺麗にしないので、体臭がきついんだ。たまに鼻が曲がりそうになる時もある。

気にしてる人もいるんだけど、よい臭い消し商品がこの世界にはあまりない。

なので、悪臭対策の◯ァブリーズ。じゃねえや。香りのいい精油を混ぜた香油を売り出せば、貴族層や富裕層にバカ売れしそうな気はする。

「この匂いのいい野草や柑橘類はけっこう揃えられるのかい？」

「ああ、できるぞ。そこら中に生えてる野草だし、柑橘類も自生してる物だからな」

ワリドから精油の原料が豊富にあることを聞けた。

これなら水蒸気蒸留法を使い、金属窯から芳香蒸留水《フローラルウオーター》と精油の抽出はできそうだ。

ゴシュート族の集落に蒸留設備を作り、精油を植物性油脂に溶かし込んだ香油を作って交易の品に加えるとしよう。

前世知識の中にあった蒸留設備のイラストを手帳に書き留めていく。

領内の鍛冶師たちに蒸留窯を作ってもらえば、すぐにでも製造に入っていけそうだ。

かかる予算は少額、得られる利益は莫大ってところか。

「芳香蒸留水《フローラルウオーター》と香油でいこう。マルジェ商会の目玉商品になると思う。女性には、芳香蒸留水《フローラルウオーター》を使った化粧品とかを売り出してもいいしね」

「たしかに化粧品は女性の好む物ですしね。それに香油は貴族の方や富裕な方に『夜の性活に彩りを』って囁けば、よく売れそうですね」

よいキャッチフレーズだ。エッチなやつらにバカ売れだろう。

「その際にはアルベルト様のご協力を必要としますが」

ええもちろん。力の限りご協力いたしますよ。嫁も喜ぶし、俺も喜ぶから。

「すぐに商品化を進めよう」

「承知しました。すぐに段取りを進めます」

こうして、イレーナ主導のもとマルジェ商会はゴシュート族の集落にすぐさま小型の蒸留施設を完成させ、月末近くには試作品がアシュレイ城へ届いた。


「さっそく、試作品を試しておられるようですね」

寝室に行くと、マリーダが新しく届いたマイクロビキニを付けてベッドに横たわり、同じ格好をしたリシェールとリュミナスに香油を塗り込んでもらっている最中だった。

「匂いを嗅いでみてもよいのじゃぞ」

俺に気付いたマリーダが、振り返って手招きしてくる。

「では、失礼して」

ベッドにいるマリーダの隣にいくと、香油が塗りこめられた彼女の身体の匂いを嗅いだ。

ラベンダーが一番万人受けしそうな匂いだよな。

香料として使ったラベンダー精油の量もほどよいくらいに抑えられてる。

「良い匂いです。これは男性にもよい効果を発揮しますなぁ」

「良い香りのする女性に男性は興奮するってことですねー。はい、仰向けになってくださいね」

香油を塗っていたリシェールが、うつ伏せだったマリーダに身体の向きを変えるよう促した。

「こちら側はアルベルト様に塗ってもらいましょう。それでいいですよね？」

「ああ、やらせてもらおう」

「アルベルトがやるのか⁉」

リュミナスが持っていた香油の壷に手を入れてすくうと、マリーダの身体の上に拡げていく。

「ひゃう！　やめるのじゃ。アルベルトは香油を塗り込まずに、妾にエッチなことをするに決まっておる！」

「そんなことはありませんよ。日頃からお世話になっている嫁に少しでもリラックスしてもらえればと思い、やっているだけですから。安心してください、塗り込むだけですから」

俺が塗ると知り、戦場ではあれだけ頼もしいマリーダが、小刻みに震え始めた。

そんなに怯えられると、なんか俺が悪いことをしてる気分になって、いろいろと滾ってきてしまうんだが……。

垂らした香油を身体に丹念に塗り拡げていくたび、マリーダがビクンビクンと反応をしていく。

「塗り方がエッチなのじゃ」

「そうですか？　ちゃんとやってますよ。ほら」

マリーダの大きな胸を揉み上げ、香油を馴染ませていく。

「それっ！　ダメなのじゃ！」

ろうそくの明かりに身体に塗り込んだ香油が反射して、エッチに見えるなぁ。うんうん。

これはこれでありだな。

「ちゃんと塗り込まないとダメでしょ。ほら、ここも」

マイクロビキニによって、ギリギリ隠れている胸の先も丹念に香油を塗り込む。

「や、やっぱり、エッチなことをしてきたのじゃ。はぁ、はぁ、うぅう。そんなに弄るでない」

刺激されたことで胸の先は堅く尖り始めた。

「そんな。私はちゃんと香油を塗り込んでいるだけですよ」

塗り込む手を休めずにいると、マリーダの頬が赤くなり、呼吸は荒くなってきた。

「もしかして気持ちよかったりします？」

その一言を聞かれたマリーダが、恥ずかしいのか両手で顔を隠した。

くっそ、可愛すぎだろっ！　うちの嫁ちゃん！

もしかしたら、恥ずかしがったマリーダが俺の一番の大好物なのかもしれない。

これはご期待に沿って、もっと頑張らないと！

「返事がないんで、こっちも塗りますね」

再び香油を垂らすと、下腹部にも塗り込む手を忍ばせた。

「はぅ！　くうん！」

　刺激がさらに加わったマリーダが、表情を見られないよう片手で目元を隠しつつ、下腹部に忍び込んだ俺の手を止めようとする。けれど、その手に力は入っていなかった。

「やっぱり、気持ちいいんですよね？」

「ちがっ、違うのじゃ。気持ちよくなど——ひゃぅううんっ！」

　胸の先と下腹部を弄りながら、マリーダの耳元に囁くと、ビクンと身体が震え、全身に力が入ったかのように硬直した。

「はぁ、はぁ、はぁ」

　顔を隠しているため、表情を窺い知ることはできないが、身体の熱さが増していくのは感じ取れた。

「マリーダ様から香油に混じってエッチな匂いがしてきますねー」

「たしかに香油とはまた違った匂いがしてますね」

「マリーダ姉様、もしかしてさっきのでイッたの？」

「イク時はイクと言わねばならない決まりだと、ボクは教えられましたけど」

　お揃いのマイクロビキニを着た嫁の愛人たちが、顔を隠して荒い息をするマリーダの身体の匂いを嗅いでいる。

　嫁もエッチな子だが、嫁の愛人たちもエッチに興味津々な子たちだ。

「マリーダ様は香油を塗り込まれたくらいで、イクなんてことはされてませんよ。ねぇ、マリーダ様」

「そ、そうなのじゃ。妾がそんなことでイってしまうことなど、あるわけが——」

誤魔化そうとしたマリーダに、再び同じように胸の先と下腹部への刺激を再開する。

「ないんぃいいいいいのじゃぁああああっ！」

まだ敏感だったようで、再開された刺激によって、もう1度大きく身体を震わせたかと思うと、硬直してしまった。

「イってますね」

「イってしまいましたね」

「これは確実にイってるよね」

「でも、イクと言われませんでした」

自分の愛人たちの前で、盛大にイクところを見られ、恥ずかしさで身体の熱が上がったマリーダからは、香油の匂いとそれに混じった別の匂いがムンムンと匂い立っていた。

これはやはり香油を作って正解だったな。『夜の性活に彩りを』ってキャッチフレーズが、ぶっ刺さりまくるはずだ。

いつもとは違う匂いに当てられて、俺もいつも以上に滾ってしまう。

「マリーダ様、先に謝っておきますが、今日はいろいろと抑えられませんから頑張ってくださいね」

「な、なんじゃと⁉　妾はまだイッたばかりで準備がっ！　待て、待つのじゃ！　まだ、きてはならんのじゃ！　アルベルト、落ち着け、落ち着くのじゃ！」

「無理ですから」

俺はマリーダの手を押さえつけると、滾る物を彼女の中に収めていった。

「はくうううんっっ！　やっぱりエッチなことをされることになったのじゃ！　塗り込むだけなんて嘘を言いおって。あっ、あっ、んふぅ！」

可愛い嫁の唇を奪うと、滾る物を解放するべく、自らの欲望に身を任せた。


翌日は、いつにも増して清々しい気分での目覚めだった。

日々の政務の疲れを昨夜で随分リフレッシュできたようだ。

「この香油は、きっといろんな国でよく売れるね」

「アルベルトみたいなエッチな男は大満足じゃからなー。うぅぅリゼたん、妾は獣のようなアルベルトにいっぱい蹂躙されてしまったのじゃ」

「マリーダ姉様もオレをいっぱい襲ってた気がするんだけど、今もお尻揉んでるし」

「それはリゼたんがよい匂いで誘ってくるからなのじゃー」

俺の隣で寝ているマリーダとリゼがイチャイチャしている。

「リュミナスちゃん、あれがアルベルト様の持つ知識の力ですから、わたくしたちもしっかりと受け止めねばならないのですよ。分かりましたね」

「はい、ボクも身体鍛えてたから自信があったんですけど、イレーナさんみたいに、しっかりと自分で腰を振って受け入れられるようにしないといけませんね」

反対側では、もふもふのリュミナスの尻尾を弄りながら、金髪美人秘書イレーナさんが後輩指導をしていた。

「まだ、あたしは頑張ってますよー。ふみぅ。すぅ、すぅ」

最後の最後まで頑張ってたリシェールが、力尽きて俺の身体の上で眠っている。

試作品の香油の効果は抜群だった。

そりゃあ、もともといい匂いのしていた嫁と嫁の愛人たちの身体から、もっといい匂いがするようになったらさ、もっと頑張るわけですよ。

嫁も嫁の愛人も満足で俺も満足。

ついでに香油のよい香りと、嫁たちの柔らかな肌に包まれて癒し効果は抜群だしね。おー。たまらん。これが極楽というものか。うひょー。

その後、芳香蒸留水《フローラルウオーター》を使った化粧品や香油を商品化し、各地に行商へ行く山の民たちに整髪料やボディオイルとして使用してもらい、気になった商人や貴族たちへけっこう高額の値段で売ってあげた。

予想していた通り、この世界でもきっつい悪臭に耐えられなかった人が多かったようだ。

あっという間に噂が広まり、山の民がマルジェ商会から仕入れて販売する香油や化粧品は貴族の女性を始め、金持ち連中にバカ売れしている。

ワリドも売れ行きにびっくりしており、製造を請け負うゴシュート族には、狩猟や採集で得る金をはるかに上回る金を発生させる勢いで注文が殺到した。

もちろん、マルジェ商会も販売を請け負ってくれている山の民に商品を卸すことで、利益は拡大している。

あとエルウィン家の伝手を使って、エランシア帝国内にも販路拡大させるつもりだ。

どうするかって？　そんなのは簡単だ。

うちの嫁であるマリーダの身体にたっぷりと香油を塗り込んで、乳兄妹に激甘の魔王陛下に面会させてやればいい。

一発で『ええもん、もっとるやないけ。おらぁ、こっちにも上納せんかい』って話になるんで、香油を付けた魔王陛下に面会した貴族たちは、競い合うように山の民かマルジェ商会に香油を買い求めてくるはずだろう。

エランシア帝国内でも人気が出れば、さらに売り上げアップは間違いない。

香油や化粧品はマルジェ商会の主力商品として、膨大な利益を出し、諜報費用を賄うだけでなく、エルウィン家の懐も温めてくれることを期待している。

第十章　残党も美味しく料理します

帝国暦二六〇年　紅水晶月（一〇月）

サイドビジネス展開も順調に進み、忙しく政務を取り仕切っているところに、魔王陛下からのお呼び出しがかかった。

呼び出されたメンバーは、俺とマリーダとリゼの３名だ。

お呼び出しされる理由に、身に覚えがありすぎる人選である。

きっと、リゼに本拠であるアシュレイ城を守らせて、マリーダが全軍を率いて山の民の領域に出兵したことを知られたのだろう。

もとから魔王陛下の耳や目を逃れられるとは思っていなかったが、説明したいこともあったので、すぐに準備を整え馬車に揺られている。

「はぁああ、腰が逝くぅ……」

腰の痛みを感じ、馬車の中で背中を伸ばす。

腰の痛みの原因は馬車旅というのもあるが――。それ以外にもあった。

マリーダへのお仕置きである。

忙しさで忘れていたが、リゼに城を任せ、通常の行軍速度を上回る強行軍をしたマリーダに、教育的指導という名のお仕置きをずっとしてきたからだ。

　おかげで俺の腰が逝きそうである。

　マリーダは当主だし、指揮官だが、戦場に到着するまでの指揮権は、俺の管轄。

　なので、命令違反のデメリットを教え込んだ。

　でも、頑張りすぎてマリーダが変な属性に目覚めたかもしれないけども……。

　俺も若い身体だから荒ぶって勢いあまっちゃったし。

　その割を喰って、同行者のリゼと護衛のリュミナスが俺のハッスルタイムの餌食になっていた。

「グスン、アルベルトがいくさで大将首を挙げた妾に厳しいのじゃ。リゼたん、リュミナスたん。妾を癒して欲しいのじゃ」

　馬車の中でリュミナスに膝枕をされているマリーダが、俺の指導にいじけていた。

「そんなに厳しいことは申しておりません。リゼに本城を任せて全力出撃したり、戦場で総大将が敵を挑発したり、兵たちに強行軍を強いてなければ、私も褒めていましたから」

「あの程度のクソ雑魚兵くらいに妾が後れを取るわけなかろう。アルベルトは心配性すぎるのじゃ。リュミナスたん、妾の耳掃除をしておくれなのじゃ」

「あ、はい。いますぐに」

「リゼたんは妾の腰を揉んで欲しいのじゃ。どこぞの誰かさんが、ずっと激しく責めるからのう」

「はーい。マリーダ姉様、ここですか？」

「うむうむ、あ、そこじゃ。そこ」

リュミナスに膝枕してもらってリラックスしているマリーダの腰をリゼが揉み始めた。

「マリーダ様、失礼しますね。ふぅー」

「おふぅん。こそばゆいのじゃ」

耳掃除をしていたリュミナスによって、息を吹きかけられたマリーダが身体を震わす。

腰の痛みをほぐしつつ、しばらくその様子を見ていたら、手持無沙汰になったマリーダがリュミナスの尻尾を視線で追っているのに気付く。

次の瞬間、マリーダの手がリュミナスの尻尾に動いた。

「マリーダお姉様。耳掃除してもらいながら、リュミナスちゃんの尻尾を弄ると危ないよ」

「大丈夫、大丈夫なのじゃ。ほれ、リュミナスはここがええのか？　びくびくしておるのじゃ。ここか？　ここがええのか？」

マリーダは、耳掃除をしているリュミナスの尻尾を弄り、悦に浸る。

その姿は、普通に中年のセクハラ親父そのものなんだが……。

やってる人が綺麗な女性だと、百合という素敵な世界が繰り広げられているように見えるのは世界の不思議の１つであろう。

個人的には、女性同士がキャッキャウフフしているのは嫌いではないので、特に注意する気もない。

「はぅ！　リュミナス、そこは入れすぎなのじゃ。あっ、あっ、あぁぁ、ラメェエエ！」

「ひゃぁ！　す、すみません。マリーダ様が尻尾を弄られるので手元が……。すみません、すみません！」

セクハラしたせいで、耳かきがズップリとマリーダの奥まで突き刺さったようだ。

奥を突かれたマリーダが、痛みにビクンビクンと身体を震わせ、口の端から涎を垂らした。

真面目に耳掃除していたリュミナスの尻尾に悪戯をしたことで、天罰を受けたマリーダが逝ってしまったので、俺は視線を窓の外に向け、これからのことに考えを巡らせる。

でも、まぁ、正式な謁見をするというお呼び出しでなく、私的な呼び出しなので、厳しいお叱りはないと思いたい。

それに、準備を進めていた案件もほぼ固まったので、お呼び出しは渡りに船だった。

1週間の馬車旅を終え、帝都の王宮に着くと、いつものごとくわがもの顔で、魔王陛下の私室に向かうマリーダの後ろをリゼと一緒に付いていった。

「オ、オレ、絶対に場違いな場所に呼ばれてるよね。いちおう、男爵の爵位はもらってるけどさ。魔王陛下に正式な謁見もまだ1度もしたことないし」

そう言えばリゼが物心ついた時には、アルコー家はエランシア帝国の勢力圏から切り離され、アレクサ王国側に付いてたから、魔王陛下に会ったことはないんだな。

「そうじゃったなぁ。リゼたんは、兄様と初めて会うのであった。別に怖い人ではないし、リゼたんは妾の愛人なので遠慮など無用なのじゃ」

というわけでもないんだよなぁ。絶対にマリーダが城をリゼに任せたことを怒ってるはずなんだよ。

まぁ、溺愛してるから、怒らないんだろうけど、その分のしわ寄せが俺にくるはず。

交渉頑張りますかぁ。

「兄様、妾が会いにきたぞ。最近、忙しくてこられず、申し訳なかったのじゃ」

マリーダが返事を待たずに私室の扉を開けると、自分の机でなにやら書類を見ていた魔王陛下と視線が合った。

「よくきてくれたな。入るがよい。余も久しぶりにマリーダと会いたかったところだ。酒を用意させるので、しばし待て」

「さすが兄様なのじゃ！　帝都の美味しい酒が飲みたい。それと、これは土産じゃ。山の民からもらった果物酒じゃぞ。癖はあるが、慣れるとハマる酒なのじゃ」

「そうか、マリーダがそう申すなら、美味いのだろうな」

魔王陛下が手元の鈴を鳴らし、姿を現したメイドへ、酒の用意をするよう指示をする。

「それと、今日の妾は最近アルベルトが作った香油を付けておるのじゃぞ。よい匂いがするであろう？」

魔王陛下は、マリーダが差し出した手に顔を近づけた。

「ふむ、よい匂いだな。もちろん、土産として余にももらえるのだろ？」

「もちろんなのじゃ。たっぷり持ってきたのでどんどん使って欲しいのじゃ」

「アルベルトの差し金であろうが、使わせてもらうとしよう」

魔王陛下は俺たちの方へ視線を向けると、手招きした。

「アルベルトも、リゼ・フォン・アルコーも入るがいい。まずは土産の酒をともに楽しもう。話はその後だ」

「は、はい。では、失礼します」

「失礼いたします」

リゼの件は、すでに魔王陛下には女性当主であると伝えてあるが、公式には男性当主として扱われている存在だった。

そのため、今日も男装をしている。

俺たちは魔王陛下の私室に入ると、勧められたソファーに腰を下ろした。

「山の民の領域では、アルベルトが随分と派手に暴れたらしいな。余の耳目として使っておる者が騒いでおったぞ」

酒の支度をして戻ってきたメイドたちが、酒杯を俺たちの前に置いて行く。そこに、マリーダが土産で持ち込んだ果実酒が注がれていった。

「アルベルトの知略に、独立心が高かったあの山の民がビビっておるのじゃぞ。アルベルトがこいと言えば、連中はすぐに集まってくるのじゃ」

「ほほぅ。それは面白い。アルベルトは山の民の王となったか」

魔王陛下の鋭い視線が俺の方へ向く。

「私個人ではなく、エルウィン家が山の民を従えたと訂正させてもらいます」

魔王陛下から猜疑の目を向けられたくないので、エルウィン家の力だということを強調しておいた。

「山の民はエルウィン家に従うというのだな」

確認するように、魔王陛下が念押しで聞いてきた。

『勇者の剣』の問題で、山の民が潜在的な敵になりかねないとの印象を持ったのだろう。

「ええ、彼らはいずれエルウィン家を支える重要な家臣となります」

「大首長の娘のリュミナスは可愛いのじゃぞ。妾のお気に入りなのじゃ。もちろん、アルベルトもじゃぞ。子ができたら妾の家臣として取り立てるつもりじゃ」

マリーダの言葉で魔王陛下の鋭い視線が緩んだ。

「であるか。ならば、山の民の殲滅《せんめつ》作戦は放棄するしかあるまい。マリーダに怒られてしまう」

　やっぱり殲滅作戦を計画してたっ！　山の民を上手くまとめてこちらに取り込んでなかったら、泥沼の山岳ゲリラ戦にうちが巻き込まれてたよ。

「よくぞ山の民をまとめ上げて取り込んでくれた。さすがアルベルトだ。その知略はエルウィン家を何十倍も強くする」

「お褒め頂き、感謝の念に尽きません。これからもエランシア帝国のため、エルウィン家のため、わが知略の限りを尽くします」

「うむ、余もそなたの知略を頼りにしておる」

　魔王陛下が、俺の持つ酒杯に自ら酒を注いでくれた。

　立て続けに挙げた勲功で、多少は俺のことも信用してくれたようだ。

　溺愛するマリーダの婿という立場から、直臣にはならないが、奔放なマリーダをとても上手に扱う者という認識に昇格した気がする。

「山の民の件は見事であったが、途中にみすごせない問題があったと聞いておる――」

　魔王陛下が注いでくれた酒を飲んでいたら、急にお呼び出しの件の話が始まる雰囲気になった。

　待って、急だと心の準備がまだ――。

　持っていた酒杯をテーブルに置き、すぐに床に膝を突くと、頭を下げた。

「リゼ・フォン・アルコー殿が、マリーダ様の出兵中にアシュレイ城の守備を請け負った件はこちらの手落ちでしたので、なにとぞご容赦のほどを！」

「アルベルトは何を言っておるのだ。兄様は鬼人族の性格を知っておると、何度も言っておるじゃろう。それに妾のこともよく理解してくれているのじゃ」

「そうだな。リゼ・フォン・アルコーが、アシュレイ城の守備を担ったことは問題ない。裏切ってもマリーダたちがすぐに取り返せるからな」

「オ、オレ――いや、私がマリーダ様を裏切るなんてことはありません。領民を救ってくれた恩人ですので」

リゼも急に自分の話になってビックリしたようで、俺と同じように床に膝を突いて頭を下げた。

やはり、さっきの言動からすると、魔王陛下はリゼをいっさい信用していないようだ。

マリーダが保護したいと言ったから許しただけで、裏切るそぶりを見せたらいつでも潰す気だ。

これは早めにリゼの点数稼ぎをしないとマズいな。

それにリゼの件が問題ないとなると、お呼び出しの本命は俺が仕込んだ例の件だろう。

「リゼ殿の件が問題なしだとしますと、お呼び出しされたのは、私が内部抗争で『勇者の剣』から分派した残党を、とある貴族家へ行くよう誘導した件でしょうか？」

「そうだ。アルベルトは何を企んでおる？　ここで余に申せ」

当たりだった。こっちから切り出すつもりだったが、すでに魔王陛下は動きを掴んでいたようだ。

「はっ！　では、ご説明をさせてもらいます。国境に領地を有するフロイガ家の当主グライゼが、自領であるバフスト領にて、アレクサ王国に寝返る準備を進めているとの情報を、私の諜報組織が掴んでおります。ティアナにてアレクサ王国軍を再編成しているブロリッシュ侯爵の使者と密談しているようで、アレクサ王国軍がアルコー家の領地を襲う時、内応してアルコー家救援に向かったエルウィン家のアシュレイ城を襲撃する計画をしているとのこと」

俺の話を魔王陛下は黙って頷いて聞いている。

きっと、自分の諜報組織が得てきた情報とすり合わせているのだろう。

「そこで、私は一計を案じ、『勇者の剣』を分派した残党たちが、フロイガ家の領地に向かうよう、『フロイガ家は勇者の剣の信徒を匿ってくれる』と噂を流し、彼の地へ向かわせたのです。フロイガ家も、いくさに向け兵が必要なので、エランシア帝国と戦う意志のある『勇者の剣』の残党を受け入れました」

「で、どうするつもりなのだ。策を申せ」

俺の話を聞いただけで魔王陛下はある程度の状況の把握はできたらしく、細かい説明は求めず、策の内容を聞いてきた。

「はっ！　『勇者の剣』の残党を匿っているフロイガ家に電撃的に強制査察を行い、残党や匿うことに手を貸した反エランシア帝国派の者を逮捕、非合法組織の構成員を匿ったとする罪で、当主グライゼを捕え、フロイガ家の断絶。領地を魔王陛下の直轄領にする策を考えておりました」

策を聞いた魔王陛下がニヤリと笑みを浮かべる。

「悪辣であるな。帝国から裏切らせず、別の罪で合法的に処刑し、家を断絶できる策か。フロイガ家は先年のアレクサとのいくさで恩賞が出なかったことに腹を立てていたと聞いている。だが、余は無能者が嫌いなのだ。そして、裏切り者もな。よし、アルベルトの策を採用する」

「では、フロイガ家に強制査察を行う者にリゼ・フォン・アルコーを任じてください。彼女はエランシア帝国貴族としてきっちりと仕事を全うします」

「よかろう。リゼ・フォン・アルコー。フロイガ家に対する強制査察を行う監察官に任ずる。副監察官としてマリーダを付けるので、よく相談してことに当たれ」

「え、あ、はい！　エランシア帝国のため、自分の力が及ぶ限り頑張ります！」

まだ若いリゼだけでは、査察を実行するのが厳しいと判断して、マリーダを副監察官として任命したか。

魔王陛下としては万全の体制でフロイガ家を葬り去りたいらしいな。

サポートするけど、リゼがしっかりと仕事をできる人だと見せるために仕込んだ謀略なので、

フロイガ家の査察はアルコー家に頑張ってもらうつもりだ。

「では、魔王陛下からの直筆の捜索許可状を頂きたく」

「いいだろう。しばし待て」

ソファーから立ち上がった魔王陛下は、自分の机に置いてあった白紙の羊皮紙に羽ペンでスラスラと文字を書いていくのが見えた。

そして、書き終えるとリゼの前に2枚の書状を差し出す。

「これが捜索許可状と監察官への任命状だ。余の名代としてフロイガ家領内を査察する権限を認めておる。従わぬ者は斬ってよい」

「はっ！」

「ありがとうございます。必ずやフロイガ家を潰し、魔王陛下に領地を献上いたします」

とりあえず、懸念していたお咎めはないようだし、リゼの点数稼ぎの許可はもらえたし、あとはしっかりとフロイガ家を潰すだけだ。

「いくさができるのか！　腕が鳴るのじゃ！　『勇者の剣』の連中は骨がなかったからのぅ！まだ300人くらい斬り足りぬのじゃ」

「マリーダ、いくさではないぞ。査察だ。査察。いきなり斬って捨ててはならんのだ。証拠を突き付け、手向かってきたら斬ってよい」

「分かっておるのじゃ。兄様、妾もアルベルトに毎日政務をさせられて、成長したのじゃぞ。

証拠っぽい物を突き付けたら、相手が手向かってきたことにしておけばいいのじゃろう。妾も賢くなったのじゃ」

違う、違う、そうじゃない。そうじゃないんだってマリーダさん。

貴方の言ってることは証拠の捏造ですから！　いらん知恵を付けないで欲しい！

「アルベルト、リゼ・フォン・アルコー。マリーダが暴走しないよう、しかと監督するように」

「「はい！」」

「なぜじゃ！　兄様！　妾は間違ったことは言うておらぬはずじゃぞ！」

その後、魔王陛下の私室で酒宴を楽しんだが、ほとんどの時間、マリーダが愛人にした者たちの話をしているのを魔王陛下が聞き役に回っているといった感じだった。

酒宴を終えた俺たちは、翌日には早々に帝都をたち、アシュレイ城へ帰還することにした。

「アルコー家の家臣と農民兵を査察隊として動員するね。総勢250名。装備は完全武装」

「ああ、頼む。今回はアルコー家に頑張ってもらわないといけないからな」

帝都から戻った俺たちは、すぐさまフロイガ家強制査察の準備を進めていた。

リゼが書き上げた書状をリュミナスが受け取る。

「リュミナスちゃん、スラトの代官に動員の書状を届けてきて。表向きはオレがアシュレイ領内でエルウィン家と合同軍事演習するって内容にしてある。相手に気取られないようにしないとね」

リゼも強制査察を電撃的に行うため、味方にも情報秘匿を徹底した。

「はい！　すぐに届けてきます」

書状を受け取ったリュミナスが執務室からスッと姿を消す。

秘伝の技で常人よりも速く移動できるゴシュート族であるため、スラト領には明日には届くはずだ。

「動員完了から、指定地点まで到着するのに5日くらいはかかるはず。オレの家はマリーダ姉様のところみたいに迅速に動けないから、ごめん」

「強制査察の情報さえ漏洩しなかったら、問題はない。フロイガ家もまだ裏切りの準備中だしね。5日後でもこっちが余裕で先手を取れる」

「アルベルト、妾らは待ちぼうけなのか？」

合同軍事演習という名目なのでエルウィン家も動員するのだが、フロイガ家の強制査察には、マリーダ以外同行はしない予定だ。

動員した鬼人族たちが戦う本命の敵は、フロイガ家の裏切りと歩調を合わせてアルコー家に攻め寄せてくるであろうアレクサ王国軍。

去年のいくさ以上に、エルウィン家の恐怖をアレクサ王国軍に覚えさせるつもりだ。

「大丈夫、ちゃんとアルベルト様が美味しいご馳走を用意しております」

リシェールの言葉を聞いたマリーダの顔がパッと明るくなった。

「そのご馳走は本当に美味しいのじゃろうな？　この前のような半端なのは要らぬぞ」

「ええ、それなりに骨があると思いますよ」

「そうか、なら叔父上やラトールも満足するじゃろうな。演習日が楽しみじゃのう」

それから、関係各所に通達を出し、紅水晶月（一〇月）の20日に合同軍事演習をすることになった。


合同軍事演習の当日、集結場所に選ばれたフロイガ家との領境の近くの平原では奇声をあげる鬼人族と、アルコー家の軍勢が集まっていた。

「相変わらず、鬼人族の人たちは騒がしいな」

『勇者の剣』の残党の調査を任せていたワリドが、報告のため姿を現した。

「ワリドか。騒がしくてすまないな。ところでフロイガ家に向かった『勇者の剣』の残党の動きはどうだ？」

「アルベルト殿の流した噂で、『勇者の剣』から分派した者たちは、ほとんどフロイガ家に匿われて潜伏しておるぞ」

「潜伏場所の特定はできてるかい？」

「ああ、できている。分派した『勇者の剣』の残党は、バフスト領南部の親アレクサ王国派の村長たちが匿っている。北部の村長たちは受け入れなかった」

「ふむ、やはりか……。そうなると、北部は無視して、南部の農村を電撃的に査察しようか」

「バフスト領南部の農村で残党を多く匿っているところは確認してある。すぐに踏み込めば証拠を掴めるはずだ」

エランシア帝国監察官の旗を立てれば、フロイガ家の領内を移動しても通常の監察業務だと思われるだろうから、しばらくは目をくらませるはずだ。

その間に南部の農村に隠れた『勇者の剣』の残党と村長たちを捕え、非合法組織を匿った罪でグライゼの首を一気に挙げるとしよう。

「フロイガ家処罰の準備は万全のようだな。あと、アレクサ王国軍はどうだい？」

「フロイガ家との交渉がまとまり、ティアナからすでに王国軍１０００名ほどの規模で出兵、途中、周辺領主の兵を集め２０００名ほどの規模でスラト領に向かっている」

よしよし、エルウィン家に戦士たちにふるまうご馳走も釣り出せたようだ。

「その戦力なら奇襲をかけるエルウィン家の負けはないね。では、フロイガ家の使者を装った者の用意はできてるよね？」

「ああ、用意してある。今日には、ブロリッシュ侯爵の手元に偽の内応時期を示した書簡が届くはずだ。アレクサ王国軍が鈍足であっても５日あれば、スラト領近くに到着すると思われるな」

　ということは3日でグライゼを討ち取り、首だけにして、リゼにバフスト領を制圧させないといけない。

「時間がもったいない。さっそく作戦開始としよう。リゼが正規の監察官なので下知を頼む」

　近くにいたリゼに作戦の発動の下知を頼んだ。

「あ、ああ。分かった。これより、合同軍事演習から予定を変更し、エランシア帝国皇帝陛下の勅命を受け、『勇者の剣』の残党を匿っているとの疑惑があるフロイガ家への強制査察を始める！　アルコー家の者はオレに続け！」

　皇帝より任命された者しか使えない、監察官専用の旗を揚げさせたリゼが自家の兵を率いてフロイガ家領内へ進軍していく。

「エルウィン家の兵は叔父上の指揮に従い、アルベルトが指示した地点に隠れ潜み、アレクサ王国軍が到着するのを待つのじゃ！　叔父上、ラトール、アルベルトの指示があるまでけっしていくさを仕掛けるでないぞ。軍法破りは特別反省室じゃからのぅ」

　山の民の領域でのいくさで、命令違反を問われたブレストもラトールも、特別反省室5日の刑に処されたので、少しは反省しているらしく大人しく頷いた。

「ワシ、タタカウ、アルベルト、シジマツ、リョウカイシタ」

「オレモ、リョウカイシタ」

ロボットのような返答を返してきたのが、心持ち不安であるが、連絡役としてワリドも付けるので、暴走はしないはずだと思いたい。

「ワリド、2人を頼む」

「承知した。連絡はリュミナスと密に取らせてもらう」

ブレストは連絡役のワリドを引き連れ、騒ぐ鬼人族たちを黙らせると、息子とともにスラト領の俺が指定した地点に向けて駆け出していった。

「よしよし、これで妾はフロイガ家でも暴れて、アレクサ王国軍とも戦えるのじゃな。うひひ、腕が鳴るのじゃ！」

一番暴走しそうな人は、俺が手綱を握るので何とか大丈夫だろう。

「さぁ、マリーダ様、リュミナス、リゼに追いつかないと」

「ひゃっほー！　いくさじゃ！　いくさじゃ！」

自分の馬に乗り込んだマリーダが、大剣を振り回して、リゼのあとを追っていく。

「アルベルト様、馬車へどうぞ」

「ああ、行こうか」

俺はリュミナスとともに馬車へ乗り込むと、マリーダの後を追った。

「こんちわー、エランシア帝国の監察官リゼ・フォン・アルコーです。ほら、そこ動かないでー。変な動きすると鮮血鬼マリーダ姉様の剣のサビにされるよ！　止まって！」

扉を開けた先には、数人の男女が暖炉を囲んで食事をしていた。

子供から老人まで揃い、まさに家族団欒の真っ最中だ。

監察官リゼは、ワリドがピックアップしてた親アレクサ王国派の村長の家の中に、兵たちを連れ、ずかずかと入っていく。

「いやぁ、夜分遅くにすみません。エランシア帝国の皇帝陛下が、この村のよからぬ噂を気にされまして。オレに調べてきて欲しいとの勅命が出てます。ご協力お願いしますね？」

「え？　え？　エランシア帝国の監察官殿⁉　え？　え？」

家の住民たちが混乱している間に、アルコー家の武装兵が、村長一家が不審な動きをしないように出入口を固めた。

「いやあ、お食事中に申し訳ないね。白いパンに、牛肉のステーキ。付け合わせは、新鮮野菜のサラダ。上質なワインまである。うーん、実によいものを食べているね」

「エランシア帝国の強制査察とはどういうことですか？　ここはフロイガ家に属する村ですぞ……。このことをグライゼ殿は知っておられるのか？」

村長はエランシア帝国の監察官を名乗ったリゼを見て動揺しており、顔から変な汗が滴り落ちていた。

どう見ても、心にやましいことを隠した様子である。

まぁ、この家にはエランシア帝国で非合法組織化され、匿えば死罪とされる『勇者の剣』の残党を匿っていることは把握してるし、焦るのはしょうがないね。

家の中には全員で12名。ワリドの部下が集めた情報によれば、この家の住民は4名だ。

つまり、この家の中に、『勇者の剣』の残党が8名ほどいるのは確認済みである。

「はい。そこ動かない。そちらの8名。ちょっとこちらへ……。オレの質問に答えてくれる？拒否権はないからね。拒否すれば、剣のサビだから大人しく従って」

リゼが残党8名を指差し、別室での『お話』をお願いすると、村長の顔がこわばるのが見て取れた。

「こ、この者たちは私の遠い親戚で……。今日は泊まりにきているだけですが……」

リゼが指を鳴らすと、残党の者たちを家臣に取り押さえさせる。

「村長さん、悪いけどもう全部バレてるから。『勇者の剣』に関係した者を匿えば死罪。知らないわけないよね？」

リゼが鋭い眼光で村長を見据える。

その姿は、凛々しい若い騎士様のように見栄えがする格好だった。

「ひぃ！」

すべてがバレていると言われた村長が、抵抗することもなく腰を抜かして床にへたり込む。

「分かってもらえたようじゃな。抵抗してもよいのじゃぞ。その方が、妾が楽しめるからのう」

マリーダが大剣を杖代わりにして、アルコー家の武装兵が、捕えた残党たちに縄を打つのを見守っていた。

残党として拘束された者は、まだシラを切り通そうと、口を噤んでされるがままであった。

「シラを切っても無駄ですよ。この村に匿われているのは、山の民のフェラー族の者たちだと把握しております。もちろん、この家以外の場所にも武装兵が捕縛に向かってますので」

シラを切り通そうとしていた者たちの身体が震え出す。

俺の手元には、ゴシュート族とワリハラ族が調べ上げた残党たちのリストがあり、目の前の者は逃げ出した強硬派の一員だった。

最終確認のため、同行させたワリハラ族出身の諜報員に面通しさせる。

頷いた。はい。クロ決定。

「連行しろ」

リゼの指示で縄を打った者が家から出たことを見届けると、リゼとともに、ゆっくりと村長に向き直る。

リゼが腰の剣を引き抜くと、村長の首筋に当てた。

「さて、村長殿。貴方も残党を匿った罪で捕えさせてもらうよ」

「グゥ！　それは……。領主グライゼ様も承知されたことか？」

「では、貴方に問いますが、領主グライゼ殿は、エランシア帝国皇帝陛下より偉いのか？　どうなの？　オレの問いに答えて」

「そ、それは……」

領主グライゼに焚きつけられ、反乱準備にひた走ってきた村長は、生きた心地がしないだろう。

「リゼ様、ありました。『勇者の剣』の刻印入り金塊とグライゼの署名の入った書状です」

家探しをしていた武装兵が、探し求めていた証拠を発見してくれた。

ご丁寧に取ってあった書状には、匿っていた『勇者の剣』の残党を兵として使い、アレクサ王国軍に内応し、エランシア帝国の領土を掠めとる計画が記されている。

「そ、それは!?　違う。違うのだ！」

「おやおや。『勇者の剣』の残党を匿っただけでなく、反乱の証拠まで出ちゃったね。アルベルト、反乱を計画した重罪人はエランシア帝国法だとどうなるんだっけ？」

「一族郎党老若男女問わず、すべて死罪となっていますな」

「ひぃい……違うんです。違うんです。グライゼ殿が力を貸せとうるさく申されるから、『勇者の剣』の残党を匿ってただけですぅ。エランシア帝国に対し反乱などと考えておりません」

「証拠が出たので斬ってよいな」

証拠の存在を確認した村長の首に、マリーダが愛用の大剣の刃を突き付ける。

「ひぃぃぃぃい！　いやあああああっ！」

刃を突き付けられた恐怖で失禁した村長がへたり込むと、床に頭を擦り付け命乞いを始めた。

そんな村長の肩をポンポンと軽く俺は叩く。

「悪いことをした時、誤魔化す方法があるでしょ？　誠意ってやつ？　見せてもらえますよね？　気持ちでいいんですよ。気持ちで」

『勇者の剣』の残党が持ち込んだ財宝の一部が、村長に渡っていることも把握している。

監察官業務として非合法組織から受け取った金銭、食糧は没収せねばならない。

まぁ、誠意を出しても、ここで斬り捨てられるか、グライゼと一緒に首にされるまで時間が延びるだけなんだがな。

甘い言葉に乗るやつが悪い。

「で、村長殿の誠意はいかほどになります？　副監察官殿は気が短いのですよ」

「は、はい。半分差し出します。これでなにとぞお許しを」

地面に額を擦り付けて土下座をする村長。だが、誠意の額は足りなかった。

「半分じゃと？　ならば、妾はお主の半分だけを助けるとしようかのぅ」

マリーダが誠意の額に不満を感じ、村長の脳天に大剣の刃を載せた。

「ぜ、全部出します！　すべて差し出します。ですから、命ばかりはお助けを！　お願いします！」

「頑張れば出せるじゃないですか。よかったですね。今のところは身体を半分にされずにすみそうですよ」

俺は土下座したままカタカタ震えて縮こまっている村長の肩を再び軽く叩いた。

「寛大なご処置。ありがとうございます」

摘発は無事終了し、村長一族は全員が捕縛され、村に潜伏していた100名の残党も逃げ出す前に捕縛された。

村長たちが連れていかれる荷馬車の列を、村民たちが不安そうに見ている。

「あーすみません。お騒がせしております。エランシア帝国への反乱容疑で村長は逮捕されました。『勇者の剣』の残党も逮捕しました」

ざわざわと話し合う村人たちの顔に不安が広がる。

「あー、安心してください。こちらの指示に従えば、村人への連座は適用されませんからご安心を」

「反乱容疑……村長が?」

「ええ、そうです。貴方がたは何も心配する必要はありません」

「ほんとけ?」

「はい。ですが……」

俺は満面の笑顔から、一気に表情を引き締めた。

村人たちの注目を集め、不安を助長するよう、わざと沈黙を作っていく。

誰かが唾を呑み込む音が聞こえた。それと同時に喋り出す。

「村長たち以外に、エランシア帝国へ反乱を企てている人はいませんよね？」

「反乱なんて滅相もない！」

「なら、安心ですね」

村人たちから安堵の声が広がる。

「それと、信仰の自由は今まで通り保証されますが、『勇者の剣』は信仰することが許されない非合法組織とされました。これだけは、キチンと守ってくださいね」

村人たちは、上下に勢いよく首を振って応えてくれた。

とりあえず、指揮官になる村長たちを切り離し、農村での反乱蜂起の芽は徹底的に摘んでおかねばならない。

外にたむろっていた村人へ伝えることは伝えたので、今回の電撃強制査察の功績者のところへ向かった。

「さて、君は父親を売ったわけだが、それで一族郎党の死罪を免れると思うか？」

俺の言葉に、深々と頭を垂れる村長の息子。

彼はすでに一家を構えて別の家に住んでいた。

今回の父親の反乱加担に気付き、ワリドに内部情報を提供した張本人である。

自分の父親が、領主の口車に乗り、反乱を企て非合法組織を村に受け入れ、一族を危機に陥れたのが許せなかったようだ。

「いいえ、息子である私も連座で死罪を賜るものと思っております」

普通の農民かと思ったけれど、修羅場でも顔色を変えない男は、わりと実戦でも使えるやつかもしれない。

「お前の一族を死罪から助けるための条件は1つ。他の村長やフロイガ家当主グライゼの捕縛のため、村民を率いて監察官リゼ・フォン・アルコーの指揮下に入れ。反乱を起こそうとする者を捕縛する手伝いをすれば、お前の罪は許そう。ただ、父親と兄弟には責任を負ってもらうぞ」

「承知しました。リゼ様の指揮下に入り、このバフスト領にいる反乱者たちを捕えます」

村長の息子は胆が据わっているようだ。実父や兄弟の死罪を提示しても顔色を変えないでいる。

冷静に自分たちの一族が置かれた状況を把握し、実父や兄弟の命よりも、俺たちに協力して一族の延命を図る方を選んだようだ。

「私を裏切れば待つのは死だ。うちの情報網は身をもって知っただろう」

「はっ！　裏切りを画策すれば、翌日には私は死体になっております」

「そうだ。だから、しっかりと反乱者狩りに励め」

家に入ってきたマリーダが、俺に耳打ちしてくる。

「甘すぎじゃぞ。反乱者の息子なのじゃぞ。もっと厳しく処罰しなくてもよいのか？」

「構いませんよ。自らが信用した者に裏切られたら、私の眼が節穴だっただけのことです」

俺の言葉を聞いた村長の息子がハッと顔を上げ、ブワっと涙を流した。

人を使うには心を掴むが上策。何が人の心を掴むかって？

そらあ、信頼と誉め言葉よ。『任せる。責任は俺が取るから自由にやれ』と『お前に任せてよかった』は、俺がサラリーマン時代に、上司から1度も言ってもらえなかった言葉だ。

その教訓をもとに村長の息子には期待を与えておいた。

もちろん、気付かれないように裏切りの予防策だけは張ってある。

「アルベルト様！　ありがとうございます。誠心誠意、働かせてもらいます」

村長の息子は家を出ていくと、すぐに村民を集め、武装させ、リゼの指揮下に入った。

アルコー家によるフロイガ家への強制査察は、迅速に行われ、翌日には反乱を企てていたバフスト領の村長一族たち１００名と、『勇者の剣』の残党４００名を捕縛した。

これだけ迅速に捕縛ができた理由は、村長の息子君が超絶有能な指揮官だったからだ。

反乱者狩りに励めと言ったら、励みまくったらしい。

思わぬ場所で出会った才能であるため、いろいろ後処理が終わったら面談してみようと思う。

電撃強制査察を完遂した監察官のリゼに、バフスト領のことを任せると、俺たちはわずかな家臣とともに逃げたグライゼ・フロイガを追い駆けた。

「ほれ、ほれ、逃げられぬぞ！」

先行するマリーダが単騎で駆け、騎馬で逃げているグライゼの家臣たちの首を飛ばしていく。

その動きは牧羊犬が羊の群れを追い立てていくようであった。

「鮮血鬼にかまうな。アレクサ王国に入れば、追撃は止む！」

逃げるグライゼは、脱落する家臣を振り返ろうともせずに、マリーダの追撃を振り切るため速度をあげた。

俺はその様子を、走る馬車の中からリュミナスとともに見ている。

護衛を含め追撃隊は10名ほどだが、マリーダがいるので20名ほどのグライゼの家臣団に負けることはない。

馬車の速度を上げ、追撃しているマリーダの横に付くと声をかける。

「マリーダ様、遊んでる時間はありませんので、とっとと討ち取ってください。ご馳走を食べるのに間に合いませんよ」

偽の内応の使者に釣り出されたアレクサ王国軍の到着までに、グライゼの処理を終えねばならないため、時間をかけている暇はないのだ。

「そうじゃった。遊んでいる時間はなかったのじゃ！」

マリーダが、懐から先の尖った棒状の鉄を取り出す。

ワリドたちゴシュート族が護身用に使う投擲《とうてき》武器を、マリーダが気に入ったため、自分用に作らせたものである。

俺の記憶だと、棒手裏剣って忍者の武器とピッタリ同じ形状なんだけどね。

狙いを定めたマリーダが棒手裏剣を投擲すると、逃げるグライゼ家の家臣の背中に突き刺さり、落馬して地面を転がっていった。

「集まるな！　後ろから狙い撃ちにされる！　離れろ！」

家臣が棒手裏剣の餌食になったことを知ったグライゼが、散開を指示するが、時すでに遅し。

「兄様を裏切る輩は、妾が絶対に許さぬ！」

「がはっ！」

狙いすましたマリーダの棒手裏剣の一投が、グライゼの後頭部に突き立った。

騎馬から振り落とされたグライゼが地面を転がる。

残った家臣たちは、主を殺された復讐をするため、マリーダに挑みかかったが、大剣の餌食となって地面に倒れた。

「ふぅ、終わったのじゃ」

追いついたゴシュート族の護衛が、地面に落ちたグライゼの首を落とし、首桶に入れていく。

「まだですよ。ご馳走がこちらに向かってますので、遅れぬよう急ぎましょう」

「父からの伝言では、アレクサ王国軍は斥候兵も出さず潜伏地点に接近しているそうです」

「戦場に遅れてはならん！　休憩なしで急ぐのじゃ！　グライゼの家臣どもの首は捨ておけ！」

グライゼの首だけ回収した俺たちは、エルウィン家の兵が潜伏している地点を目指した。

「ぐふふ、うまそうなご馳走が歩いておるのぅ。たらふく食ってもよいのか？」

「ええ、構いませんよ。徹底的にやっておいてください。ティアナのアレクサ王国軍がいなくなれば、周辺の領主はエランシア帝国にちょっかいを出さなくなるはずですので」

俺たちはグライゼを討ち、そのまま移動を続け、スラト領に潜伏しているエルウィン家の軍と合流を果たした。

今はアレクサ王国軍が、街道上をスラト領へ向け、進軍するのを見下ろせる山の上に潜んでいる。

敵軍は、ワリドが放った偽の使者により、スラト領にアルコー家の兵がおらず、エルウィン家の兵もグライゼ討伐で動けないと思って進軍している。

そのため、峡谷を通過する隘路《あいろ》であるのに、周囲に斥候を出して警戒するそぶりすら見せていなかった。

「はぁ、はぁはぁ、アルベルト、もうやっていいか？　あんまり待つと、あの馬鹿親父が先走るって」

特別反省室の後遺症が抜けたラトールが、眼下の敵を襲いたくて目を血走らせている。

「ラトールの言う通りじゃ、反対側の山麓に陣取る叔父上が、あのようにうまそうな相手を見て、ワリドの制止を押し切るのが目に浮かぶのじゃ」

「はいはい、分かりましたよ。では、作戦第一段階開始！」

「よし！　岩を落とすのじゃ！　敵を分断せよ！」

戦場でもよく通るマリーダの号令で、力自慢の鬼人族が崖の上から隘路を進むアレクサ王国軍へ向けて岩を押し出す。

派手な音を出して崖を転がり落ちていく岩は、隘路を進んでいたアレクサ王国軍を5つに分断することに成功した。

「て、敵襲！　敵が潜んでいるぞ！　警戒しろ！　隊列を整えろ！」

「こっちは岩に塞がれて下がれません！」

「こちらは前が塞がれていますっ！　どこへ行けば！」

スラト領へ入る街道でも一番の隘路で、岩によって塞がれたことでアレクサ王国軍は身動きが取れなくなっている。

「リュミナス、ワリドへ鏡通信を頼む」

「はい、すぐに送ります」

リュミナスが、反対側の山に陣取るブレストたちへ作戦の開始を告げるため、日光を鏡で反射して潜伏地点に合図を送った。

すぐにブレストたちが配置に就くと、燃える水とされる石油が入った壺がアレクサ王国軍へいくつも投げ入れられ、同時に火矢が降り注ぐ。

「火だ！　燃えてるぞ！　このままだと火に巻かれる！」

「どこもかしこも燃えてる！　どこに逃げるんだよっ！」

「撤退しろ！　撤退！」

「馬鹿、下がるな！　進め！　前進するしか道はないぞ！」

岩と火で道を塞がれ、前進も後退もできないアレクサ王国軍が眼下で右往左往しているのが見えた。

「よく燃えておるのじゃ！　山の民たちが使っておった、あの黒い水は使えるのぅ」

勢いよく燃える黒い水は、山の民たちが、自然に湧き出している場所を見つけ、明かりや燃料として使っているものだ。

サイドビジネスを考えてる時に、ワリドが持ち込んだ燃える水の存在を知り、今回の火計に利用させてもらった。

「アルベルト、マリーダ姉さん！　オレらは最後尾の敵を狩っていいんだよな！」

計略の成功を見たラトールが、唯一逃げ道がある最後尾の敵を指差して、出陣を促してくる。

「ああ、やってよし。マリーダ様も今回は逃げ惑う兵が相手ですから、やれるだけやってきていいですよ」

「よっしゃあああああっ！　行くぞ、お前ら！」

「ラトール、皆の者、敵の首は早い者勝ちなのじゃ！　お先にー」

「マリーダ姉さん、ズルいぞ！　遅れるなっ！　全部持って行かれるぞ！」

「「「おぉ！」」」

鬼人族の兵を率いたラトールが、マリーダに続いて崖を駆け下っていく。

「私たちはこの場から狙撃だ。全員弓を持って射ちまくれ」

護衛として従えているリュミナスと、ゴシュート族の者たちが、弓を構えて火に巻かれまいと逃げ惑うアレクサ兵へ矢の雨を降らした。

俺自身も弓を手に取り、矢をつがえると、敵兵へ向け矢を放つ。

火矢を放ち終えたブレストたちは、マリーダたちとは逆の先頭を進んでいた部隊へ攻撃を開始したようだ。

火に巻かれ焼き尽くされていく兵の断末魔の叫びと、鬼人族の武器によって切り裂かれた兵たちから放たれる悪臭が峡谷の中を埋め尽くしていく。

「このいくさで、エルウィンの鬼の怖さを、アレクサ王国は再認識するだろうな」

「はい、少なくともザーツバルム地方の領主たちは、この結果を知り、エルウィン家の力に恐怖するかと思います」

「反オルグスの機運を高めるよう、今回の敗戦も彼のせいだと噂を流さないとね」

「はい、マルジェ商会のアレクサ班が、すでにリシェールさんからの指示で動いております」

さすがリシェールというところだ。アレクサ王国を2つに割って弱めたい、俺の意図を察してくれている。

「そうか、そうか。それはいいことだ」

リュミナスの報告を聞きながら、俺は矢を射るのをやめ、鬼人族に攻め立てられるアレクサ王国軍に視線を向けた。

※マリーダ視点

「さって、美味しいご馳走を独り占めにせねばならんのぅ。まだまだ、この大剣に血を吸わせねばならんのだ」

兵たちに先駆けて崖を下り、アルベルトたちの放つ矢を避け、隘路から逃げ出してきた敵兵の姿を見て、舌なめずりをする。

「ヒャッハー！　狩り放題なのじゃ！　妾の剣を受けたい者は前に出よ！」

「マリーダ姉さん！　オレの分は残してくれよっ！」

少し遅れて崖の下にきたラトールもいくさに逸り、敵を見る目が充血している。

この様子じゃと、兵どもの指揮をせよとアルベルトに言われているのを忘れておるようじゃの。

　アルベルトは、ラトールを将として鍛えたいと申しておったし、妾の首稼ぎを邪魔させるわけにもいかぬ。

「ラトールは兵どもを率いるようにと、アルベルトから言われておるだろう。サボったら、特別反省室行きなのじゃ！」

「クッ！　アルベルトの指示は無視できねぇ！　お前ら、ここはマリーダ姉さんに任せ、オレたちは敵の脱出路を先に押さえるぞ！」

　ラトールは、この前の特別反省室入りが、相当懲りたようじゃの。青い顔をしていそいそと兵たちを指揮して脱出路の封鎖を始めたようじゃな。

「よい判断じゃ！　そちらに追い立ててやるから待っておれ！」

　大剣を肩に担ぐと、逃げ惑う敵兵たちの前に身を晒した。

「妾はエランシア帝国女男爵マリーダ・フォン・エルウィンなのじゃ！　腕に覚えのある者は進み出よ！」

「鮮血鬼マリーダ！　こっちは鮮血鬼マリーダがいるぞっ！」

「あんなのがいたら、ここからは逃げ出せないだろ！」

「ほ、他の道を探せ！　馬鹿！　押すな！　鮮血鬼がいるんだっ！　下がれ！」

　こちらの姿を見た敵兵たちが、逃げる足を止め、怯えた顔を見せた。

アレクサの男どもは骨がないのう。戦う前から逃げ腰の連中ばかりじゃ。これでは今回も中途半端になりそうなのじゃ。

「はぁー、クソ雑魚しかおらぬのぅ。ご馳走だと言われて、遠路はるばる駆けてきた妾の落胆がそなたらに分かるか——のぅ！」

別の道から逃げようとして足を止めていた騎士に飛びかかると、上段から剣を振り下ろす。

鎧に身を包んだ騎士ごと、真っ二つに断ち斬った。

何もできずに真っ二つにされ、絶命した騎士の身体を仲間の方へ蹴り飛ばす。

大剣に付いた血を振って落とすと、敵兵に突き付ける。

「妾は非常に失望しておる！　それでも戦うために集められた兵士か！　敵に怯え、逃げ出そうとするのはけしからん！　妾がその根性を叩き直してやるのじゃ！」

剣を構えると、息を止めて走り出し、20～30名の敵兵集団へ一気に近づく。

そのまま、大剣の刃が届く範囲にいた兵士たちの胴を横薙ぎに両断した。

ムッとするような血と汚物の臭いが周囲に広がる。

「ひっ！　鬼だ！　悪魔がいるっ！」

「殺さないでくれ！　頼む！　国には家族がっ！」

「嘘だっ！　嘘だ！　嘘だ！　こんな生物が存在していいわけがないっ！」

目の前で集団ごと仲間が斬られ地面に倒れたことを見た敵兵たちが、泣き叫びながら後ずさりをしていく。

「次は誰が妾の獲物になるのじゃ」

周囲の敵兵に視線を送ると、皆が首を振る。

張り合いがないのじゃ！　アレクサの連中は随分と質が下がったのぅ。

「面白くないのじゃ！　ヒリヒリするような勇士はおらんのかぁっ！」

ビクついた兵士たちをかき分けるように、図体のやたらとでかい兵士が進み出てくる。

「お前が鮮血鬼か！　ようやく戦場で出会えたな」

巨大な金属槌を持った大男は、亜人であった。

あの身体のデカさを見ると、エランシア帝国北部の巨人族の出身かのぅ。帝国で問題を起こして逃げ、傭兵としてアレクサにいたやつを雇い入れたのかもしれんな。

「妾が鮮血鬼マリーダ・フォン・エルウィンで間違いないのじゃ」

「お前の首を挙げれば、オレは一躍《いちやく》領主様だ！　その首、この大槌のドーンマがもらい受ける！」

同じ国の出身であろうが、戦場で敵となれば、戦いを遠慮するのは失礼じゃし、あの様子だと、多少はやれるようじゃ。

歯応えのありそうな相手の出現に口元が綻んでくる。

「妾の首を獲るには、ちと腕が足らぬが少し遊んでやろう。えーっと、ノロマだったか？」

「ドーンマだっ！」

怒気を見せたドーンマが大きな金属槌を振り下ろす。

速度こそ速かったが、単調な振り下ろしのため、わずかな身体の動きで避ける。

「鋭い振りじゃが、それでは妾は捉えられんのじゃ。ほれ、もっとこい」

相手を挑発するため、地面に突き立てた大剣に寄りかかる。

激昂したドーンマが、再び金属槌を大きく振りかぶる。

「馬鹿にしやがってっ！　この野郎っ！」

「妾はおなごじゃ！　野郎ではないっ！　言葉に気を付けよっ！」

振りかぶって、がら空きになったドーンマの顔面を殴打した。

「げふぅっ！」

あごの骨が砕ける感触とともに、金属槌を振り上げていたドーンマがバランスを崩す。

「まだ、倒れてはならんのじゃ！　ほれ、しっかりと立て！」

倒れかけたドーンマの首筋を掴み、こちらに引き寄せると、腹部に膝を打ち込んだ。

「げはっ！」

腹部に妾の膝を受けたドーンマの口から、大量の血と胃液が混じったものが吐き出される。

「妾の首を獲らねば領主にはなれぬのじゃぞ。もっと、頑張れ！」

「このくほあまがぁ！　ふっころしてやる！」

怒りを見せ、目を血走らせたドーンマが、確実に当てるために横薙ぎに金属槌を振る。

「顎が砕け、言葉がちゃんと喋れないようじゃが、今のは妾に対する暴言じゃ。妾への暴言は万死に値すると知れ！」

ドーンマが全力で横薙ぎに振った金属槌を、素手で軽く受け止める。

「はけものかっ⁉」

「腰の入っておらぬ攻撃なぞ、妾には通じぬのじゃ！　愚か者めっ！」

相手の金属槌を奪い取り、そのまま握り潰して丸めて球にすると思いっきり蹴り出した。

蹴り出された金属の球は、ドーンマの身体に風穴を開け、背後にいた兵士数十名の命も一緒に奪って崖にめり込んだ。

「ひ、人じゃねえっ！　やっぱ、人じゃねえ！　鬼だ！　邪神の使いに違いないっ！　逃げるが勝ちだ！　相手をするな！」

「向こうでブロリッシュ侯爵様が、敗走中の味方の兵をまとめておられるらしいぞ！　そっちに合流すれば助かるはずだっ！　急げ！　鮮血鬼は無視しろ！」

怯えて動けなくなったアレクサ兵に声をかけたのは、動員された国境領主らしい男だった。

男が指差した先には、アレクサ王国軍の大将旗が翻っているのが見えた。

どうやらラトールが率いた兵たちが、脱出路を先に押さえたため、離脱できずにいる様子だった。

「ほほぅ、大将はあそこか。では、一騎駆けをして首をもらうとしようかのぅ！　大将首を挙げればアルベルトも兄様も喜んでくれるじゃろうて！」

地面に刺していた大剣を引き抜くと、大将旗に向け、落石で落ちた岩を避けつつ、邪魔となる敵兵を蹴散らしながら突き進んだ。

逃げ惑う敵兵たちを薙ぎ払い、大将旗に近づくと、華美な鎧を着て、馬に跨る男の姿が見えてきた。

「妾はエランシア帝国女男爵、マリーダ・フォン・エルウィンなのじゃ！　そこの騎馬に乗った騎士に一騎打ちを所望するぅ！」

妾を遮ろうとした護衛の騎士に向け、太ももから取り出した棒状の鉄の突起物を投げつける。

棒状の突起物は護衛の騎士の首筋に突き立ち、勢いよく血を噴き上げて地面に倒れ込んだ。

「敵将襲撃！　ブロリッシュ侯爵様を守れ！　近づけさせるな！　追い払え！」

護衛の騎士たちの指示により、周囲の兵たちが武器を持って斬りかかってきた。

さすが、大将の近くにいる兵は練度が高いのぅ。大将を守ろうとして、逃げずに妾に挑んでくる。

ようやく感じ取れるようになった殺気に、身体が反応し、頬が紅潮するのを感じた。

「ヒャッハー！　これこそ、いくさなのじゃ！　さぁ、妾にかかってくるのじゃ！　止められなければ大将の首はなくなるのじゃ！　そうなれば、このいくさはアレクサの負けじゃ！」

こちらの言葉で、敵の放つ殺気が増し、肌がヒリつく。

「戦場はこうでなければならんのじゃ！　さぁ、張り切って敵を斬るのじゃ！」

大剣を握り直し、こちらに向かってきた敵兵を薙ぎ払う。

一振りごとに数名の兵士が吹き飛び、臓物を巻き散らして地面を転がっていく。

瞬く間に周囲には、嗅ぎ慣れた血と汚物の臭いが充満した。

「妾はいくさが大好きじゃぁあああ！　もっと、斬らせるのじゃ！」

妾が大将旗に近づくたびに、敵兵の叫び声とともに血の噴水が噴き上がり続ける。

「クッ！　早く止めよ！　私が討たれたらアレクサ王国軍が壊滅する！」

ブロリッシュ侯爵と思われる馬上の騎士は、兵を指揮しつつ、脱出の機会を窺っている様子だった。

大事な大事な大将首を、妾が逃がすわけがなかろう。

近寄ってきた敵兵の身体を足場にして、空中に飛び上がると、一気にブロリッシュ侯爵の前に出る。

「逃さぬのじゃ！　その首、もらったぁああああ！」

「ひぃ！　早く追い払え！　私はここで死ぬ――」

護衛兵が近付く前に、大剣を上段に振りかぶると、そのまま馬の頭を真っ二つに両断した。

馬が斬られ、地面に投げ出されたブロリッシュ侯爵の首に大剣を突き付ける。

「動くな！　動けばブロリッシュ侯爵の首を斬るのじゃ！」

一瞬の隙で総大将を人質に取られたアレクサ兵たちは動きを止めた。

何やら身体の調子があまりよくないようじゃ。ブロリッシュ侯爵を馬ごと斬るつもりが、狙いが逸れた。

いくさの前は何ともなかったが、まさか食あたりかのぅ……。これは動けなくなる前に首を挙げて戻らねばならんのじゃ。

脱出路を固めたラトールまでは遠いか、叔父上の兵たちは炎に遮られて動きが見えぬ。

「た、助けてくれ！　身代金なら払う。頼む――」

「ブロリッシュ侯爵を殺されたくなくば、道を開けよ！」

地面に転がっていたブロリッシュ侯爵を立たせ、首に大剣を突き付けたまま、敵兵の間に空いた道を進む。

「変な気を起こすと、そなたらの総大将の首がすぐに離れるのじゃ！」

「マリーダ殿の言うことを聞け！　動かずに見守るのだ。私の命がかかっておる！」

人質のブロリッシュ侯爵も助かりたい一心で、兵たちに動かぬようにと指示を出した。

このまま、ラトールの方へ向かい、合流すれば何とかなるのぅ。

チラチラと周囲に視線を送りつつ、人質とともに敵兵の中から抜け出していく。

背後に殺気を感じ、人質とともに振り向くと、ブロリッシュ侯爵の身体に矢が突き立った。

「うぐぅ」

心臓に刺さってしもうたのぅ。味方に殺されるとはな。

矢の当たり所が悪かったブロリッシュ侯爵は身体の力が抜け、絶命した。

「自らの軍の総大将を殺す兵がおるとはな。まことに残念じゃ」

用なしになったブロリッシュ侯爵の首だけ切り離して抱えると、身体を放り出し、動揺する敵兵たちの中を駆け出した。

「お、追え！　ブロリッシュ侯爵の首を獲り返すのだ！」

　我に返った護衛の騎士が、兵たちに追撃の指示を出した。

　簡単には逃がしてもらえぬか。身体の動きが急に悪くなってきておるし、早く戻らねば。

　追いすがる敵兵に向け、棒状の突起物を投擲し、追撃を鈍らせる。

　走るたびに身体の動きが悪くなり、吐き気までこみ上げるようになってきた。

　今まで感じたことがないほどの体調の悪さじゃ。妾は何か悪い病気にかかったのか……。

　ふらつく身体と歪む視界に戦場で初めて焦りを感じ始めた。

　もう少しでラトールと合流できる。そこまで行けば――。エルウィン家の旗はどこじゃ！

　追撃を撃退しながら駆け続ける中で、視界にエルウィン家の旗が飛び込んでくる。

　旗が見えた安堵からか、足がもつれて躓いた。

「脱出路を封じるのに専念しろと言われてたから、遠くから手出しせずに見てたけど、マリーダ姉さんにしては動きが悪すぎだろ！」

　ラトールが敵兵を蹴散らしながら、駆け寄ってくるのが見える。すでに身体は鉛のように重く立っているのがやっとであった。

「久しぶりの本格的ないくさではしゃぎすぎたようじゃ！　ちと、疲れたのであとはラトールに譲ってやろう」

「マジかよ！　マリーダ姉さんが戦場で戦わないのか⁉　本当にオレがやっていいのかよ！」

　敵兵を蹴散らしエルウィン家が制圧している場所に入ると、体力の限界を感じ、地面に座り込んだ。

「妾は大将首を挙げたからのぅ！」

　大事に抱えてきたブロリッシュ侯爵の首をラトールに見せ、体調不良の件を追及されないようにした。

「くぅう！　総大将の首かよっ！　オレも突っ込めてたら挙げられたのになっ！」

「ラトールが兵たちに脱出路を押さえさせたから、首を挙げられたことは認めてやるのじゃ。なので、これよりは妾が兵たちの指揮を執る。ラトールは戦場で首を挙げてまいれ！」

「マジでいいの⁉　マリーダ姉さんの指示だから、やっていいんだよな？」

「よい、許す」

「おっしゃあああっ！　じゃあ、ちょっと首を狩ってくるわ！　指揮は頼む！」

戦斧を両手に持ったラトールが、脱出路を求め彷徨う敵兵たちの群れに突っ込んでいった。

ふぅ、体調不良の件は悟られずにすんだのぅ。下手にアルベルトに報告されては、いくさに出させてもらえなくなってしまう。

「そこの者、肩を貸せ」

近くにいた兵に声をかけ、肩を借りると立ち上がり、兵の指揮をするため視界の利く場所に移動した。

※アルベルト視点

いくさは日没前に終結し、アレクサ王国軍は甚大な被害を出しながらも血路を開き、撤退をしていった。

敵の被害は戦死者659名、捕虜312名、領主クラスの首3つ、農民兵指揮官クラス8つ、そして総大将として兵を率いたブロリッシュ侯爵の首も挙げた。

動員した2000名のうち半数以上が戦死や捕虜となり、壊滅と言える損害を与えている。

こちらの被害は戦死者0名、重傷3名、軽傷15名だった。

道を断たれ、崖上からの狙撃に気を取られ、鬼人族に討たれた者も多かったが、火に巻かれて焼死した者も半分を占め、こちらの被害は軽微だった。

アレクサ軍の壊滅による戦争終結によって、『勇者の剣』の残党と反乱勢力は、エランシア帝国領内から完全に排除された。
そして、『勇者の剣』との戦いに掛かった収支報告書がこちらになる。

対『勇者の剣』収支報告書
支出
山の民へのお土産代250万円
ワリドへの情報工作費用2980万円
サンデル神殿長への工作費4580万円
マルジェ商会員の採用費3420万円
山の民への支援費2億5000万円
出兵費用3670万円
損耗品補充費1240万円
収入
『勇者の剣』の財宝及びフロイガ家からの接収物資5億3423万円
アレクサ王国鹵獲物資売却代金3280万円
収支総計：1億5563万円増

っとまぁ、こんな感じで出費は多かったが、1億5000万円以上の利益が出た。

『勇者の剣』の対応を放置し、山の民といくさをやっていたら、赤字どころか、エルウィン家自体がひっくり返ったかもしれない。

でも、事前に情報をキャッチしていたおかげで、山の民との間に太い絆を作れた。

彼らとの絆で、新たな産物を生み出すこともできたし、エルウィン家はさらに強くなっていくはずだ。

「アルベルト、今戻ったのじゃ」

いくさが終わり天幕に戻ってきたマリーダは、敵の鮮血に染まって真っ赤であった。

「お疲れさまでした。マリーダ様たちのお力で味方は大勝利で――」

帰還したマリーダが手で口を押さえると、地面に膝を突いて、吐しゃ物をぶちまけた。

「マリーダ様⁉　どうされました⁉　おい！　誰かきてくれ！　マリーダ様の様子が変だ！」

「気分が悪いのじゃ……」

見たところ外傷はない！　だとしたら何かの病気⁉　何か感染症にかかったのか⁉　どうすればいい！　くそっ！

「誰か、頼む早くきてくれ！」

動揺した俺は血だらけのマリーダを抱き抱え、誰かを呼ぶのが精いっぱいであった。

※オルグス視点

わたしの後継者としての資質を問う声から遠ざかるため王都を出て、外征の指揮を執るために訪れていたティアナの街は、騒然とした空気に包まれた。

フロイガ家の内応に呼応して、アルコー家のスラト領を攻めたはずのアレクサ王国軍が、ボロボロになって帰還してきたからだ。

「ど、どうなっておるのだ……。話が違うではないかっ！」

「戻ってきた者の話では、スラト領へ入る直前の峡谷でエルウィン家に待ち伏せされ、岩で進軍路と退路を断たれ、火をかけられ、奇襲されました。ブロリッシュ侯爵の生死不明、ザーツバルム地方の領主たちも数名が行方知れず。兵は半数以上が戦死や捕虜、脱走したとのこと……」

「兵の半数以上だと……。壊滅ではないか……」

「まことに残念ながら、私たちの策は、エルウィン家側に筒抜けだったようです。フロイガ家当主が反乱容疑ですでに斬られたとの噂が流れてきております」

やはり国境領主程度では役に立たなかったか……。あのような話は無視するべきだった。

他人事のように報告するザザンの言葉に苛立ちが募るが、それ以上にエランシア帝国に攻め込まれるのではないかという恐怖で、足の震えが止まらない。

宿舎にしている部屋に、首桶を持った近侍たちが駆け込んできた。

「た、大変です！　オルグス殿下にと書かれた首桶が発見されました！」

「首桶だと？」

「開けますか？」

嫌な予感がしたが、首桶を開けないと、もっと面倒なことが起きそうな気がした。

「慎重に開けよ」

近侍たちに首桶を開けさせる。

中には神託の勇者を自称したブリーチが被っていた黄金の兜と書簡が入っていた。

「クソがっ！　わざわざこちらを脅すため、ご丁寧に送ってきたのか！」

首桶を蹴飛ばすと、血まみれの黄金の兜が室内を転がった。

「書簡を読みますか？」

ザザンが床に落ちた書簡を差し出してくる。奪い取ると、封を切って広げた。

内容を読み進めると、屈辱で血が逆流しそうになる。

わたしが追放に追いやった叡智の至宝アルベルトからの書簡だった。

書簡には、わたしがアレクサから追放したことを感謝しているとまで書いてある。

そして、近いうちにアルベルトがエルウィン家の鬼たちを率い、このティアナの地をもらい受け、次はわたしが床にある血塗られた黄金の兜のようになるとまで書かれていた。

「クソガァアアアア！」

「な、なにが書かれて――」

「うるさい！　黙れ！　今回の外征に対し、言いたいことは山のようにあるが、今はティアナの防備体制を整える方が先決であろう！　南部のコルシ地方の貴族にもティアナ防衛の動員をかけよ」

「南部の貴族たちもですか!?　殿下への反発がいっそう強くなりますが!?」

「ティアナ防衛に兵が足りぬだろっ！　それくらい分かるだろうが！　わたしを殺す気か！」

「でしたら、オルグス殿下は王都に戻られた方がよいかと。ティアナ防衛は私が命を賭して完遂しますので」

　ザザンは頭を地面に擦り付け、ティアナ防衛を買って出てくれたが、外征に2度も大敗したわたしが王都に帰れるわけがないのくらい分かり切っているはずだ。

　帰れば、あの妾腹の子がまたニヤケた顔でわたしを詰《なじ》り、貴族たちもそれに同調する。

　追及に対し、外征に失敗したなど口にしようものなら、信頼を失いつつある父上に廃嫡されかねない。

　だから結果を出すまでは、王都に帰ることなどできぬのだ！

「うるさい！　お前になどティアナ防衛を任せられるか！　わたしの言う通り、とっととコルシ地方の貴族たちへ動員の書簡を送れ！　期日までにティアナへ参陣せぬ者は、王国への反乱を企てる者として討伐を受けると書き添えよ！」

「は、はい。すぐにその内容にて送ります！」

わたしは手にしていたアルベルトからの書簡を破り捨てると、カタカタと勝手に震える足を自らの拳で叩いた。

第十一章　父になる決意

帝国暦二六〇年　黄玉月（一一月）

アレクサ王国軍を率いたブロリッシュ侯爵を峡谷で撃退したいくさの後、マリーダが体調不良で倒れた。

原因は不明だ。気分の悪さと食欲がないことを訴えている。

あと、やたらと酸っぱい物を欲しがり始めた。

原因不明のため、ブレストとラトールに戦場処理を任せ、俺はマリーダを連れてアシュレイ城に戻ってきた。

なお、統治者がいなくなったバフスト領は、魔王陛下の任じた代官が派遣されてくるまで、臨時で監察官のリゼが代行業務を行っている。

「アルベルト……妾は死んでしまうのか……うっぷ。つらいのじゃ」

馬車で帰還中、食べては嘔吐を繰り返し、マリーダはやつれた顔をしている。

その間、ずっと背中をさすることしかできなかった。

なんの病気だ！　クソ、薬も効いてないみたいだし、嫁が苦しんでいるのに何もできないなんて……こっちもつらい。

「大丈夫、私が絶対に死なせませんよ！」

辛そうな表情をするマリーダの手を、ぎゅっと強く握った。

「アルベルト様！　フレイ様が、マリーダ様の体調不良の原因が分かるとのことでお連れしました！」

寝室に駆け込んできたのは、病気の原因を調べていたリシェールだ。

背後にはブレストの嫁であるフレイの姿がある。

「本当か！　マリーダ様の病気は治るのか！」

俺の肩に手を置いたフレイが、ニッコリと笑う。

「治るも治らないも、マリーダのそれは病気じゃないわよ」

病気じゃない？　これだけ苦しそうにしているのに？

「マリーダ、最近月のモノはきてたの？」

「月のモノじゃと。んーっと」

マリーダが指を折って数えていく。

フレイの質問内容で、マリーダの体調不良の原因が脳裏に浮かんだ。

そうか！　いくさの後で倒れたとはいえ、そんな簡単なことも忘れてたとは！

「そうでしたか！　アルベルト様が動揺したのに釣られて、あたしも失念していました！　マリーダ様！　おめでとうございます！　これはすぐに身体を冷やさないような服を仕立ててもらわねばなりませんねっ！　縫い子さんたちに頼んできます！」

リシェールもマリーダがどういう状態なのか察したようで、部屋を飛び出していく。

「なんじゃ？　リシェールのやつどうしたのじゃ？」

本人はまだ自分の状態を認識してないらしい。

「マリーダ様、病気ではなく私の子を懐妊されたのですよ。ここに子が宿っております」

俺は優しくマリーダのお腹に手を触れた。

お腹は、まだ目立って大きくなっていないままだった。

「ななな、なんじゃとーーー！　妾は妊娠しておるのかっ！」

ぐったりとしていたマリーダだが、病気ではなく妊娠だと知ると飛び上がった。

「マリーダ様、激しい動きは厳禁ですっ！」

俺は慌ててマリーダを抱き止める。

「そういうこと。これはすぐにアレキシアス神殿の神殿長に伝えて、無事の出産を祈らないといけないわね。これは忙しくなるわよ」

フレイの視線がこちらに注がれた。

「旦那様が頑張らないといけないけどねー。アルベルト、しっかりと頑張って、供物を掴まえてきてね」

「え？　供物ってなんです？」

フレイの言葉で、俺の頭にクエスチョンマークが浮かんだが、その答えが分かるまでにしばらくの時がかかった。

マリーダの懐妊が発覚して5日。戦場処理を息子ラトールに任せ、急遽戻ってきたブレストとともに領内にある洞窟に俺はいた。

なぜ、こんなところにいるのかと言うと——マリーダの無事の出産を祝って、アレキシアス神殿に捧げる供物を取りにきているのだ。

「いやいや、あのマリーダが懐妊するとはなっ！　アルベルトも頑張りすぎだぞ。ワハハっ！」

ブレストが背中をバンバンと叩いてくるが、俺としては大事な嫁との間にできた初めての子なので、無事に生まれて欲しい気持ちでいっぱいである。

「初めてのわが子ですし、マリーダ様も無事、子も無事に生まれて欲しいのですよ。それで、この洞窟から供物を取ってくるとのことでしたが、いったい何を取るのです？」

「それは到着してからのお楽しみだ」

何度も鬼人族の者やアレキシアス神殿の関係者に供物が何かを尋ねたが、誰も俺に教えてくれず、介添人ということで一緒にきているブレストも教えてくれない。

ただ、完全武装でくるようにと言われているのと、戦闘神として祀られているアレキシアスなので何かと戦うのだろうという予想はしている。

いったい、何と戦わされるのだろうか……。鬼人族とかがやっと勝てるやつとか無理だぞ。

いや、でも嫁と子の無事を祈る供物なら頑張らねばならんか！

松明《たいまつ》を持ち、先を進むブレストの後に続いて、洞窟を進んでいくと、広い空洞に到達した。

「着いたぞ。ここが、戦闘神アレキシアス様への供物を取る場所だ」

そう言ったブレストが、設置されていたかがり火に薪を入れ、次々に灯をともす。

かがり火の明かりが奥まで届かないとなると、けっこう広い場所だな……。

それになんだか酷く臭うんだが。

かがり火の明かりが揺れ、広い空洞の中には俺の影が躍っている。

「そろそろ、何を供物にするのか教えてもらえますかね？」

かがり火に火をつけ終え、岩に腰を下ろしたブレストに、自分が何をするのかを尋ねた。

「待て、待て、じきに連中がやってくる。4～5匹くらい取れればいいぞ。ワシがラトールのためにきた時は――」

4～5匹って、やっぱり何かを倒さないといけないんだな……。

俺は腰に差した剣に手を掛け、周囲の様子に神経を研ぎ澄ます。

人並みに剣術の修行もしてきたけど、鬼人族みたいな鍛え方はしてないので不安しかない。

明かりの届かない奥の方で何かが地面を這う音が聞こえた。

「きたらしいな。やつらは飛びかかる前に身体を持ち上げるから、その時に首を落とせよ」

だから、そのやつらってなんですかってことですよっ！

音が近付いているため、声に出して反論はせず、剣をゆっくりと引き抜き構える。

ユラユラと揺れるかがり火の明かりが届く範囲に、音の主が姿を現した。

でかいっ！　でかすぎでしょ！　マジかっ！

音の主は、茶色い鱗をまとった人よりも大きな蛇であった。

こちらを敵か餌と認識したようで、舌を出して威嚇《いかく》の音を出し始める。

「おお、でかいやつが出てきたな。最近は、大きいのが減っていたが、さすがアルベルトだな。大蛇の首を供物として捧げれば、戦闘神アレキシアス様も喜んで、マリーダと子に祝福を与えてくれるはずだ！　頑張れよっ！」

くぅっ！　嫁と子供の無事のためなら、大蛇狩りの肉体労働だってやってやるさ！

威嚇音が高くなり、大蛇が身体を持ち上げ始めた。

く、くるっ！　その前——

こちらの予想以上に速く、大蛇が大きく口を開き、飛びかかってきた。

とっさに身をひるがえすが、大蛇の下あごが鎧の肩口を掠め、肩当ての一部が吹き飛ぶ。

「くっ！　速いっ！」

「ぼさっとしてると、喰われるぞ！」

ブレストの声で、大蛇の威嚇音が再び大きくなると、身体が持ち上がる。

俺の技量じゃ、あの速さを超えて先制するのは間に合わない。だったら――。

噛み付こうと飛び込んできた大蛇の口をかわし、手にした剣を斬り上げた。

鱗を貫通し、剣の刃先が大蛇の首を斬り落とす。生臭い血が俺の身体に降り注いだ。

「おぉ！　やるではないか！　だがな、そいつらは――」

どさりと地面に落ちた大蛇の首と胴体から、流れ出した血の臭いが空洞の中に充満していく。

明かりが届かない奥の方で、何かが這う音が一気に増えた。

「仲間の血の臭いに敏感でな。仲間の血を浴びたやつを襲ってくるのだ」

はっ！　聞いてませんけど！　今さっきめっちゃかぶったんですがっ！

「ここからが本番だ。アルベルト、頑張れ！　死ぬなよ！」

「マリーダ様と生まれてくる子供のため、死ねませんって！」

闇の奥から複数の這いずる音が聞こえたかと思うと、複数の大蛇の姿が明かりに照らし出された。

きたっ！　何匹だ！

先ほどのやつより小さいが、15匹以上の大蛇が威嚇音を出して、身体を持ち上げた。

ちょっと多すぎませんかねっ！　わりと無理ゲーな気がしてるんですがっ！

「大蛇の頭が多いほど、戦闘神アレキシアス様は妻と子に加護を授けてくれるからな！」

知恵を使わない脳筋イベントだが、嫁とわが子の安全のためなら、全力で取り組むしかないっ！　この医療技術が整っていない世界で、一番怖いのは出産と病気だからなっ！

「マリーダ様とわが息子のため、アルベルト・フォン・エルウィン！　いざ、まいる！」

剣を握り直した俺は身体を持ち上げた大蛇に対峙する。

神経を集中させ、飛びかかってくる大蛇の口をかわすと、剣を振り下ろして絶命させた。

「1つ！　次はどれがくる！」

戦闘下ということで、アドレナリンが湧き出し、いつも以上に身体が動く気がする。

「アルベルトも鬼人族の一員らしくなってきたな。うんうん、人族にしてはよい動きをしておるぞ」

介添人のブレストが後ろで喜んでいるが、俺は大蛇の動きを追うので精いっぱいだった。

「戦闘神アレキシアスよっ！　わが妻と子に加護を与えたまえ！」

俺自身はエゲレアの信徒として神官にまでなったが、オルグスの件でこの世界の神の存在は否定している。

そんな無神論者の俺でも、大事な嫁と子の無事を願うには神に祈りたくなるのだ。

飛びかかってくる大蛇の動きに目が慣れると、かわして無防備な身体に剣を振り下ろすだけの簡単な仕事になっていった。

「ご苦労さん。これでアルベルトも立派な父親として、子を育てることができるはずだ」

「はぁ、はぁ、はぁ。ええ、これからも頑張りますよ。妻とわが子のためにね」

合計20匹の大蛇を倒した俺は、ベコベコに凹んだ鎧と、刃こぼれした剣を杖にして、なんとか立っている状況だった。

「それにしても生臭いですね……。吐きそうですよ」

「戦闘神アレキシアス様は、人々から忌み嫌われる大蛇が大好物らしいから、仕方あるまい。ほれ、休憩はあとからでもできるから、首を拾い集めるぞ」

「はぁ、分かりましたよ。すぐに集めます」

体中が大蛇の血を浴びてものすごい臭い。

なので、すぐに身体を洗いたかったが、供物となる首を集めると、急いでアシュレイ城に戻ることになった。


「おおぉ、さすがアルベルトなのじゃ！　よくぞ、これほど大蛇の首を集めてきてくれたのじゃ！」

体調不良が妊娠からくるつわりだと知り、元気を取り戻したマリーダが、ヒラヒラのレースが付いた可愛らしい衣装を着て、俺に抱き着いてくる。

リシェールが身体を冷やさないよう、露出度を抑えた衣服を調達してくれたようだ。

「マリーダ様とわが子の無事を、戦闘神アレキシアス様に聞き届けてもらわねばなりませんからね」

「これだけ大蛇の首があれば、戦闘神アレキシアス様も大喜びなのじゃ！　皆の者、祈祷《きとう》の準備をいたせ」

「「「おぅ！」」」

城下街に作られた戦闘神アレキシアスの神殿に移動すると、神殿の前にすでに祭壇が築かれていた。

鬼人族はエランシア帝国の中でも、屈指の戦闘神アレキシアスの敬虔な信徒として知られている。

アシュレイ領の神殿は、帝都にある戦闘神アレキシアスの総本山から高位の神官を招いて神殿長をしてもらっており、神殿もかなり立派だ。

「アルベルト殿、今回集められた戦闘神アレキシアス様への供物、たしかに頂きましたぞ」

しわくちゃのおじいさんといった印象の神殿長だが、彼も鬼人族であり、戦闘神アレキシアスの神殿で行われる神官選抜試験を無敗で勝ち抜け、高位神官職に就いた脳筋戦士であった。

ちなみに俺とマリーダの結婚を認めて、祝福を授けてくれた人でもある。

「マリーダ・フォン・エルウィン様とアルベルト・フォン・エルウィン様の御子に戦闘神アレキシアスの加護があらんことを祈り、寿《ことほ》ぎの舞踏を捧げさせてもらいますっ！」

しわくちゃの神殿長が、ふんっと力むと、それまでのしなびた身体と違い、筋肉質の戦士が目の前に現れた。

神殿長が行ったのは、闘気術《とうきじゅつ》とかいう戦闘神アレキシアスの神官戦士が、編み出した技らしいけど、身体が膨らみすぎでしょ！

神殿長を筆頭に鬼人族たちも加わって、筋肉ダンスが始まっていく。

俺たちは主賓の席に座ると、マリーダの出産の無事を祝う酒宴も一緒に始まった。

「マリーダ様がアルベルト殿の子を懐妊され、これでエルウィン家も安泰だな」

「エランシア帝国最強の戦士とアレクサ王国の叡智の至宝と言われた知恵者の子であれば、さぞかし文武に長けた子に育つであろう」

「ぜひ、男子が生まれて欲しいところだ。でも、女子でもエルウィン家を継げるから、無事生まれてくれればどちらでもいいか」

鬼人族とともに、酒宴へ参加した人族の文官たちからも、喜びの声が上がっている。

俺との子が次代のエルウィン家の当主となれば、向上し始めた人族の地位も保全されると安堵しているのだろう。

寿ぎの筋肉ダンスが開催される中、介添人をしたブレストが、『生まれたら、ワシが直々に武芸を仕込んでやる』って鼻息荒く喜んでいるが、女の子だったらどうすんのさ？

マジで女の子だったら、絶対にマリーダの二の舞をさせないために武芸はやらせないし、そもそも俺は嫁なんか出さないからね！

『お嬢さんを嫁にください！』なんて、男が挨拶しにきた日には帰り道で謀殺《ぼうさつ》しちゃうよ。娘であれば『パパと結婚するー』を地でいってやる。

「マリーダ様、ここに私の子がいるんだね」

ダンスや酒宴が続いている中、俺はマリーダのお腹に耳を当てた。

大事な、大事なマイベイビーちゃん。無事、元気に生まれてくれれば、パパは十分満足だからね。

「ああ、そうじゃな。だから、しばらくはアルベルトの夜のお世話は、イレーナたちにお任せして、妾はアルベルトの大事な子を無事に産むことに専念じゃ」

「マリーダ様、アシュレイ城にいる時は、毎晩、私がマリーダ様の身体のむくみを取るマッサージをしてあげますよ。それに当主の仕事は、帝国法にある当主が政務を遂行できない事態に代行者を立てられる条項がありますので、すぐに申請しましょう！　魔王陛下にマリーダ様の懐妊をお伝えすれば、政務代行者として私が任じられるはずですので！」

マリーダにとって、過度なストレスになる政務を妊娠期間中はできればさせたくなかった。

お腹の子の生育にも悪影響が出るかもしれないし、出産という大仕事をするマリーダに負担をかけたくない。

正当な理由があるため、申請すれば間違いなく許可されるはずだ。

「妾が政務をしなくてもよいと申すか!?」

「当たり前です。私の子を産んでくれるという大事な務めがありますからね。それにわが子も大事だけど、マリーダ様も身体には細心の注意を払ってくださいよ。私のそばからいなくならないで欲しい」

出会った時は、彼女を利用して成り上がろうと思う気持ちが強かったが、1年経った今は彼女とともにずっとこの世界で生き抜いていきたいという気持ちが強くなった。

まぁ、俺の前だと、ものすごく可愛くなる嫁に、ぞっこんなわけなんですけどね。

「アルベルト……」

「いやぁ、それにしても私とマリーダ様の子はどっちかなぁー」

マリーダの懐妊に喜びすぎた俺は、ずっと彼女のお腹に耳を当てたままであった。

眼前では、寿ぎの筋肉ダンスが終わり、子孫繁栄の祝いと称した筋肉自慢コンテストが始まったが、脳内にまったく入ってこない。

筋肉より、マイベイビーの方が大事。

その後、マリーダの懐妊を祝う祝宴は夜遅くまで続くことになった。

第十二章　空証文

帝国暦二六〇年　瑠璃月（一二月）

マリーダの妊娠により、当主の政務が遅れに遅れ、代行者となった俺は怒涛《どとう》の忙しさの中にいた。

しわ寄せを受けたミレビス君も徹夜続きで頭のツヤがなくなり、イレーナの眉間の皺は深い。

文官たちも相当気が立っている。

マリーダは、バフスト領を見事に治めたリゼを伴い、フロイガ家の監査最終報告と、自らの妊娠により政務代行者を立てる申請のため、帝都にいる魔王陛下のもとを月初から訪ねている。

体調に不安こそないが、もしものことがあってはいけないので、リシェールとリュミナスが同行した。

そのマリーダたちが、無事に魔王陛下との謁見を終え、アシュレイ城に帰還してきた。

フロイガ家が取り潰された後、リゼが動揺する住民たちを落ち着かせ、バフスト領を見事に治め、派遣した代官が統治をしやすくしたことを高く評され、シュゲモリー派閥への復帰を許されたそうだ。

自家派閥への復帰を認めたということは、リゼのアルコー家も信用を得られたと思いたい。

ゆくゆくは俺とリゼの子が継ぐ家でもあるし、エルウィン家を支える大事な家の1つとなるはずなので、アルコー家もまだまだ点数稼ぎをしないといけないな。

リゼの件は喜ばしいことだが、それ以外にもっと重大事が発生したのだ。

重大事って何かって？　裏切り者のフロイガ家とともに、領内へ侵攻しようとしていたアレクサ王国軍を撃退した褒賞として、うちの当主様が、新たに領地を与えられた。

マリーダから報告を聞いた俺も思わずガッツポーズしたよ。頑張って仕込んだバフスト領がもらえるのかなって思ったからね。

俺も『領地が増えて収入も人も増えるぜ！』って、めっちゃ喜んだ。ああ、とても喜んださ。

だって、領地が増えればエルウィン家が繁栄して、うちの嫁や愛人たちにもいい服とか宝石とか買ってあげられるし、子供もいっぱい作れるじゃん。

新しい領地がもらえるってマリーダから聞いた夜は、嫁のマッサージを励んじゃったわけよ。

そりゃあもう汗だくで、せっせと励んださ。

でもさ、後日魔王陛下から届いた領地の認可状に書かれた地名を見て、俺は固まったよ。カチカチにね。

新たに下賜《かし》された領地は、ずっとバフスト領だと思ってたのだが、認可状には『アルカナ領』と書かれていたからだ。

でもこれは、領地を下賜に浮かれて聞かなかった俺が悪かったと思っている。

新たに下賜された領地が気になった俺は、鬼人族が作った精密な周辺地図で領地の場所を調べた。

やられた。やられましたよ。あのシスコン激甘なはずの魔王陛下に見事に一杯喰わされて、うちの嫁ちゃんは帰ってきましたよ。

魔王陛下が下賜してくれた『アルカナ領』はエランシア帝国の領地……じゃなかった。くそう！　あのシスコン激甘皇帝、領地の空証文を渡しやがった！　酷い！　詐欺だ！

魔王陛下から下賜された領地は、『アレクサ王国』所属の領主が治める地だ。

東隣りの辺境伯ステファンの領地と、うちとの間に楔のように打ち込まれた領地。

よくよく調べると『元エランシア帝国領、現アレクサ王国領』の領地である。

つまり、『エランシア帝国から裏切った貴族が治める地をぶん捕ってくれれば、お前にやる』って証文をもらったのを、うちの嫁ちゃんが『褒美に領地をもらった』と要約し、俺がぬか喜びしちゃったわけ。

あの状況下で『領地をもらった』って聞いたら、皇帝直轄領になったバフスト領かと思うじゃん。『勇者の剣』の残党も潰して反乱も防いだからさ。魔王陛下は乳兄妹のマリーダに甘々だし。

それが敵の領地って酷くない？　しかも、攻めるのに面倒くさそうな土地だしさ。

もらった領地が敵方だと知り、そっと枕を濡らした。

それからは、当主の代行と自らの政務をこなしつつ、年末の忙しい時期を乗り越えるため、奮闘しつつ、空証文でもらった領地をどう奪取するかの情報集めを進めていくことにした。

帝国暦二六一年　柘榴石月（一月）

ハッピイイ、ニューイヤァアアアーーー！　年が明けたぜ。

一七歳だ。ニューアルベルト・フォン・エルウィン様だ。

去年はマリーダが懐妊してくれて、やることリストの1つをクリアすることができた。

堤防や水路建設も順調に進み、開拓村の開墾も進んでおり、今年は多くの畑で収穫物が採れるとの報告も受けている。

それと、アルコー家の領地であるスラト領の度量衡を統一し、エルウィン家の商圏に取り込み、納税基礎台帳も整備できて、税収もきちんと把握できるようになったのも大きい。

あとは、山の民であるゴシュート族を俺専属の諜報組織であるマルジェ商会に雇ったことで、情報収集能力が飛躍的に上昇し、いろんな情報をもとにエルウィン家の舵取りを決められるようになった。

山の民の大首長になったワリドの娘のリュミナスもいい子だし、山の民とも今後はしっかりと協力関係を築いていきたいと思っている。

去年は大半が『勇者の剣』の壊滅を目指した謀略を仕掛けるため、各地を駆けてな感じで、回っていろいろと忙しくしていた。

そのせいで、政務の大半をイレーナとミレビス君たちに丸投げしてしまったが、年末は鬼のように仕事してなんとか帳尻を合わせた。

その頑張りの成果である帝国暦二六〇年度決算報告書を見てくれたまえ。

エルウィン家　帝国暦二六〇年決算書
人口：アシュレイ城（本領）19074名（+1261名）スラト城（アルコー家保護領）3306名　合計22380名　家臣総数：423名（+45名）農民兵最大動員数2600名（+500名）
租税収入総計：9122万円（+468万円）
租税外収入総計：7億5590万円（『勇者の剣』の財宝及び残党からの接収物資5億3423万円、アレクサ王国鹵獲物資売却代金3280万円、食糧放出品売却益1億7545万円、エランシア帝国内の香油専売利益1342万円）
収入総計：8億4712万円
人件費：1億5900万円（+1380万円）
諸雑費総計：4億9330万円（当主生活費500万円、飼料代60万円、城修繕費560万円、装備修繕費2030万円、倉庫増築費1000万円、山の民へのお土産代250万円、ワ

リドへの情報工作費用2980万円、サンデル神殿長の工作費4580万円、マルジェ商会員の採用費3420万円、山の民への支援費2億5000万円、出兵費用3670万円、堤防工事費1200万円、開拓村支援費1300万円、アルコー家とゴシュート族集落への新規街道敷設2000万円、看護兵育成費480万円、義手義足改良費300万円）
支出総計：6億5230万円
収支差し引き：1億9482万円
借入金返済：1億円
借入金残高：2億円
繰り越し金：2億264万円

前年度のうちに、アシュレイ領の村長たちの地代と人頭税のちょろまかしを撲滅したので、今年は食糧での納税物が倍増した。

新設した倉庫に収めた食糧のうち余剰な物は、山の民たちの集めた相場情報をもとに、ラインベールと酒保商人フランを通じて、計画的に放出したら、大いに利益を生み出した。

おかげで、エルウィン家の財政も好転しつつあり、長期持久体制に移行できそうである。

ただ、今回は『勇者の剣』を徹底的に潰すための謀略費用がかなりかかったので、マルジェ商会でしっかり稼ぎ、費用を捻出していかないと、また借金塗れになりそうだ。

やることリスト二六一年。
・火縄銃の実用化（試作開始→試作品完成予定）
・領内の税制改革（一部完了）
・領内の堤防水利開発（進捗3割→進捗9割到達）
・開拓村の開墾事業（進捗5割→完了予定）
・周辺情報の収集（アルカナ領とアレクサ王国の重点化）
・新たな愛人候補捜索（頑張る）
・今年も子作り（チョー頑張る）
・マリーダの出産に向けた環境作り（スーパー頑張る）

今年は待望の子供も生まれるし、将来のために、もっともっと稼いでいけるよう、いろいろと手を施さないといけないな。

頑張って空証文のアルカナ領をゲットすんぞっ！

番外編　嫁の務めとはいえ破廉恥衣装は厳しい

※マリーダ視点

「イレーナたん、リゼたん、ここがええのか？　ここが」

　執務机の両隣にイレーナとリゼを座らせ、両方の胸を揉んで今日の仕事の疲れを紛らわせている。

　朝からリシェールにこってりと絞られながら、ノルマをこなしたので、これくらいの役得はあってもいいはずなのじゃ。

　リゼたんのお胸は控え目だが、妾が毎日揉んでることで、女性らしい柔らかさを持ち始めたのう。イレーナたんは、アルベルトがしっかりと揉んでるので、蕩けるような柔らかさなのじゃ。うむ、極楽、極楽。

「あ、あの。わたくしの胸を揉まれるのはいいのですが、お仕事をきちんとなさりませんと、アルベルト様に怒られますよ」

「マリーダ姉様、オレもイレーナさんの言う通りだと思うんだ。でも、気持ちいいからいいんだけどさ」

「妾に仕事を押し付けて、城を不在にするアルベルトが悪いのじゃ。妾がどれだけ夜に寂しい思いをしておるのか、2人とも知っておるであろう」

「それは分かりますが……」

「でも、サボってるとアルベルトが帰ってきた時にねぇ」

イレーナもリゼも困った顔をした。

アルベルトが、ゴシュート族のワリドとともに、山の民の領域に向かい、すでに一か月が経った。

たまに妾のことを気にしているアルベルトから書簡が届くが、まだしばらくは向こうに滞在するとのことで、寂しい夜は続く。

「じゃからのぅ。リゼたんと、イレーナたんにちゅっちゅするのは妾の癒しなのじゃ」

2人を抱き寄せると、両方の頬にキスをした。

「マリーダ様、ここは執務室ですので口づけは……恥ずかしいです」

「そうだよ。誰かに見られたら恥ずかしくて逃げ出したくなっちゃうって」

「2人とも妾の愛人なのじゃから、見せつけてやればよいのじゃ。ほれ、唇にちゅーしてよいのじゃぞ」

目を閉じて2人の前に尖らせた唇を出す。

「そうですか。癒しですか。へー、そうですか」

リシェールの声と殺気を感じた瞬間、尖らせた唇を割って、舌が侵入した。

「んふぅ！　ひふぇーる！　なひをするのは！」

侵入したリシェールの舌は、妾の口内を暴れ回って蹂躙していく。

妾は抵抗することもできず、リシェールにされるがままであった。

「ふぅ。マリーダ様はきちんと言いつけを守るよい子のはずですよね？」

濃厚な口づけを終えたリシェールが、妖しく光る瞳でこちらを見据えてくる。

見つめられたことで、これから何をされるのかを想像し、心臓の鼓動が速まった。

「じゃ、じゃが、朝からずっと仕事をしておるのじゃぞ。息抜きくらいは――」

「息抜きですか……。そうですね。それも必要かもしれませんね。お世話係として少し厳しくしすぎたかもしれません。そうですね。息抜きも必要ですね」

リシェールが1人で納得してウンウンと頷いた。

妾はその姿を見て、寒くもないのに身体が震えるのが止まらない。

な、なにを考えておるのじゃ。リシェールが妾を甘やかすなんてことはしないはずなのじゃ。

絶対に何かを企んでおるのじゃ。

「マリーダ様、イレーナさん、リゼ様、今日のお仕事はこれくらいにして、寝室にまいりましょう」

リシェールが妾の手を取ると、寝室へと連れ込まれた。

「また、妾にこのような破廉恥な服を着せおって！　身体にピッタリとくっつきすぎな服なのじゃ！　切れ込みも上まで入っておるし、太ももが丸見えではないかっ！　これを着せられるなら裸にさせてくれなのじゃ！」

「マリーダ様のいつもの衣装も太ももは見えておりますよ」

「あれは普段着なので問題ないのじゃ！　じゃが、これは普段着とは違う！」

リシェールが、帝都の服屋から毎月新しい服を取り寄せているのを知っているが、今回の服はあまりにも異質な服で恥ずかしすぎた。

「初代皇帝陛下が、愛妾たちに着せたとされる、由緒正しいドレスを復刻させたものですよ。正式な名前はたしか……。『チャイナドレス』と言われるはずです」

「なんという破廉恥さ……。このような服を着せずとも、裸のおなごを愛でればよいではないかっ！」

「マリーダ様は男心を分かっておりませんねー。チラリと見えるふとももや、身体のラインを強調するようなぴったりとした服が、殿方の想像を膨らませるのですよ」

リシェールは服のサイズを確認しつつ、妾の胸を揉んでくる。

下着をつけていないため、生地が胸の先に擦れて、硬くなり始めた。

「胸を揉むでない」

「ダメですよ。アルベルト様が触った時に、どんな感じなのかをたしかめておきたいので、我慢してくださいね。さすがいい生地を使ってて、触り心地はいいようです」

「リシェールさん、これって下も穿いてないの？」

腰回りを見ていたリゼが、切れ込みの隙間から中を覗いてくる。

「リゼたん、下は穿いておらぬのじゃ。覗いてはならぬぞ」

「たぶん、アルベルトだと、そういうところチラ見して喜ぶと思うんだ。マリーダ姉様、参考にしたいからどんな感じか見せてよ」

「ダメじゃ、ダメ。これは覗くものじゃないのじゃ！」

妾は服をめくろうとするリゼから、切れ込みを必死に押さえ込んで、覗かれないようにする。

いつもみたいに裸なら恥ずかしいとは思わぬが、この衣装だと恥ずかしさを感じてしまう。

「前のボタンを外すと胸元へ手が入るようになっているのですね。これは手間なしで効率的です」

イレーナが前のボタンを外し、すき間から手を忍ばせて胸の先を弄り始めた。

「イレーナたん、勝手に手を入れて触ってはいかんのじゃ。はぁ、はぁ」

「アルベルト様が困らぬよう、わたくしが事前に手が入るのかを確認させてもらっておりますのでご了承ください」

胸元に手を入れ揉んでいるイレーナが、首筋をついばむようにキスをしてくる。

そのたびに妾の身体が反応して熱くなっていくのを感じた。

「もしかして、感じてます？」

「違うのじゃ！　妾はこんな破廉恥な格好をさせられて――」

「サイズもちゃんと合ってますし、触り心地も問題なし、殿方の心くすぐる切れ込みもあって、胸もすぐに揉めるなら問題なしですねー。これなら、アルベルト様が喜ばれるかと思います」

背後に立ったリシェールが、自然な動きで切れ込みから手を下腹部に忍ばせてくる。

「やめるのじゃ！　リシェール！　あっ、あっ、そこは――」

「マリーダ姉様、どうなってるのか覗いていいよね？　覗くよ。オレ、ドキドキしてる」

リゼが切れ込みの中に頭を突っ込んできた。

「待つのじゃ！　リゼたん！　覗くのはなしじゃぞ！　はぅ、息がかかっておるのじゃ！」

リゼたんに恥ずかしいところを見られてしまっておるのじゃ。

くうううっ！　なんという恥ずかしさなのじゃ！

「マリーダ様、やっぱり感じてますね。硬くなってきてますよ」

「イレーナたん、違うのじゃ！　これはリシェールやリゼたんが――んくぅっ！」

痺れるような感覚が脳天を突き抜けると、イレーナやリシェールにもたれるように一気に脱力した。

「はぁ、はぁ、はぁ」

「マリーダ様も大満足そうですね。これはオススメ衣装に入れておきますね。きっとアルベルト様が帰ってくる時は、いっぱい溜まってますから、奥方としていろんな衣装を着て、疲れを癒さないといけませんからね」

アルベルトが帰ってきた時にこれを着るじゃと……。そんな破廉恥なことをしたら、また1日ずっと寝かせてもらえぬほど責められてしまうではないか。

アルベルトに蹂躙される自分を想像し、再び身体が小さく震えた。

「こ、これはダメじゃぞ。危ない衣装なのじゃ。アルベルトが帰ってきた時は、別の衣装にて迎えねばならん。うん、それがいいのじゃ」

妾の言葉を聞いたリシェールが再び妖しい目でこちらを見た。

「ええ、もちろんですよ。今のはまだ1着目ですからね。次はこちらを試着してくださいね」

リシェールが妾の前に突き出したのは、同じチャイナドレスであったが、さらに切れ込みと透けた素材を駆使して作られたエッチな衣装であった。

「ダ、ダメじゃ！　これは絶対にダメなのじゃぁあああああっ！」

その後、何十着も恥ずかしい衣装を試着させられ、そのたびにいろいろな確認と称し、愛人たちからの辱めを受けることになったのは秘密にしておく。

本書に対するご意見、ご感想をお寄せください。

あて先

〒162-8540 東京都新宿区東五軒町3-28
双葉社　モンスター文庫編集部
「シンギョウ ガク先生」係／「をん先生」係
もしくは monster@futabasha.co.jp まで

MONSTER
bunko

異《い》世《せ》界《かい》最《さい》強《きょう》の嫁《よめ》ですが、夜《よる》の戦《たたか》いは俺《おれ》の方《ほう》が強《つよ》いようです〜知《ち》略《りゃく》を活《い》かして成《な》り上《あ》がるハーレム戦《せん》記《き》〜②

2023年3月1日　第1刷発行

著者　シンギョウ ガク

発行者　島野浩二

発行所　株式会社双葉社
〒162-8540
東京都新宿区東五軒町3-28
電話　03-5261-4818(営業)
　　　03-5261-4851(編集)
http://www.futabasha.co.jp
(双葉社の書籍・コミック・ムックが買えます)

印刷・製本所　三晃印刷株式会社

フォーマットデザイン　ムシカゴグラフィクス

ISBN978-4-575-75322-6　C0193
Printed in Japan

MU05-02

モンスター文庫

1
超難関ダンジョンで10万年修行した結果、世界最強に
~最弱無能の下剋上~
力水
ill 瑠奈璃亜
【この世で一番の無能】カイ・ハイネマンは13歳でこのギフトを得た。しかし、ギフトの効果により、カイの身体能力は著しく低くなり、ギフト至上主義のラムールでは、蔑まれ、いじめられるようになる。カイは家から出ていくことになり、王都へ向かう途中襲われてしまい必死に逃げていると、ダンジョンに迷い込んでしまった――。そのダンジョンでは、『神々の試練』をクリアしないと出ることができないようになっており、時間も進まないようになっていた。カイは死ぬような思いをしながら『神々の試練』を10万年かけてクリアする。クリアする過程で個性的な強い仲間を得たりしながら、世界最強の存在になっていた――。かつて、無能と呼ばれた少年による爽快無双ファンタジー開幕！
モンスター文庫

発行・株式会社　双葉社

MONSTER bunko

魔《ま》窟《くつ》の王《おう》　淫《いん》溺《でき》妃《ひ》オルゴアミーの開《かい》発《はつ》日《にっ》誌《し》①

２０２４年７月１日　第１刷発行

著者　ネコミコズッキーニ

発行者　島野浩二

発行所　株式会社双葉社
〒１６２-８５４０
東京都新宿区東五軒町３-２８
電話　０３-５２６１-４８１８(営業)
　　　０３-５２６１-４８５１(編集)
http://www.futabasha.co.jp
(双葉社の書籍・コミック・ムックが買えます)

印刷・製本所　三晃印刷株式会社

フォーマットデザイン　ムシカゴグラフィクス

ISBN978-4-575-75338-7　C0193
Printed in Japan

Mね01-01